# 한국문학 속의 우상과 구원

안준배 문학평론

# 한국문학 속의 우상과 구원

1쇄 발행일 | 2022년 11월 15일

지은이 | 안준배
펴낸이 | 윤영수
펴낸곳 | 문학나무
편집 기획 | 03085 서울 종로구 동숭4나길 28-1 예일하우스 301호
이메일 | mhnmoo@hanmail.net

출판등록 | 제312-2011-000064호 1991. 1. 5.
영업 마케팅부 | 전화 | 02-302-1250, 팩스 | 02-302-1251
ⓒ안준배, 2022

ISBN 979-11-5629-151-0 03800

안준배 문학평론

한국문학 속의 우상과 구원

문학나무

# 열두 작가들의 문학적 고향

문학평론《한국문학 속의 우상과 구원》을 엮으면서 12인 작가의 작품을 거듭 읽었다. 소설가 김은국, 이범선, 김승옥, 이청준, 백도기, 박완서, 정미경과 시인 윤동주, 김현승, 소강석, 평론가 이어령, 극작가 이보라의 작품들을 다시 보았다. 작품마다 한국문학을 대표하는 열두 작가들의 문학적 고향이 있다. 선조들이 살아온 고향이 있고, 멀리는 일제강점기로부터 시작하여 6·25 한국전쟁을 겪어낸 저마다의 상처가 보였다. 4·19혁명과, 5·16혁명이라는 현대사의 상흔이 작가들의 문학을 형성하고 있었다.

내게도 문학의 고향이 있다. 한국전쟁의 포화 속에 1952년 11월 26일, 부산 수정동에서 안병기, 김유순 슬하에서 태어난 필자는 1953년 7월 27일 휴전으로 부모님을 따라 서울로 돌아오게 되었다. 서울이 수복되고 나서 아버지는 남대문시장 입구, 목 좋은 곳에서 설탕과 밀가루를 도소매하는 삼신상회를 경영하였다. 당시에는 서울의 남대문, 동대문시장 상권이 대한민국 경제를 좌지우지하였다. 내가 어렸을 적에 어머니 말이, 아버지가 하는 삼신상회가 억수로 돈을 벌었다고 하였다. 그날 하루에 벌어들인 현금을 셀 수도 없어 밀가루 부대에 담아 보관하였다가 다음날이 되어서야 조흥은행 남대문 본점에 입금하였다고 한다.

처음 우리 가족은 남대문시장에서 가까운 회현동의 공터에 있는, 보루바꼬와 판자로 어설프게 지은 판잣집을 세 얻어 살았다. 얼마 있다

부엌 있는 방을 얻어 지내다가 아버지는 큰아버지와 공동으로 일본식 이층집을 마련하였다. 남산 케이블카 정거장 아래 회현동 2가 19번지 10호 일본식 2층 가옥이 내 기억 속의 고향으로 저장되어 있다.

어느 날 동네 친구들과 남산의 깊은 숲속을 돌아다녔다. 산속에 널브러져 있는 버찌를 주워 먹거나 따 먹기 위해서였다. 한참 땅을 보고 가는데 내 앞에 두 발이 보였다. 깜짝 놀라서 올려다보니 어떤 남자가 나뭇가지에 목을 매달아 죽어 있었다. 아이들과 그 자리를 빠져나가 근처에 있던 '애림녹화'라는 완장을 팔에 차고 있는 아저씨에게 알려 주었다.

그 후 나는 그 남자가 무슨 사연이 있어서 남산 숲속에서 홀로 생을 끝냈는지를 생각하곤 하였다. 내 눈에 각인된 그 광경으로 인해 인간은 고독한 존재라는 상념에 오랫동안 빠지게 되었다.

이범선 원작, 유현목 감독의 영화 《오발탄》은 은행 강도 송영호(최무룡)의 도주 경로에서 전쟁 직후 비참한 삶을 사는 도시 빈민들의 모습을 보여준다. 카메라 앵글은 다 쓰러져 가는 허름한 판자촌과 복개공사 중인 청계천 내부에서 우는 아이를 등에 업은 채 목매달아 자살한 여인을 무심히 스쳐 지나간다. 아주 짧은 순간의 영상이었지만, 그 여인이 마지막 순간까지 아이를 어디에도 맡길 수 없는 처절한 고립무원의 처지였음을 일 수 있었다.

나는 회현동 집에서 가까운 곳에 있는 지금의 신세계백화점인 동화백화점을 자주 갔었는데 백화점 꼭대기 층엔 서점이 있었다. 나는 그곳에서 《안데르센 동화》《이솝우화》《햄릿》《몬테 크리스토 백작》《철가면》《장발장》《나폴레옹 위인전》《소공녀》 등을 사서 밤새워 가며 읽었다.

동화백화점은 박완서의 삶과 소설의 주요 무대이기도 하다. 아버지와 오빠를 잃고 가족의 생계를 책임지기 위하여 서울대학교 국문과에 재학 중이던 박완서는 학교를 그만두고 동화백화점을 사용하던 미8군 피엑스의 초상화부에서 근무하였다. 그녀는 거기에서 박수근 화백도 알게 되었고, 당시 동화백화점 측량기사였던 남편 호영진을 만나 결혼도 하였다. 결혼한 뒤에 평온한 생활 속에 글 쓸 생각을 하지 않았던 박완서는 1968년에 열린 박수근의 유작전을 보고 그에 대해 증언하고자 글을 쓰게 되었다. 그러나 막상 글을 쓰자니 그에 대해 아는 것이 없던 박완서는 상상력을 보태 소설을 쓰게 되었고, 그렇게 써낸 글이 1970년 《여성동아》 장편소설 공모 당선작 〈나목〉이었다. 〈나목〉으로 사십 세에 등단한 박완서는 그 이후 동화백화점 시점을 이야기로 전쟁문학을 계속 쓰게 되었다.

자전적 소설 《그 산이 정말 거기 있었을까》에서 박완서는 6·25전쟁의 한가운데서 스무 살 처녀가 보고 느낀 체험을 진실하게 기록하고 있으며, 그 배경인 동화백화점이 미군 피엑스로 사용되었을 때의 시대상과 남대문시장 주변을 담담하게 묘사하고 있다. 피엑스 뒤쪽은 주로 싸고 맛있는 음식점들이 모여 있었다. 설렁탕, 곰탕, 국밥 따위를 파는 식당에서 작중 화자인 박완서는 피엑스 초상화부 허순구 사장과 면접을 했다. 아직 피엑스 출입증인 패스가 없었던 그녀는 추운 날씨에 오버도 없이 염색한 미군복을 개조한 바지 위에 구제품 재킷을 걸치고 으르르 떨면서 국밥집에서 패스를 전달해 줄 티나 김을 기다려야 했다.

나는 1950년대 말에서 1960년대 초, 동화백화점, 동화극장, 남대문시장, 자유시장을 놀이터처럼 드나들었다. 동화백화점 옆 남대문시장 사이길에 즐비하게 늘어서 경양식을 메뉴로 하는 식당에서 친구들과 값싼 비프스테이크, 함박스테이크, 돈가스, 런치 등을 사 먹었다. 그 언저리에 박완서가 티나 김으로부터 마분지 조각에 타이핑을 하고 끝에 꼬부랑 글씨로 사인을 한 템포러리 패스를 받기 위하여 아침부터 기다렸던 국밥집이 있다. 박완서는 그날 티나 김에게 곰탕을 얻어먹고 그녀가 건네줘 처음 맛본 미제 껌이 황홀하도록 향기로웠다고 했다.

1976년 무렵 나는 내가 만드는 《인간과 문화》에 원고를 청탁하고자 소설가 백도기 목사를 수원으로 찾아갔다. 그는 내가 쓴 에세이와 연극평론을 읽고 이런 말을 해주었다. "안 형은 누구나 다 쓸 수 있는 에세이보다는 평론을 쓰세요. 안 형의 시각으로 연극이나 영화에 대해 평론하는 것이 기독교 문화 형성에 의미가 있을 겁니다."

나는 그 무렵부터 오페라, 뮤지컬, 연극, 창극 등 문화예술 전반에 걸친 평론을 하다가 《크리스천문학나무》 이건숙 주간의 요청을 받아 문학평론을 동지에 연재하게 되었다. 이를 계기로 문학의 소설이나 시, 평론, 희곡을 다시 읽게 되었다. 그중에서도 자신이 화자가 되어 자신이 경험한 사건을 사실적으로 묘사한 박완서 소설이 내게 글짓기를 가르쳐 주었다. 2021년에 나 역시 자서전《내가 걸은 한국문화, 한국교회》를 집필하면서 내가 경험한 이야기를 썼다. 자서전의 독자 중에 어떤 이는 인터넷에 이런 후기를 올렸다.

"명동을 중심으로 한 한국문화를 이보다 더 정확하고 자세하게 저술할 수는 없을 정도로 흥미롭고 디테일하게 그렸다. 책을 손에 들면 눈을 뗄 수 없을 흡인력 있는 문장이다."

1970년대 초중반 무렵의 어느 날, 훗날 여의도순복음교회 담임목사가 된 이영훈 전도사가 내게 이청준의《당신들의 천국》을 읽어보라고 권했다. 그는《당신들의 천국》에 드러난 우상이 우리 안에도 세워질 수 있음을 경계해 주었다. 1979년 이영훈 전도사가 내게 선물한 이청준 수상 소설집《잔인한 도시》의 후기에 이청준은 자신의 문학의 아이덴티티를 이렇게 적었다.

"문학인은 구체적으로 농부가 농사짓는 일을 통해 그의 삶을 살아내듯이 말과 글을 통해 그의 삶과 꿈을 실현하려 하며 그 방법을 탐색해 나가는 사람들로 생각됩니다."

나는 이번 문학평론《한국문학 속의 우상과 구원》을 내면서 상기 12인 작가들의 사실적인 경험을 바탕으로 한 작품들을 중심으로 평론했다. 이는 우리 시대를 대표하는 12인 작가의 삶과 꿈을 그들의 분신인 작품에 등장하는 인물로 다시 드러내고자 함이다. 작가 대다수가 지상에서 영원으로 떠난 지 오래지만, 인간의 삶이 지속하는 한 우리는 언제나 작품으로 그들의 삶과 꿈을 공유하게 될 것이다.

그간 내가 쓴 글을 읽고 그 글쓰기 작업의 가치를 부여해 주신 민경배 교수님, 이영훈 목사님, 소강석 목사님의 격려가 있었기에 필자의 글짓기는 계속되고 있다. 아울러 나와 함께 한국문화의 동행자인 강헌식 목사, 장향희 목사, 배진기 목사, 이수형 목사, 장기철 목사, 손문수 목사의 관심과 배려가 크다고 할 것이다.

이 저서를 교정한 김형미 전도사는 내게 있어《뉴요커》교열자인 콤마퀸 메리 노리스와 같다고 할 것이다. 그리고 아내 구명혜, 딸 안세실, 여동생 안종숙은 수십 년간 내가 펴낸 책들의 교정을 해주었음을 밝힌다.

무엇보다도 이 저서의 출판을 맡아 주신 문학나무 황충상 편집주간님과 발문을 써 주신 김종회 교수님께 감사를 드린다.

《한국문학 속의 우상과 구원》을 읽은 이마다 저마다의 삶에 켜켜이 세운 우상을 허물고 구원의 불꽃이 타오르길 바라마지 않는다.

2022년 가을날
낙산아래 대학로 예인사랑에서

路山 安俊培

차례

소설 순교자

실존주의적 휴머니즘

연극, 영화, 오페라 영역을 넘나든 《순교자》

오페라 순교자

김은국의 순교자에 나타난 진실

학마을 사람들

피해자

오발탄

천당 간 사나이

이범선 소설의 영상화

육십년대 작가

무진기행(霧津紀行), 하인숙과 나비부인

영화 〈안개〉, 외로이 걸어가는 고독한 존재

생명연습, 부흥사

건, 미영과 윤희

하얀 손, 예수님

시

김은국은 함경남도 함흥에서 1932년 3월 13일 독립유공자 김찬도와 모친 이옥현 사이에서 출생하였다. 외가로는 〈순교자〉 박 목사의 모델이 된 함흥중앙교회 이학봉 목사가 할아버지가 된다. 이학봉 목사의 아들인 연세대 음대학장이었던 테너 이인범은 '영혼의 목소리'의 소유자로 일컫는다. 이인범이 김은국에게 외삼촌이 된다. 김은국은 황해도 황주에서 어린 시절을 보냈으며 한국전쟁 당시 통역장교로 군복무를 했다.

김은국은 1955년 4월에 미군 제2군단 제7사단 사령관 아서 G 트루도 소장과 미국 뉴욕대학교의 샬롯 D 마이네크 교수의 도움으로 부산에서 부활절을 보내고 화물선을 타고 미국으로 건너갔다. 김은국은 버몬트주 사학 명문 미들베리대학에 입학하였다. 그의 한국 이름이 미국인들이 발음하기 어렵다고 생각하여 리차드 E 김이라는 영어 이름을 갖게 되었다. 미들 네임 E는 외가의 성을 넣은 것이다. 김은국은 한국전쟁이 일어나기 전 서울대학교 상과대학에서 경제학을 전공하였지만, 미들베리대학에서 역사학과 정치학을 공부하였다.

김은국은 필수 과목인 과학에서 학점을 받지 못하여서 미들베리대학을 수료하였다. 그런데 이 무렵 메릴랜드주 볼티모어에 있는 존스홉킨스대학교의 창작과만은 학사 학위가 없어도 입학할 수 있어서 1960년에 김은국은 존스홉킨스대학교에서 콩트 한 편을 써서 문학석사 학위를 받았다.

김은국은 1960년 2월에 덴마크 및 독일 혈통의 미국 여성인 페닐로프 앤 그롤과 결혼하였다. 두 사람 사이에 아들 데이비드(송훈)와 딸 멜리사가 태어났다.

순교자의 작가 김은국

# 순교자의 작가 김은국

## 소설 순교자

김은국은 존스홉킨스대학교에서 창작으로 문학석사 학위를 받은 뒤 곧이어 1962년에 아이오와대학교 '작가 워크숍' 프로그램에 입학하였다. 그는 이곳에서 폴 해밀턴 앵글 교수를 만나 그의 지도를 받으며 본격적으로 소설을 집필하기 시작하였다.

김은국이 창작 수업을 받고 있을 무렵 아이오와대학교의 창작 프로그램에는 미국 유대계 문예 부흥에서 한몫을 맡게 될 필립 로스를 비롯하여 조지 P 엘리엇, 벤스 부어제일리, R.V.캐넌 같은 작가들이 그와 함께 문학 수업을 받았다. 김은국은 폴 해밀턴 앵글 교수에게서 예술과 생활에 도움을 받아 영어로 소설을 완성하였다. 그의 처녀 소설 〈순교자〉를 아이오와대학교의 창작 프로그램에서 석사 학위 청구 작품으로 제출하였다.

뉴욕은 작가들이 자신의 작품을 내고자 하는 출판사들이 대부분 자리를 잡고 있다. 현대 미국 문학의 대가라고 할 수 있는 어니스트 헤밍웨이나 윌리엄 포크너도 이 관문을 통과하는 데에 큰 어려움을 겪었다. 이 두 거장도 출판사로부터 자신들의 작품을 출판할 수 없다고 거절하는 편지를 받기 일쑤였다. 《고함과 분노》(1929)를 출간하려던 포크너는 출판사로부터 자주 거절을 받자 아예 출간을 포기하고 오직 자신이 좋아하는 작품을 쓰려고 하였다. 이처럼 20세기 세계 문학을 대표하는 소설이 하마터면 폐지로 사장될 뻔하였다.

김은국의 처녀 장편 소설 《순교자》도 출판되지 않을 수도 있었다. 미국 아이오와대학교에서 창작 프로그램에 함께 참여한 여학생이 그가 《순교자》의 원고 일부를 낭독하는 것을 듣고 출판사를 소개해 주었다. 그녀와 이혼한 전남편이 미국에서는 손꼽히는 데블데이 출판사를 뉴욕시에서 경영하고 있어서였다. 그런데 원고를 검토한 데블데이 출판사는 이 작품에 여성 작중 인물이 등장하지 않는다느니, 한국전쟁이 한창 벌어지고 있는데도 전투 장면이 나오지 않는다느니 하면서 출판을 꺼렸다. 이렇게 유수의 출판사로부터 거절 통지를 받은 김은국은 이제 한 번만 더 거절 당하면 아예 원고를 찢어버리고 출판을 단념하려고 했다. 그러다 뉴욕의 조지 브래질러 출판사가 그의 작품을 출판하겠다는 편지를 보내온 것이다. 〈김은국 그의 삶과 문학, 김욱동 참조, 서울대학교 출판부 2007〉

《순교자 송정근 목사전》에 의하면, 북한에서 당수 김화식 목사를 발기인으로 김진수, 송정근, 이피득, 이학봉 목사가 참여하므로 기독교 자유당이 결성되었다. 북한 정권은 1947년 6월에 이들을 체포하였으며 한국전쟁 때 처형하였다.

작가 김은국은 외할아버지 이학봉 목사를 실제 모델로 하여 순교자를 구성하였다. 화자인 이 대위는 국군과 유엔군이 북진하여 평양을 점령하였을 때 육군 정보국의 장 대령으로부터 북한군이 14명의 목사를 체포했다가 12명만 처형하고 두 명은 남겨두고 간 사건의 진상을 조사하라는 지시를 받는다. 상식적으로 생각할 때, 12명의 목사는 신앙을 지키어 순교하고 2명은 배교하여 처형을 모면했으리라는 것이었다. 그중 젊은 한 목사는 미쳤고, 다른 한 목사인 신 목사는 배교자로 의심을 받게 된다. 그러나 조사가 진행되면서 포로로 잡힌 인민군 정 소좌에 의하여 뜻밖의 진실이 드러난다. 목사의 대부분은 목숨을 구걸하며 신을 부정하고 동료들을 헐뜯는 가운데 처형되었으나, 신 목사는 당당하게 북한군 장교와 맞섰기에 죽이지 않았다고 했다.

신 목사는 배교자를 자처하면서 처형된 목사들을 미화한다. 순교자

영화 《순교자》. 정보 장교 이 대위가 진상조사에 나서면서 숨진 목사들의 죽음을 두고 순교와 배교 논쟁이 시작된다. 폭격으로 무너진 평양의 교회 앞에서 두 사람 다 진실을 찾고자 한다. 좌 _ 이 대위(남궁원), 우 _ 박 대위(윤일봉)

들은 배교자인 자신을 용서하며 주의 영광과 축복 속에 운명하였다고 증언한다. 신 목사가 언제 어떻게 믿음을 버리고 위선을 시작했는지는 분명치가 않으나 계속 목사직에 있으면서 신도들에게 믿음을 주입하는 설교를 하였다. 그 이유는 고통받는 이들에게 천국의 희망을 주어야 고통을 견딜 수 있기에 그리한다는 것이다. 순교자 추모예배에 모인 신도들에게 신 목사는 생존자로서 참회하며 순교자들은 당당하게 순교하였으며, 순교자들은 배교한 자신에게 위로와 권면을 주었다고 증언한다. 총탄이 날아들 때도 순교자들은 힘찬 찬송을 불렀고, 얼굴에는 기쁨 어린 미소를 보이며 순교했다는 것이었다.

1964년 2월에 처음 출간한 《순교자》는 20주 연속 《뉴욕타임즈》 베스트셀러 목록에 올라 뉴욕의 지가를 올렸다. 출간 2달 만에 6만여 권이 팔렸고 대서양 너머로는 영국, 네덜란드, 독일, 스페인, 덴마크 등에서 번역되었다. 태평양을 건너서는 한국과 일본에 번역 출간되었고 노벨문학상 후보로 추천되었다.

1964년 2월 《뉴욕타임즈》는 채드 월쉬의 서평에서 김은국의 순교자는 "구약성서의 욥기, 표도르 도스토예프스키, 그리고 알베르 카뮈의 위대한 도덕적 전통과 심리적 전통에서 쓰여진 작품으로 자리 잡고 있다."라고 평가하였다. 펄 사이든스트리커 벽은 이 소설에 대하여 "하나의 사건을 소재로 신에 대한 인간다운 믿음의 보편성을 표현하고 있으며, 신을 믿으려고 갈망하는 데에서 비롯하는 의혹과 고뇌를 다룬다는 것은 정말로 어려운 작업이다. 그런데 김은국은 바로 그 어려운 작업을 해냈다."라고 격찬하였다.

춘원 이광수가 〈순교자〉(1920)라는 희곡을 발표하였고, 목회자이며 소설가인 늘봄 전영택도 성극 〈순교자〉를 썼다. 모더니즘 깃발을 내세운 김기림의 〈순교자〉라는 시도 있다. 그러나 〈순교자〉하면 김은국의 장편소설 《순교자》(1964)가 대명사이다. 〈순교자〉하면 김은국이고, 김은국 하면 〈순교자〉이다.

김은국은 을유문화사에서 출간한 《순교자》에서 '독자에게 드리는 글'이란 제목의 서문에서 다음과 같이 말하였다.

영어에서는 동사의 과거형에는 'the'라는 정관사를 붙이면 좀 특이한 뜻의 표현이 되는 경우가 있습니다. 그래서 그 묘미를 살려서 이 작품의 영문 제목을 'The Martyred'로 했던 것입니다. 그런데 애석하게도 우리말로는 그 묘미를 살린 번역어를 찾을 수가 없었습니다. 그래서 부득이 이 작품의 한글 제목은 '순교자'라고 할 수밖에 없었습니다. 그러다 보니 작가의 생각과는 달리 '종교적 냄새'가 지나치게 짙은 제목이 되어버린 아쉬움이 있습니다. 독자 여러분께서 순교자라는 제목을 생각하실 때 '순교'에서 '교(教)'를 너무 강하게 인식하지 마시고, 그보다는 '순(殉)'이라는 말이 지닌 진솔한 뜻을 더 크게 헤아려 주시기 바랍니다. 또 '순교자'니 '순직자'니 '순국열사'니 하는 말은 살아남은 사람들이 하는 말이지 결코 죽어 간 본인들의 말이 아니라는 것도 아울러 생각해 주시기 바랍니다.

상기의 글을 통해서 남한테 비록 박해를 받거나 죽임을 당하는 것이 반드시 종교적 신앙 때문에 그런 것만은 아니라는 〈순교자〉의 주제나 의미를 좀 더 정확히 이해할 수 있게 된다.


## 실존주의적 휴머니즘

김은국은 친가의 실천적이고 민족주의적인 기질을 물려받았고, 다른 한편으로는 외가 쪽의 예술가적이고 초월적인 기질을 물려받았다. 김은국은 〈순교자〉를 신학 서적이나 철학서로 쓴 것이 아니라 소설가요 예술가로서 자신의 생각을 스토리텔링이라는 관점에서 표현하였다고 하였다.

김은국은 《순교자》의 헌정문에서 "알베르 카뮈에게, '그의 이상한 형태의 사랑'에 대한 통찰이 필자로 하여금 한국 전선의 참호와 벙커에서의 허무주의를 극복하게 해주었기에 이 책을 바친다."라고 하였다. 김은국의 작품은 극한 상황이나 한계 상황을 다룬다는 점에서 카뮈가 제2차 세계대전 중 나치군에 점령당한 프랑스를 우화적으로 그린 《페스트》(1947)나 그 소설을 다시 희극으로 만든 〈계엄령〉과 비슷하다. 김은국은 《조선일보》 1984년 6월 23일자 5면에서 선우휘와의 대담을 통하여 〈순교자〉와 관련하여 "진쟁 속에서의 인간의 한계 조건과 종교적 갈등을 다루고 있다."라고 밝혔다. 페스트나 전쟁은 우주속에 '던져진 존재'로서의 인간에게 놓여있는 부조리한 상황을 보여주는 은유이다. 인간이 겪는 뼈저린 고통에서 신의 목적이나 임재를 느낄 수 없다는 것이다. 〈페스트〉에서 파늘루 신부는 한 어린아이의 죽음을 보고 의로운 신에 대한 믿음을 상실한다. 〈순교자〉에서도 이 대위는 신 목사에게 "당신의 신, 그는 인간의 고통에 대하여 알고 있습니까?" 하고 다그친다.


## 연극, 영화, 오페라 영역을 넘나든 《순교자》

연극 순교자

1964년 9월에 국립극단이 제38회 작품으로 국립극장에서 김기팔

정진수 연출 연극 순교자, 신 목사(박기산)가 12명의 목사들이 순교했다고 허위로 증언하고 있다

각색, 허규 연출로 초연하였다. 김성옥, 나영세, 이낙훈, 이순재, 김순철, 김인배, 백성희, 최영한(최불암), 윤계영 등 당시 20대 연기자로서 쟁쟁한 연기파들이 나섰다. 그 당시 출연자 중에 이순재, 최불암은 아직도 연극, TV 드라마에 출연하고 있지만, 연기자의 대부분은 이미 타계하였다.

2008년 5월 14일부터 6월 1일까지 세종M씨어터에서 서울시극단에 의하여 정진수 각색 연출로 상연되었다. 김은국의 〈순교자〉는 등장인물 대부분이 남성 위주이다. 여성 작중 인물이라고는 정신착란증에 걸린 한 목사의 어머니 한씨 부인이 유일하고 그마저도 주변 인물에 불과하다. 이런 약점을 2008년도 연극 〈순교자〉에서는 정진수 각색으로 원작에 등장하는 박 대위를 간호장교 박 소위라는 여성으로 대체하여 연극적 균형을 이루게 하였다.

정진수 연출의 연극 〈순교자〉는 환상과 진실의 충돌을 사실주의적으로 나타냈다. 사실주의의 정신에서 극명하게 드러나는 신의 부재라는 형이상학적 통찰을 밑바탕에 깔고 있다. 신 목사가 주장하는 '새로운 신앙'으로 표현되는 환상과 이 대위의 진실은 충돌을 일으키면서 인생과 우주에 대한 형이상학적인 통찰을 추구한다. 인간의 절망 상태와 그 뒤에 오는 허무주의적 유혹이 쟁점인 것이다. 인류에 범하는 범죄, 그러한 것이 빚어내는 인간의 수난과 고뇌는 세계 어디서나 순환되는 보편적인 구조이다. 신 목사 박기산, 이 대위 강신구, 장 대령 이창직, 박 소위 강지은, 고 군목 이병술, 한 목사 모친 김용선, 정 소좌 주성환, 한 목사 엄태형은 외견과 실재의 간극을 잘 묘사해주었다. 박봉서, 여무영, 김신기는 관록으로 작은 역이라도 연극의 웅숭 깊음을 만들어 주었다. 정진수의 〈순교자〉는 환상보다는 진실을 추구해야 하는 인류 보편의 주제를 실존주의적 휴머니즘으로 보여주었다.

영화 순교자

1965년 6월 17일에 유현목 감독의 영화 〈순교자〉는 이진섭, 김강윤 각색으로 신 목사 역 김진규, 이 대위 역 남궁원, 장 대령 역 장동휘, 고 군목 역 박암, 정 소좌 역 최명수, 민 소령 역 장훈, 한 목사 역 김광영, 송 양 역 박수정, 신 목사 부인 역 김신재, 한 목사 모친 역 황정순, 변기종, 고설봉, 강계식, 문미봉 등이 출연하였다.

이 영화를 보고 김은국은 마지막 장면에 대해서만은 여러 차례 불만을 털어놓았다.

김은국의 《순교자》는 영어로 창작되고 나서 한국어로 번역판이 나왔다. 이 대위는 1951년 공산군의 전면 공세로 서울 시가지 전투에서 부상하여 대구로 후송되었다가 부산 육군병원 요양소로 옮기게 되었다. 퇴원을 앞둔 어느 일요일 오후에 그는 부산항 근처 한 작은 섬에 북한 피난민촌 교회를 세운, 고 군목을 만나러 갔다. 천막 교회에서 예배가 끝날 무렵 이 대위는 교회 밖으로 걸어 나왔다. 이 대위는 줄지어 늘어진 천막을 지나 파도가 출렁이는 해안 모래밭 쪽으로 걸어갔다.

거기엔 다른 한 무리의 피난민들이 밤하늘의 반짝이는 별빛을 지붕 삼고 모여 앉아 조국에서의 찬가를 조용히 합창하고 있었다. 그러자 그는 그때까지 한 번도 느껴보지 못했던, 신기로울 만큼 가벼운 가슴으로 그들 사이에 끼었다.

그러나 유현목은 영화 〈순교자〉에서 이 대위가 바닷가에 혼자 쓸쓸히 서 있는 것으로 엔딩해버렸다. 원작자가 의도한 이 대위의 상징적 몸짓이 영화에서는 실종되고 만 것이다. 이 대위가 마지막 장면에서 예배를 보고 있는 피난민을 뒤로 하고 바닷가에 있는 피난민 쪽으로

영화 순교자, 좌_ 이 대위(남궁원) 중앙_ 장 대령(장동휘)

걸어가고 있는 행위는 〈순교자〉의 주제를 압축하고 있다. 이 대위는 이러한 상징적 행위를 통하여 '신이 없는 성자'라고 할 신 목사의 입장을 받아들이고 있는 것이다.

삼중당 판 《순교자》를 맨 처음 한국어로 번역하고 주석을 단 장왕록은 김은국의 'homeland'를 조국이라는 뜻으로 번역했다. 시사영어사 판 도정일도 마찬가지로 조국이라고 번역했다. 그러다가 1990년, 2004년 두 차례에 걸쳐 을유문화사에서 펴낸 《순교자》를 원작자 김은국이 직접 번역하면서 '고향'으로 표기하였다. 그렇다면 김은국도 'homeland' 보다는 'home'이나 'hometown'이라고 낱말을 사용했어야 했다.

그런데 바닷가에서 피난민들이 '고향을 찬양하며' 부르는 노래가 과연 무엇일까? 장왕록은 그 노래가 도니제티의 오페라 〈람베르무어의 루치아〉에서 합창곡으로 '삼천리 반도 금수강산 하나님 주신 동산 / 이 동산에 할 일 많아 사방에 일꾼을 부르네'라고 추측했다.

민족주의 시인이며 기독교인 남궁억이 작사한, 기독교가 사회개척의 분위기를 주도하는 듯한 상기 찬송가는 한때는 제2의 애국가라고 하여도 과언이 아닐 정도로 애창되었다. 그러니 피난민들이 '애국가'는 아니더라도 '삼천리 금수강산'을 조국 찬가로 불렀을 것이다.

그러나 김은국이 '조국'이 아닌 '고향'이라고 번역한 것을 보아서, 피난민들이 전쟁 때문에 북녘땅에 두고 온 '고향'을 그리며 불렀다고 한다면 이원수가 시를 짓고 홍난파가 곡을 붙인 〈고향의 봄〉일 가능성이 크다.

1927년에 작곡된 '나의 살던 고향은 꽃피는 산골'로 시작되는 동요는 지금까지도 남북한을 가리지 않고 부르는 고향의 노래이다. "그 속에서 놀던 때가 그립습니다."라는 이 동요야말로 실향민들에게 더 없

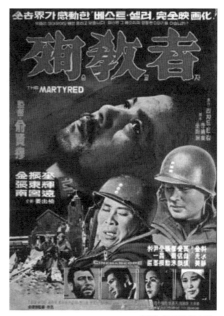

영화 순교자 포스터

오페라 순교자 포스터

는 가슴 뭉클한 노래인 것이다. 이 대위가 고향을 그리워하는 노래를 부르는 피난민 사이에 한 패거리가 된다는 것은 시사하는 바가 자못 크다. 이 대위가 피난민들과 합세한다는 것은 그들의 상실감과 고통에 다가가 동화되는 것으로 '홀가분한 마음'을 느끼게 했다. 〈김은국 그의 삶과 문학 김욱동, 서울대학교 출판부 2007〉

## 오페라 순교자

한국전쟁이 1953년 7월에 휴전되고 나서, 주한 미군으로 1954년에 파병되었다가 한국을 사랑하게 되어 이 땅에 머물게 된 제임스 웨이드(1930-1983)는 1965년에서 1968년 사이에 작사 작곡을 하였다. 제임스 웨이드는 〈순교자〉를 한국전쟁의 비극을 소재로 한 최초의 오페라로서, 문학이 표현할 수 없는 고도의 예술성을 음악적으로 형상화하였다. 세계사적인 전쟁 비극을 관조하는 사상과 종교의 갈등, 격정, 신의 부재를 묘사한 인류의 비극을 현대음악으로 서울시민회관의 공간에 풀었다.

오페라 〈순교자〉는 1970년 4월 8일, 9일 서울시민회관에서 허규 연출로 초연하였다. 한국에서 활동하던 작곡가 제임스 웨이드는 연극 〈순교자〉를 보고 감명을 받아 대본을 영어로 직접 번역하고 작곡하여 오페라 〈순교자〉가 탄생했다. 초연은 영어 가사를 이유선이 번역하여 1970면 중앙일보사와 김자경 오페라단의 공동주최로 공연되었다.

〈순교자〉의 영어 대사를 한국어로 번역하고 다듬은 이유선은 감리교 목사인 아버지 이익모를 따라 공주 영명학교 시절 윌리엄스 목사 부인에게 영어 공부와 함께 유성기음반을 듣게 되었다. 그 후 배재고

보를 졸업하고 연희전문학교에 입학하여 현제명의 지도하에 음악부의 합창단과 연전 남성 4중창단의 테너를 맡아 전국을 순회하였다.

1933년에 설립된 오케음반에 창작동요와 가곡 및 애창곡을 취입했다. 7월 23일 남선 수해 구제 3인 음악회 때 이애내, 안병소와 함께 출연했다. 1940년 미국 아메리칸 콘서바토리 성악과를 졸업하고 귀국해서는 그의 형 이인선과 오케관현악단 반주로 '거룩한 성' '고향의 폐가' '먼 싼타루치아' '주여 인도하소서' '하늘가는 밝은 길'을 취입했다. 1945년 문교부 초대 음악과장, 1946년 국제오페라단을 창단하여 1948년 오페라 〈춘희〉를 지휘한 이유선은, 1950년 시카고음대 대학원을 졸업하고 1957년부터 중앙대 교수, 총신대, 호서대 음악과 교수로 재직했다. 그는 가곡 '가는 길' 성가 '부름받아 나선 이 몸'을 작곡하고,《한국양악백년사》를 저술했다.

이유선의 친형이 되는 이인선은 세브란스를 졸업하고 황주에서 의사 개업을 하였으나 성악 공부의 미련을 버리지 못하여 1931년 이탈리아로 유학하였다. 밀라노에서 첵키에게 3년간 사사 받고, 1938년 5월 부민관에서 귀국 독창회를 하며 동경, 북경 순회공연을 다녔다.

그는 1945년 국제오페라사를 창립하고, 서울에서 병원을 개업하여 얻는 수익금을 모두 오페라운동에 바쳐 헌신하였다. 1947년 10월 이탈리아 유학을 마치고 귀국한 그는 이탈리아 가곡과 오페라 연구의 목적으로 그의 제자를 중심으로 한국성악회를 조직했다. 1948년 1월 시공관에서 최초로 오페라 〈춘희〉를 상연하면서 알프레도 역을 맡았고, 1950년 5월 비제의 〈카르멘〉 공연에서도 주역으로 출연하였다.

이인선은 1950년 도미하여 마취학을 연구하는 한편 1952년 가을 뉴욕 메트로폴리탄 가극단 오디션에 동양인으로 처음으로 영예의 합격을 하였다. 1960년 3월 19일 켄터키주 루이빌시에서 병사할 때까지 의사와 성악가로서 헌신했다.

이인선, 이유선 두 형제는 한국 음악사, 오페라 역사에 크나큰 공적을 남겼다.

오페라 〈순교자〉는 그 후 국립오페라단 창단 30주년과 한미수교 100주년 기념, 제32회 정기공연으로 1982년 6월 16일부터 21일까지 국립극장에서 상연되었다. 차알스 로스 퍼얼리 지휘·연출, 신 목사 황병덕, 박수길, 박 대위 박성원, 유충열, 장 대령 윤치호, 국선한, 정 소좌 김정웅, 김원경, 한씨 부인 이정희, 백남옥, 고아원 원장 황영금, 김자경이 출연하였다.

제임스 웨이드는 연세대 음대 교수, 미 공보관으로 재직하면서 오페라, 합창곡, 오케스트라 곡 등 1,700편을 작곡하고 연주하였다. 그의 아내 리 맥클린톡은 미군도서관 사서로 일했다. 한국을 누구보다도 사랑한 제임스 웨이드와 리 맥클린톡은 양화진 묘에 안장되어 한국 땅에 영면하였다.


## 김은국의 순교자에 나타난 진실

소설 《순교자》에 등장하는 신 목사, 이 대위, 장 대령, 박 대위, 고 군목은 진실을 은폐할 것이냐, 밝힐 것이냐에 대하여 나름대로 입장과 역할을 보여주고 있다. 이 다섯 사람이 만들어내는 관계의 구도는 신 목사와 이 대위의 대결로 압축된다.

신 목사는 목사이지만 사실은 기독교의 성서에서 말하는 신을 믿지 않는다. 북한 공산군에 의한 체포와 집단 처형의 사건이 일어나기 오래전부터 그는 신에 대한 믿음을 버린 것으로 되어 있다. 그는 자기의 어린 아들이 병으로 죽었을 때, 아내가 '애를 잃어버린 것이 자기의 잘못이요, 죄 때문이라고 생각하고 온종일 기도하고 탄식'하는 것을 보고는, '우리가 죽어 이 세상을 떠나면 다시 만나는 게 아니다. 우리 아이를 다시는 만날 수가 없고, 저승이란 존재하지도 않는다.'는 말을 해주었다. 신 목사의 아내는 목사인 남편에게 이런 말을 듣자 진정으로 깊은 절망에 빠진 나머지 몇 주일이 안 되어 죽고 말았다.

이런 신 목사는 신을 믿지 않으면서도 대중들을 상대로 신에 대한 믿음을 설교하는 역할을 수행한다. 사실상 신을 부정하고 처형당한 12명의 목사가 한 점 부끄러움이 없는 영광스러운 순교의 길을 갔다고 신 목사는 거짓으로 증언한다. 신 목사는 교인들이 신의 섭리를 믿고, 처형당한 열두 명의 목사를 진심으로 존경하는데 마음의 위안을 얻게 하려고 자신은 배교자라고 증언한 것이다. 그러나 국군에 체포된 인민군 소좌는 순교자에 대한 진실을 밝힌다. 열두 명의 목사는 신을 부정하면서 목숨을 살려달라고 애걸하다가 죽었고, 그 모습을 지켜본 젊은 한 목사는 미쳐버렸고, 자신의 생사여탈권을 쥐고 있는 정 소좌에게 침을 뱉으면서 맞서는 신 목사의 용기를 보고 그를 살려주었다는 것을 폭로했다.

박 대위의 부친 박 목사도 고문 끝에 죽어가면서 욥기를 읽어주는 동료들에게 "난 의롭지 않은 신에게 기도하고 싶지 않소."라고 마지막으로 말하고 쓸쓸히 운명하였다는 진실을 알게 된 박 대위가 신 목사에게 묻는다. "당신은? 당신의 절망은 어떻게 하고 말입니까?" 그러자 신 목사는 "그건 나 자신의 십자가요, 나 혼자 그걸 짊어져야 하오."

〈순교자〉에 나타난 신학적 내용이나 철학적 주제는 보수적인 기독교인들에게는 불경스러워 도저히 받아들일 수 없을뿐더러 이단에 가까웠다. 그래서 김은국 작가를 '배교자'니 '사탄'이니 하고 몰아붙이는 사람들이 있었다. 이렇게 작가를 규탄하고 작품 불매 운동을 벌이는가 하면, 김은국이 10여 년 만에 고국을 찾았을 때, 일부 기독교인들이 김포공항에서 그에게 달걀 세례를 퍼붓는 소동이 벌어지기도 하였다.

이러한 와중에 강원용 목사는 김은국과 그의 작품을 변호하였다. 강원용 목사는 만주 룽징 은진중학교에 다닐 때 김은국의 아버지 김찬도의 제자였다. 강원용은 남성적이면서도 다정하고 소탈한 김찬도를 좋아해서 그 댁에 자주 놀러 갔었는데 당시 초등학교 저학년이던 김은국을 더러 만났었다. 강원용 목사는 서울 정동 젠센 기념관에서 열린 공청회에서 청중에게 김은국과 그의 작품을 이해시키고자 하였다. 강원용 목사는 경동교회의 주일예배 설교에서 김은국의 〈순교자〉의 내용으로 여러 차례 설교했었다. 나는 1970년대 어느 주일날 경동교회에서 강원용 목사의 금속성이 배어 나오는 카랑카랑한 음성으로 김은국의 〈순교자〉를 설교로 들었다. 강원용 목사는 〈순교자〉의 신 목사와 박 대위, 이 대위를 놓고 실존적 신앙을 갈파하였다.

김은국의 〈순교자〉는 겨울에서 시작하여 겨울로 끝난다. 봄도, 여름도 존재하지 않는다. 〈순교자〉는 기독교인이 예수 그리스도가 십자가에 못 박혀 절규할 때와 같은 절망에 처해 있을 때의 신앙과 고뇌를 다룬 작품이다. 치밀하게 그림을 그리는 듯한 기법으로 쓴 인간의 정신적인 시련 과정을 묘사한 작가는 문학은 스스로가 목적을 지니고 있기에 어떤 것을 성취하기 위한 수단과 도구가 아니라는 문학 지상주의를 드러내고 있다.

한국계 미국 문학의 선도자 강용흘은 그 유례를 찾아볼 수 없는 미국 경제 대공황을 맞이하여 문학과 예술보다는 오히려 생존에 급급하던 1930년대에 소수민족 문학이라는 척박한 땅에 처음으로 한국계 미국 문학의 씨앗을 뿌렸다. 그는 최초의 한국계 미국 작가로서 《초당》(1931)과 《동양 사람 서양에 가다》(1937) 같은 장편소설을 발표하여 전 세계에 걸쳐 큰 주목을 받았다. 1950년대에 김용익의 단편소설 〈다리 아래에서〉는 마서 풀 리가 편집한 1958년도 〈미국 베스트 단편소설〉에 수록될 만큼 미국 문단에서 주목을 받았다.

1930년대가 한국계 미국 문학의 발아기라고 한다면, 1960년대는 한국계 미국 문학의 성장기라고 할 수 있다. 여기에 1964년에 《순교자》를 발표한 김은국이 중심에 있다. 김은국은 한국 작가로서 처음으로 1969년에 노벨문학상 후보에 오르는 영예를 안기도 하였다.

《뉴욕타임스》는 김은국의 소설 《순교자》를 서평하면서 김은국을 '한국 작가 리처드 김'으로 소개하였다. 김은국은 영어로 쓴 소설 《순교자》의 작가로서 자신을 미국 작가라고 생각했기에 '한국 작가'라는 꼬리표에 크게 실망을 했다. 그는 단지 '작가'로 인정받고 싶었던 것이다.

김은국의 작품에서 가장 핵심적인 주제는 개인과 사회의 갈등을 둘러싼 문제였다. 따라서 김은국에게 삶이란 개인과 사회, '조그마한 역사'와 '커다란 역사'가 맞부딪쳐 싸우는 전쟁터이다. 그는 '현현(이피퍼니)'이라는 종교용어를 여러 곳에서 사용하였다. 이 말은 작중 인물이 지극히 일상적이고 사소한 사물이나 사건에서 직관을 통하여 번개처럼 순간적으로 삶의 의미를 깨닫게 되는 것을 일컫는다. 김은국은 작품에서 개인과 사회의 갈등과 긴장에서 인간이 인간으로서 살아야 한다는 사실을 깨닫는 '눈부신 한순간'을 포착하려고 했다.

김은국은 태어나서 줄곧 어느 한 곳에 오래 머문 적 없이 이리저리 떠돌았다. 떠도는 이산과 유랑이라는 불안정한 삶과 그것에서 비롯되는 긴장이 그의 집필 동력이 되었다.

1980년대 말을 살았던 대다수 한국인은 "가슴이 따뜻한 사람, 그 깊은 인생을 듣는다." "가슴이 따뜻한 사람과 만나고 싶다."라는 맥심 커피 광고를 기억하는 사람이 적지 않을 것이다. 이 '불멸의 카피'의 주인공이 바로 김은국이다. 아련한 추억 속의 고향을 그리며 지나온 세월을 되새기고 '가슴 따뜻한 사람'을 그리워하며 커피 맛을 음미하는 김은국의 이미지는 아직도 뭇사람의 뇌리에 깊이 아로새겨져 있다.

김욱동 서강대 명예교수가 김은국의 생전에 그의 삶과 문학을 집필하고자 2005년 1월 25일에 김은국과 가까스로 전화 통화를 하게 되었다. 김은국은 통화를 오래 할 수 없을 만큼 몸 상태가 좋지 않아서 이메일로 주고받자고 하였다. 전화를 끝내고 김욱동 교수는 곧바로 이메일로 그에 관한 저서를 집필 중이라고 밝힌 뒤 궁금했던 사항을 적어 보냈고, 그날 밤 8시에 이메일로 답장을 받았다. 김은국으로부터 받은 이메일의 말미는 김욱동에게는 가히 놀라움이었다.

"나는 개인적이고 사사로운 문제와 정보를 낯선 사람들에게 설명하고 제공하는 것을 별로 좋아하지 않습니다. 특히 내가 모르는 사람과 나의 사생활을 이것저것 밝히고 의논하는 것을 싫어합니다. 나는 프라이버시를 중시하는 사람이고, 또한 그렇게 살아가고 있습니다. 그러므로 다른 사람들도 나의 프라이버시를 존중해 주었으면 합니다."

김욱동 교수는 〈김은국, 그의 삶과 문학〉이 완성되는 데에는 저널리스트인 김은국의 외동딸 멜리사 김이 적지 않은 역할을 해주었다고 했다. 책 머리에서 김욱동 교수는 과묵한 데다가 건강이 좋지 않았던 그의 아버지 김은국을 대신하여 멜리사가 지나치게 개인적인 질문에도

성실하게 답변해 주었다고 밝혔다. 〈김은국 그의 삶과 문학, 김욱동, 서울대학교 출판부 2007 참조〉

김은국은 매사추세츠 스프링필드에서 30여 마일 떨어진, 그가 강의하던 매사추세츠대학이 멀지 않은 앰허스트군 슈츠베리라는 시골 마을에서 혼자 암과 투병하다가 2009년 6월 23일 77세를 일기로 타계하였다. 김은국의 삶과 문학은 부평초처럼 떠돈 작가의 멍에를 걸머멘 숙명을 토양으로 삼았다.

그가 무신론적 실존주의를 극명하게 보여준 신 목사처럼 자기 몫으로 주어진 십자가를 지고 갔는지 아니면 허무하고 남루한 삶을 신께 고백하고 그가 《순교자》에서 말하던 환각 속에 생을 마감하였는지 못내 궁금하다. 그가 그리는 마음의 고향은 어디였을까? 그곳이 차마 꿈엔들 잊힐 리야. ✻

6 · 25 전후 대한민국 문학을 대표하는 작가로 선우휘, 오상원, 이범선이 있다. 이범선은 1920년 12월 30일 평남 안주군 신안주면 운학리 19번지에서 아버지 이계하와 어머니 유심건 사이에 5남 4녀 중 차남으로 태어났다. 그의 고향 운학리는 청천강가에 자리 잡고 있어서 이름 그대로 학이 구름처럼 하얗게 날아오는 것이 보이던 마을이다. 실향민으로 그가 겪었던 고향의 기억을 담아낸 단편소설 〈학마을 사람들〉을 쓰고 그 자신의 아호를 '학촌'이라 한 것으로 그가 고향마을을 그리워했음을 짐작할 수 있다.

1945년 해방이 되자 그는 대지주의 자제였기에 토지를 소작인에게 나누어주고 1946년 단신으로 38선을 넘었다. 군정청 통위부, 금강 전구회사 회계과에 근무하면서 동국대 국문과에 입학하

# 인간 본성에 대한 근원을 탐구한 이범선

― 소설 〈피해자〉〈오발탄〉을 중심으로

였다. 1947년 부인 홍순보가 월남하여 합류하게 되었고 연세대학교 교무과에 근무하는 중에 6·25동란을 맞았다. 피난할 새도 없이 서울에서 3개월을 지하에 숨어 살았다. 9·28서울수복 때 뺨과 다리에 파편을 맞았는데, 다리의 흉터는 끝내 없어지지 않았다.

이범선은 1·4후퇴 때 부산으로 피난하여 부신 부민동교회에서 살다가 가을 백낙준의 소개로 거제도 장승포 거제고등학교 교사로 3년간 근무하였다. 그는 1954년 서울로 돌아와 성북구 안암동과 경기도 안양의 셋방을 전전했다. 1955년 대광고등학교 교사로 근무하게 되면서 서울 동대문구 답십리동 29번지 8호에 집을 마련하였다. 이 시기에 이범선은 《현대문학》에 단편 〈암표〉(4월호), 〈일요일〉(12월호)로 김동리의 추천을 받아 문단에 데뷔하였다.

# 인간 본성에 대한 근원을 탐구한 이범선

— 소설 〈피해자〉〈오발탄〉을 중심으로

## 학마을 사람들

1957년에 이범선은 그의 고향 운학리를 강원도 두메산골로 옮긴 〈학마을 사람들〉을 발표하면서 문단의 주목을 받게 되었다. 학마을은 너무 오지라서 바깥세상의 변화와는 전혀 무관한 것처럼 보인다. 진달래가 무더기로 핀 산들에 둘러싸여 안온하고 평화롭기만 했던 마을이 6·25 동족상잔의 격전장이 되고 말았다.

이범선은 일제 36년에 대해서는 민족주의적 입장을 취하며, 6·25에 대해서는 반공 이데올로기 역사관을 작품을 통해서 보여주었다. 이는 그 자신이 월남민으로서 북한 공산주의로부터 직접 피해당한 입장이었기 때문이다. 등장인물 바우는 마을 처녀 봉네가 자신이 아니라 덕이를 택하였기에 학마을을 떠났다가 공산주의자가 되어 고향으로 돌아온다. 바우는 지극히 평화로운 학마을의 공동체를 파괴하고 황폐하게 한다. 전쟁이 끝나자 굶주리다 병들어 죽고 23명이던 마을 사람 중 19명만이 새가 둥지로 돌아오듯 되돌아 왔다. 마을에 남았던 바우 어머니는 종적을 감추었고, 박 훈장은 불탄 시체로 발견되었다. 마을 사람들은 학마을로 복귀했지만, 그곳은 학도 떠나고 학나무도 불타버린 황폐한 낙원에 불과했다. 그들은 유토피아의 복원이란 꿈을 실현하고자 학마을로 돌아왔다. 월남민 이범선에게 공산주의는 사랑과 평화, 생의 본능을 파괴하는 타나토스(Thanatos)로 인식되었던 것이다. 〈작가 연구 이범선 실존적 자유와 실재적 억압 이범선 단편소설론 이호규 참조

TV문학관 〈학마을 사람들〉, 연출 김재순, 출연 박칠용, 김영철, 이두섭, 이경표, 양미경

## 피해자

이범선은 초기 작품 〈수심가〉〈갈매기〉 등에서 그의 생활 체험이 반영된 작품을 발표하였다. 토착 서민의 생태를 서정적 묘사의 수법으로 표현하며 무욕의 인간성을 다룸으로 등장인물들 대부분이 무기력한 인간상을 보여주고 있다. 이범선은 "나는 나의 생활과 밀착된 일이 아니면 아무런 애착도 흥분도 거기서 느끼지 않는다. 자기가 스스로 아무런 흥미를 느끼지 못하는 일에 관하여 이러쿵저러쿵 이야기하는 사람은 없다."라고 말했다.

그는 자신의 창작 작업을 날마다 아침 창가에서 안경을 닦기 위하여 호호 입김을 불며 안경알을 닦는 것이라고 하였다. 어제 하루를 사용했던 안경에는 뽀얗게 먼지가 앉아 있고, 또 무엇에선가 묻은 얼룩들이 있고, 때로는 그의 빠진 눈썹이 달라붙어 있기도 하다는 것이다. 이범선은 이런 지난 하루, 생활의 먼지를 정성껏 훔쳐 내 말끔히 닦아진 안경을 쓰고 그날 하루를 향해서 나선다고 했다. 이범선은 매일 아침 창가에서 안경을 들여다보고 있는 자신의 자질구레한 일상생활을 원고지에 옮기는 것이 그의 창작세계라는 것이다.

그는 인생이란 혼자 걸어가는 나그넷길이라고 여긴다. 제멋대로라는 제법 호기 있는 말은 못 하겠고, 그저 저 생긴 대로 그렇게 걸어가는 것이라고 했다. 자기 소리, 자기의 안경을 통해 비친 세상, 그런 것들 가운데서 때로는 미소 지으며, 때로는 서글퍼져서, 때로는 분이 터져 그는 만년필을 쥔다는 것이다. 작업 아닌 작업, 반성 아닌 반성, 그것이 예술을 하는 건지 뭔지는 더구나 알 수 없는, 그런 짓을 그는 날마다 계속하고 있다고 했다. 아침마다 안경을 닦듯이, 그런 자세로 그의 창가에 혼자 조용히 앉아 그런 것들을 쓰겠다는 이범선이었다.

1958년에 발표된 이범선의 중편소설 〈피해자〉는 최요한과 그의 아내, 그리고 그의 아버지 최 장로를 통하여 화석화된 종교에 의해서 피해자가 된 양명숙을 형상화하였다. 이범선은 작품 속에서 한국전쟁으로 인한 실향의식을 전제로 한 당대 현실을 적나라하게 묘사하고 있다. 이러한 작가의식은 작품에서 패배와 허무 의식에서 벗어나지 못하는 실상을 보여주고 있다. 그의 문학 속에서 선량한 사람들의 피해의식은 외형적인 것에만 그치지 않고 심리적이고 윤리적인 데까지 이른다. 그것은 작가가 날카롭게 기독교가 지닌 위선을 비판하는 것이다. 이 작품에서 주인공 최요한과 양명숙은 기독교의 진리에 의해서가 아니라 관습에 의하여 파멸되는 피해자로 그려진다.

이범선의 〈피해자〉는 기독교의 진정한 사랑의 아이덴티티가 무엇인가를 역설적으로 반문한다. 오늘의 교회가 안고 있는 행태 속에서 신앙의 본질을 추구하고 있다. 이범선 소설이 집요하게 물고 늘어지는 문제의식은 그의 문학은 비극적이며, 인간존재의 나약함과 그에 대한 허무함을 불러일으킨다.

이범선의 〈피해자〉는 일인칭 주인공의 시점으로 평양, 서울, 경주로 이동하면서 사랑이 아니라 사명감에서 행하고 있는 신앙생활의 위선과 종교의 노예가 된 신앙인의 허상을 파헤치고 있다.

"일요일. 그건 여러 가지 뜻을 가진 날이에요. 휴일, 공일, 안식일, 주일. 어쩌면 사람의 일생도 꼭 그 일요일과 같은 것인지도 몰라요. 어떤 사람은 일요일을 참 즐거운 휴일로 맞이하기도 하고, 또 어떤 사람은 애인과의 약속이 틀어져서 아무것도 하는 일 없이 공일로 지내기도

하고, 또 어떤 사람은 주일로 고스란히 교회에다 바치기도 하고……
제 일요일은 공일이었어요. 그리고 요한씨의 일요일은 주일이었어요.
공일과 주일. 그건 하늘과 땅처럼 달라요. 그러니…… 그러나 잘 생각
해 보면 같은 것이 하나 있어요. 공일도 또 주일도 둘 다 제 것이 아니
었다는 점. 그 점만은 꼭 같아요. 제 일요일은 헛되이 우울하게 버려졌
어요. 그리고 요한씨의 일요일은 교회에 바쳐졌어요. 받았던 곳으로
다시 바쳐졌어요. 그래요. 저는 그렇게 생각해요. 그리고 지금은 아무
것도 안 가진 저와 요한씨가 이렇게 마주 서 있는 거야요."

최요한은 장로의 외아들로 평양에서 태어나 독실한 가정에서 성장
한다. 아버지인 최 장로는 어렵게 평양 기림리 밖의 어느 고아원을 운
영하면서 하나님의 사랑을 실천하여 '고아의 아버지'로 신망을 받는
다. 그는 고아 중에 몰래 도망가는 고아를 찾아다니다가 돌아와서는
밤새 슬피 울만큼 사명감이 넘쳐났다. 그는 직접 그의 자녀들을 고아
들과 차별하지 않고 생활하게 하였다.

고아 중에 양명숙이라고 똑똑하고 이쁜 아이가 있어 어렸을 때부터
요한과 오누이처럼 함께 학교에 다니며 자란다. 이들이 점차 성장해가
면서 사랑을 느낄 무렵 요한은 중학교를 마치고 일본으로 유학을 떠나
게 된다.

그러나 어느 날 아버지로부터 귀국하라는 편지를 받고 돌아오니 일
제강점기의 어려운 시절에 도움을 받는 목사의 딸과 혼담이 오간다.
최 장로는 아들 최요한이 고아 양명숙과 결혼하겠다고 하자 끝내 반대
를 한다. 아무리 애가 똑똑하다고 해도 고아를 며느리로 삼을 수 없다
는 최 장로에게 요한은 환멸을 느낀다. 그는 아버지가 고아를 사랑하
고 동정해서가 아니라 단지 그가 믿는 하나님에 대한 충성스러운 삶을
살아가기 위함이었음을 알게 되자 아버지에 대한 신뢰와 존경심은 급

격히 무너지고 만다. 이 사실을 알고 명숙은 그동안 여고를 졸업하고 보모로 있던 고아원에서 입고 있던 옷만 걸친 상태로 나가버린다. 명숙의 행방을 찾지 못한 요한은 아버지가 원하는 대로 고아원을 돕는 교회 목사의 딸과 결혼하게 된다. 요한은 6·25 때 남한으로 내려왔지만, 그의 장인이 되는 목사는 난리통에 모두가 다 피난 가고 비어있는 건물을 "나는 교회를 지키련다."라며 남아있다가 공산군에게 죽임을 당했다. 요한의 아내 아버지는 결국 벽돌집을 지키다가 교회 앞뜰의 비석이 되었다.

최요한의 아내는 그녀의 아버지를 빼닮아서 새벽마다 예배당 마룻바닥에 엎드려 기도하러 갔다. 그녀는 새벽마다 우는 아이와 출근하는 남편을 내버려 두고 기도하러 교회에 간 것이다. 이런 아내의 태도를 요한은 '맹신'이라고 여기며 그녀와의 생활을 '지옥'으로 여긴다.


요한은 겉보기에는 교회의 집사이고 기독교 학교의 교사로서 주변에서 목사라고 불릴 정도로 신앙인으로 보인다. 그러던 어느 주일 낮, 1년에 한 번 모이는 동창회를 가고자 주일예배 후에 갖는 제직회를 빠진 채 명동 S다방을 찾았다. 30분이나 늦게 도착했더니 이미 동창생들은 다방에 없었다. 그는 다방 출입구 메모판에 걸려있는 메모지를 보고 동창생들이 가 있는 건너편의 중국집을 찾아갔다.

동창 중에는 검사, 기자, 보험회사 직원, 사업가들이 있었다. 그중에서 짓궂은 친구가 어떻게 하든 요한에게 술을 먹이고자 하였지만, 그는 번번이 사양하다가 2차로 평양집이라는 요정으로 가게 되었다. 요한 일행이 중국집을 나와서 떠들썩하며 걸어서 간 곳이 종로 뒷골목이었다. 문 등이 환히 밝은 평양집에 들어가서 한복 입은 여인들이 시중드는 방에 앉았다. 요한의 손에는 성경책이 있었다. 동창생들이 어색하지 않게 요한이 들고 온 성경책을 접대부 중 한 명이 백화점 포장지

영화 〈피해자〉, 교회에서 예배드리고 있는 최요한 집사(김진규)

로 감싸 따로 보관하였다. 일행 숫자대로 접대부가 배치되지 않자 그중 하나가 마담을 찾았다. 그러나 마담은 평양집의 단골이며 이름이 알려진 아무개를 접대하고 있다는 것이었다. 거기서 요한은 난생처음으로 친구들이 권하는 술잔을 받아 마시다 보니 취하게 되었다. 요한 일행은 열 시가 되어서야 그 집을 나섰다. 그때 멀리서 교회의 차임 소리가 들려왔다.

내 주를 가까이 하려 함은
십자가 짐 같은 고생이나……

요한은 속으로 차임 소리에 맞추어 찬송가를 부르면서 생전 처음으로 주일 저녁 예배를 빼먹었다는 생각이 아까부터 자꾸만 마음에 걸렸다. 그렇게 막 큰길로 나서던 때 성경을 술집에 두고 온 것이 생각난 요한은 일행을 먼저 보내고 다시 술집을 찾아갔다. 요한은 그곳에서 평양집의 마담으로 있는 명숙을 대면하게 된다. 그러나 요한은 그 순간 술에 취해 잘못 봤다고 여겼다. 진한 자줏빛 양단 치마에 연한 보라색 저고리를 입은 명숙이가 마루에 꿈쩍도 하지 않고 선 채로 요한을 쏘아보고 있었다.
"혹시 최요한씨 아니세요?"
"명숙, 양명숙이죠?"
"역시 최 선생님이셨군요."
명숙의 두 눈이 요한을 노려보다가 "어떻게 이런 델 오셨어요?"라고 비꼬는 듯한 목소리로 물었다. 누구보다도 주일성수하는 철저한 교인인 요한이 어떻게 일요일인데 이곳에 올 수 있었는가를 물은 것이다. 이에 최요한은 "오랫동안 찾았습니다."라고 첫사랑 명숙에게 말했다.
"저를요?"

명숙은 입가에 야릇한 미소를 띠었다.

요한은 그저 유령을 바라보듯 명숙의 모습을 바라보고 서 있었다. 그때 술자리에서 시중들던 여인이 백화점 포장지에 싼 성경을 들고 마루로 나왔다. 여인은 요한과 명숙의 모습을 번갈아 보고 직감하는 바가 있어서 물어본다.

"언니, 아시는 분이유?"

"오 참, 언니도 예수를 믿었다지, 어려서? 여기 있습니다. 목사님."

여인은 요한에게 성경책을 내주었다. 책을 받아 든 요한은 다시 명숙에게로 돌아섰다.

"목사님?"

명숙은 빤히 요한의 얼굴을 바라보며 중얼거렸다. 요한은 명숙이가 무어라 그에게 말을 해주기를 바랐고 또 그 역시 그녀에게 무슨 말이건 해야 할 것 같았다. 그러나 그녀는 끝내 말이 없었다. 옆에 선 여인이 이상하다는 듯이 요한과 명숙의 표정을 살피고 있었다. 요한은 현기증 같은 것을 느꼈다.

이렇게 평양집을 나온 요한은 버스를 타고 가면서 아까 마루로 올라가서 그녀를 얼싸안지 못한 일이 그 자리에 풀썩 주저앉아 엉엉 울고 싶을 정도로 후회스러웠다. '역시 나는 바보, 병신이다.'

요한은 버스 안에서 구토가 날 때마다 자꾸만 흘러내리는 성경책을 챙기며 겨우겨우 청량리까지 와 버스에서 내렸다. 차에서 내리자 왈칵 구토를 느낀 요한은 여관 간판이 달린 골목 안으로 달려 들어갔다. 거기에 쭈그리고 앉기가 무섭게 토한 그가 일어나 양복바지 주머니에서 수건을 찾았다. 바로 그때였다.

"여기 있어요."

요한에게 손수건을 건네준 사람은 명숙이었다. 요한과 명숙은 거리 모퉁이에 있는 조그마한 다방에 마주 앉아 대화를 이어갔다. 이십 년.

그것은 요한과 명숙 사이에 가로놓인 너무나 긴 세월이었다. 다방을 나와 합승 차에 오르려고 하며 명숙이가 요한에게 말했다.

"내일 또 뵙겠어요."

"제가 내일 새벽차로 경주 여행을 떠납니다."

"경주로요?"

"네. 애들을 데리고 수학여행을 떠납니다."

주일 저녁 예배를 빠지고 자정이 되어서야 술에 취해 돌아온 요한의 모습을 본 아내는 아랫목에서 기도하였다.

"오 주여! 용서하여 주시옵소서. 그는 지금 시험에 빠지고 있나이다……."

요한의 아내는 평생 한 번도 주일을 범한 일이 없었던 그가 주일날 저녁에 술까지 마시고 들어왔다는 것에 무서움을 느꼈을 것이다.

"오! 주여. 그의 심령을 붙들어 주시옵소서. 그를 시험하는 마귀를 물리쳐 주시옵소서……."

요한은 아내가, 훌륭히 순교하였다고 생각되는 아버지 목사의 딸로서는 충분하였을지 모르나 한 남자의 아내로서는 지극히 둔하였고, 또 자식에게는 무책임하였다고 여겼다.

다음날 새벽 첫차로 경주 수학여행을 가면서 요한은 어제 명숙이가 말한대로 만날 수 있을까를 기대하고 있었다. 요한은 내심 기차 안에서 경주에 도착할 때까지 명숙을 찾았다. 그런 그에게 앞에 있는 호텔의 소년이 요한이 묵고 있는 여관에 찾아와서 메모를 건네주었다.

"잠깐이라도 뵙고 싶습니다. 식사 전이면 더욱 좋겠습니다."

요한은 소년을 따라 자그마한 호텔로 들어서서 명숙을 만나게 되었다.

영화 〈피해자〉, '순간'과 '영원'으로 대치되는 양명숙(문정숙)과 최요한(김진규)

"아니 어떻게, 언제 오셨습니까?"

"바로 선생님과 같은 차로 왔어요."

"……?"

"오늘 뵙겠다는 말 거짓말인 줄 아셨죠?"

"버스도 따라잡고, 기차도 따라잡고, 호호호."

"명숙이 참 변했죠."

"도망을 가던 명숙이가 따라다니는 명숙이로."

이제 자신의 숙소로 돌아가야 한다는 요한에게 명숙은 이렇게 말한다.

"선생님, 저는 이제 우리들의 인생마저 따라잡고야 말겠어요."

"저는 이제 제 인생을 도로 찾아야겠어요."

"……그렇지만 어디 시간을 무를 수가 있어?"

요한은 창밖의 밤하늘을 내다보고 있었다. 하늘에는 별들이 유난히 반짝거리고 있었다. 그는 둥실 하늘로 떠오르는 것 같았다.

영원.

요한은 문득 '영원'을 생각하고 있었다.

"무슨 생각을 하셨어요?"

"별을 바라보고 있자니까 문득 '영원'이란 말이 생각나서."

"그래요. 저는 꼭 반대 생각을 했어요. '순간'을. 바로 이 순간을."

"순간과 영원과……?"

"뭔지 전 모르겠어요. 그저 제게는 이 순간이 한없이 귀하다는 것밖에."

명숙은 내일 행선지가 불국사인 것을 알고 요한에게 말한다.

"별 뵙겠습니다."


다음날 불국사 관광길에서 명숙은 요한에게 접근해서 호두과자 한

봉지를 슬그머니 손에 들려주고 짐짓 모르는 채 지나간다. 요한은 교감, 교사와 함께 명숙이가 건네준 호두과자를 나누어 먹다가 봉다리 안에 있는 명함 만한 종이쪽지에 '아사녀'라는 연필로 쓴 메모지를 발견한다. 아사녀는 불국사의 석가탑을 만든 석공의 아내로, 비련의 이름이다. 수천 리 길을 사랑하는 남편을 만날 수 있다는 희망으로 찾아왔다가 성스러운 공사 도중에 여인을 만나게 할 수 없다는 대사의 거절에 그러면 남편이 쌓는 탑의 그림자라도 보며 기다리겠다고 못가에 가 앉아 날마다 기다렸건만 그 탑에는 그림자마저 없었던지 끝내 지쳐 물에 몸을 던져 죽고 말았다는 아사녀.

요한은 명숙이가 쪽지에 하필이면 왜 아사녀라고 써 놓았는지 알 수가 없었다.


밤늦게 여관에서 나와 불국사의 석가탑, 즉 무영탑을 찾은 요한은 그곳에서 명숙을 만나게 된다.

"또 영원을 생각하세요?"

"저는 지금도 순간을 생각했어요."

"……"

"영원, 그건 즐거운 사람들의 말이야요."

"그럴까?"

"……"

"저는 방금 다음 순간을 위해서라도 이 순간을 버릴 수 없어요."

"제가 무서우시죠?"

"숙이가?"

"술집 마담이."

"이제 하나님이 미워졌어."

"제게는 미워할 하나님마저 없었어요. 천애의 고아야요."

"실은 누구나 다 혼자야."

"그런지도 몰라요. 그러나 저는 일생에 단 한 번만이라도 혼자가 아닌 저이고 싶어요."

"네, 꼭 한 번만이라도. 오늘 이 하룻밤이라도 저를 고아에서 건져 주세요. 네, 네. 그 이상은 더 바라지 않겠어요. 요한씨."

"끝까지 참을 수밖에 없잖아? 그게 우리의 운명인걸."

"참는다는 것 자기를 속이는 거야요."

"자기를 이기는 거지."

"어느 한 편 자기가 진 체하는 거죠. 저는 이십 년간을 두고 요한씨를 사랑하지 않은 체는 할 수 있었어요. 참은 거죠……."

명숙은 인생에서 단 하루만이 남았대도 자신을 위해 요한을 사랑하겠다고 한다. 명숙은 요한이 교회의 장로나 집사, 교인 중에 가장 남의 말하기 좋아하는 아무개 아무개를 무서워하는 것이라고 질타한다. 이렇게 영원과 순간은 평행선을 그리고 내리막길을 걷는다. 요한은 '인생의 고아, 사랑의 고아'라는 명숙의 말을 되새기며 여관 앞에서 그녀와 헤어진다. 요한은 잠자리에서 문득 명숙이가 헤어질 때면 꼭 하던 말을 오늘 저녁에는 하지 않았다는 생각이 났다. 그녀는 내일 또 만나겠다는 말을 하지 않았었다. 명숙에게 '순간'은 그녀의 육체적인 사랑의 감정을 확인하는 시간이다. 옛날에는 사랑하면서도 포기할 수밖에 없었지만, 이 순간만은 인간의 체면을 팽개치며 감정의 충동대로 행동하고자 하는 것이다. 명숙은 이렇게 함으로써 정신적 고아를 벗어나 잃어버린 삶을 찾겠다는 것이다. 이처럼 요한의 '영원에의 의지'와 명숙의 '순간에 대한 갈망'이 대립한다. '순간'이 현재의 욕망에 몸을 맡기는 것이라면, '영원'은 신앙과 윤리에 순응하는 것이다. 따라서 '순간'을 말할 때 그것은 사랑의 고백이 되고 '영원'을 말하면 사랑에 대한 거부가 된다. 요한은 명숙의 고백에 거듭 참자고 하는데 '참는 것'을 요한은 운명으로 받아들이는 것이라면, 명숙에게는 자기기만이라고 할 수 있다. 명숙은 여러 번 여관과 석가탑에서 사랑을 호소하며 옛날에 이루지 못한 사랑을 지금의 이 순간을 통해 확인하려 하고 요한은 지난날을 물릴 수 없다며 괴로워한다.〈신익호 '기독교와 현대소설 피해자' 한남대학교 출판부 1994 참조〉

다음날 요한은 석굴암에서 해돋이를 보기 위하여 일찍 일어나 학생들을 인솔하여 석굴암으로 올라갔다. 명숙도 다른 무리 속에 섞여 석굴암 해돋이 길을 오르고 있었다. 명숙이의 옷차림과 미모는 모든 사람의 시선을 끌었다.

석굴암 돌층계 밑에는 바위를 쪼아서 판 샘이 있었다. 감로수라고 새겨 있는 바위샘에서 한 사발을 마시면 천 년을 산다는 약수를 요한은 명숙에게 물 주걱으로 건네주었다.

이슬 같은 미소가 그녀의 입 가장자리에 떠오르다 말고 사라졌다. 그녀는 조용히 한 모금 마시고는 두 손으로 물 주걱을 받쳐 요한에게 살며시 내밀었다. 요한이 물 주걱에 담은 물을 그녀에게 양보하고 나서 다시 받아 마시는 것을 보고는 학생들은 "에, 선생님 백 년 손해 보셨다."라고 우스개를 하였다. 요한은 어쩐지 애들 앞에서 그녀가 마시다 남겨 주는 그 물을 마시기가 멋쩍었지만, 그 물을 마셨다. 학생들은 뭣도 모르고 '와아' 함성을 질러댔다.

석굴암 밑의 절간 앞뜰에서 아침으로 김밥을 먹고 있던 요한은 수학 선생의 손짓에 등 뒤를 돌아보았다. 아침에 요한이 앉아 있었던 바로 그 바위 위에 명숙이가 저편 낭떠러지 쪽을 향하여 앉아 있었다. 수학 선생은 그녀를 보고 "역시 멋쟁이지?" 하고 혼자 온 명숙에게 관심을 보였다.

바로 그때 그녀가 살며시 일어섰다. 얇은 치맛자락이 아침 바람에 한 번 크게 나부꼈다. 그녀는 치마꼬리를 더듬어 앞으로 감아쥐었다. 요한 일행은 뜰로 내려섰다. 그때 명숙은 한번 고개를 돌렸고 순간 요한의 시선과 딱 마주쳤다. 그것은 정말 순간도 채 못 되는 짧고 뾰족한 시간이었다.

요한 일행은 산줄기 끝에 사리탑이 있는 곳으로 내려가고 있었다. 절간 뜰에서 낭떠러지 밑으로 내려가는 언덕길을 뛰어 내려가는데 갑자기 뒤에서 소란하게 떠드는 소리가 났다.

"사람이 떨어졌어요! 사람이 떨어졌어요!"

바로 명숙이가 투신한 것이었다. 두 팔을 아무렇게나 내던지고 바위 잔등에 엎어진 명숙이를 발견하였다. 요한은 "숙이!"를 부르며 그녀의 몸을 안아 흔들었다. 그러나 그녀는 이미 숨을 거두고 있었다.

요한은 자살은 죄라고 하는 교감의 눈을 노려보았다.

"이를 죽도록 괴롭힌 자가 누군지 아십니까? 바로 당신들이오."

"아니, 최 선생, 그 무슨……."

"그녀는 죽었습니다. 죽은 것입니다. 죽음은 절대적인 행위올씨다. 그렇게 다시는 돌이킬 수 없는 막다른 골목으로 그녀를 몰아넣은 사람이 바로 당신들이란 말입니다. 당신들 한국 교회의 목사, 장로, 그리고 말 많은 교인들이란 말입니다."

"아니 목사, 장로가 어떻다는 겁니까? 최 선생, 진정하십쇼."

"저는 지금 세상에 나온 뒤로 제일 똑똑한 내 정신을 가지고 있습니다. 한 번 더 똑똑히 말씀드려 두지요. 그녀를 이렇게 만든 것은 바로 당신들이라는 것을. 그녀는 피해자입니다. 그리고 그를 죽인 하수인은 접니다. 당신들의 사주를 받은 이리석은 등신 요한입니다. 아니, 하수인인 동시에 저도 역시 그녀와 마찬가지로 피해잡니다……."

〈피해자〉에서 이범선은 하나님의 이름 아래 이루어지는 위선과 위악을 하는 기독교에 분노하고 있다. 사람을 잊어버리고 예수의 사랑이 아닌 기독교만을 위하는 자들, 명숙의 주검을 보고 눈물보다 먼저 죄를 생각하는 자들에 대한 고발장인 것이다. 고아 명숙을 며느리로 맞는 것을 거절한 요한의 아버지 최 장로는 하나님의 말씀을 잘못 이해하였던 것이고, 하나님의 말씀 자체가 그릇된 것이 아니라는 것이 이범선에게 나타난 진실한 신에 대한 외침이다.

자살은 계율에 반하는 죄라고 주장하는 교감은 "최 선생, 학생들 앞에서 하나님을 모독하십니까?"라고 힐난하였다.

"저는 하나님을 모독하지는 않았습니다. 하나님은, 진정 하나님은 당신들의 소위 예배당이라고 부르는 그 서낭당 저 너머에 계십니다."

이범선의 〈피해자〉에 등장하는 인물은 그 누구도 구원받지 못한다. 꿈도 희망도 보이지 않는다. 이범선은 소설에서 주인공들이 갖는 고뇌와 절망을 절대적 행위로서의 죽음으로 저항함으로써 드러내고 있다.

중편소설 〈피해자〉는 문단마다 기독교에 대한 비판의식을 표출하고 있다. 이범선은 기독교의 근본정신과 어긋나게 받아들여진 교회에 대해 이렇게 신랄하게 다룰 수 있을까 할 정도로 외형적 종교를 비판하고 있다. 그는 소설을 통해 예수의 사랑이 종교적 사명감으로 포장된 종교적 노예 상태에서 벗어나라고 요구하고 있다. 그는 무엇보다도 인간존재의 자유의지를 갈구하는 것이다.

홍사중은 이범선의 〈피해자〉는 위선과 위악에 이지러지지 않은 진실한 인간성에 대한 힘찬 옹호의 노래가 되어간다고 했다. 그래서 〈피해자〉는 기독교의 세계를 벗어나서 보다 보편적인 인간애의 의미를 획득할 수 있는 것이다.

이범선의 〈피해자〉는 김수용 감독이 영화화하여 1969년 중앙극장

에서 개봉되었다. 최요한 역 김진규, 양명숙 역 문정숙, 요한의 아내
역 주증녀, 최 장로 역 김동원과 김진규의 아들 되는 김진이 젊었을 때
의 요한 역을 맡기도 하였다. 한은진, 양훈, 정민, 김청자가 배역을 맡
았다.

김수용 감독은 한국영화의 황금기, 문예영화의 거장으로서 〈안개〉
(1967), 〈만선〉(1967), 〈산불〉(1967) 같은 문제작들을 만들었다. 그는
〈피해자〉에서 '인간과 종교의 본질'에 관한 질문을 관객들에게 던짐으
로 '인간과 신의 커뮤니케이션'에 관하여 생각하게 하는 모멘트를 제
시하였다. 그러나 영화 〈피해자〉의 각색자가 소설에서 최요한과 양명
숙이 평양, 서울, 경주로 이동하는 것을 따르지 않고 평양과 서울로 한
정하여 이범선 문학의 공간성과 시간성을 훼손하였다. 이로 인해 영화
〈피해자〉는 인간이 길 위에서 겪으면서 고통하는 주제가 상실되어 흥
행에 실패하였다.


## 오발탄

이범선의 대표작은 단편 〈오발탄〉이다. 작가는 6·25 한국전쟁이 끝
난 직후의 한국의 암담한 현실 상황을 적나라하게 들춰냈다. 주림과
헐벗음의 현실이 해방촌에서 사는 월남인 계리사 송철호와 그의 가족
에게 집약된다. 전쟁 직후 상이군인, 실업자, 양공주, 권총 강도가 들
끓은 참담한 사회상을 한 가족사를 통해서 드러낸다.

오십년대 작가 이범선의 1958년작 소설 〈오발탄〉은 고발문학의 원
형이다. 천이두는 〈오발탄〉의 핵심적 의미는 단순히 사회의 비참하고
불행한 면을 고발하는 것을 넘어서 그런 현실에서 인간의 양심은 어떻
게 있어야 할 것인가? 그리고 어떻게 그 올바른 행방을 찾아야 할 것

인가를 모색한 작품이라고 지적했다.

　주인공 송철호는 전차 값도 안 되는 월급에 맞추어 해방촌에서 종로를 걸어서 출퇴근한다. 밤낮 쑤시는 충치 하나 뺄 돈이 없어 참고 견딘다. 시장한 뱃속을 보리차로 때우며 직장에서 계리사로 근무한다. 미쳐서 시도 때도 없이 '가자'라고 외치는 노모, 만삭의 아내, 밤거리의 양공주가 된 여동생, 양심을 빼버리고 한탕 해서 잘 살아보자고 울분을 터트리는 동생 영호, 당시 종로의 명물인 엘리베이터와 에스컬레이터가 설치된 6층의 화신백화점을 구경시켜달라고 하며 신발을 사달라고 조르는 딸, 이 모든 게 송철호에게는 무거운 짐이다.

　동생 영호가 건네주는 양담배를 거절하고 파랑새 꽁초를 피우는 가장 송철호는 양심껏 살아가는 소시민이다. 자식으로서 남편으로서 가장으로서의 구실을 다하지 못해 자책하지만, 양심을 저버리고는 살 수 없다는 것이다.

　송철호는 소설의 서두에서 퇴근하고자 모서리 창가로 갔다. 바께쓰의 물을 대야에 따랐다. 물속에 잠긴 두 손을 물끄러미 바라보니 펜대 쥔 손에서 잉크가 사르르 물속으로 풀려났다. 송철호의 눈에는 피로 보였다. 그가 피로 느꼈던 잉크, 그것은 그의 양심이 빚어낸 자의식의 내출혈의 상징적인 표상이다.

　문학사에서 〈오발탄〉이 차지하는 비중은 자못 크다. 그렇지만 1961년에 유현목 감독에 의해 영화로 만들어진 〈오발탄〉이 영화사에서 갖는 비중은 더 크다고 할 수 있다.

　이북이 고향인 치매 할머니는 수시로 북에 있는 고향으로 '가자'라고 외쳤다. 과거 좋았던 기억으로의 회귀를 보여주는 것이었다. 경석과 철호가 나라를 위하여 싸웠지만, 조국은 별 도움을 주지 못한다. 이에 좌절하는 상이군인들의 부정적인 묘사와 해방촌에 모여 사는 비루한 피난민들의 거주환경, 전쟁으로 인하여 명숙이가 양공주가 되어 조선호텔 주변에서 미군을 유혹하는 장면 등 사회 비판이 심하다는 이유로 당국은 영화 〈오발탄〉에 상영금지 처분을 내렸다. 그러나 1963년 샌프란시스코 영화제에 영화 〈오발탄〉을 출품하여 세계적 관심을 받자 당국은 상영허가를 내주었다.

영화에서 해방촌이란 공간은 의미 형성에 있어서 중요한 요소가 된다. 신은 높은 곳에 있지만, 현실에서는 높은 곳에 살수록 불행하다. 삶의 뿌리를 내리지 못한 월남인들이 모여 사는 해방촌은 도시의 전경이 내려다보이는 높은 곳에 있다. 해방촌 풍경에 대한 리얼리즘적 묘사는 이 영화에서 눈에 보이지 않게 숨어있는 역사적 시각의 맥을 형성한다.

영화는 남대문시장과 셔터가 내려진 은행, 남영동 철길가 건물 벽의 오리온 캐러멜 간판, 조선호텔 앞의 밤 풍경, 동숭동 서울대학병원의 초라한 옛 모습, 상이군인들이 난롯가에 모여 있는 다방에 카메라 앵글을 집요하게 들이민다. 4층 건물 외벽을 타고 오르는 계단 위의 옥탑방에 사는 설희는 자신이 높은 곳에 사는 이유가 천국에 가깝기 때문이라고 한다. 집 앞에서 꾸벅꾸벅 졸고 있는 경비원을 '천국의 문지기'라고 소개한다. 동시에 설희는 자신이 일하는 곳, 담배 연기 자욱한 술집은 지옥에 비유한다.

전차를 타고 가던 철호가 전차 옆에 서 있던 지프차에 미군과 여동생 명숙이 타고 있는 모습을 보게 된다. 전차에 타고 있던 남자 승객들의 명숙을 비난하는 말들이 들리자 철호는 반대쪽으로 옮겨간다. 철호의 옆얼굴이 클로즈업되고 판소리가 들린다. 판소리가 조금 들리자마자 화면은 버스 아래쪽의 지프차 정경으로 옮겨진다. 그러자 사운드는

영화 〈오발탄〉, 피난민들이 모여 사는 해방촌의 남루한 집 안. 자고 있는 딸아이와 송철호(김진규)

루이 암스트롱의 재즈 음악 '성자의 행진'(When The Saints Go Marching In)으로 바뀐다. 대조적인 한국의 전통 판소리와 서양 노래의 음향 효과는 한국의 전통문화와 외래문화를 상징하며 명숙의 행태를 가치관의 상실로 보여줌으로써 당시 사회의 내재적 갈등을 보이는 것이라고 이충직은 지적하고 있다.

철호가 퇴근하여 해방촌 집으로 가면서 세 가지 음악이 연이어 들려온다. 월급을 탄 철호가 화려한 시내의 귀금속점과 시끄러운 재래시장의 신발가게를 거친다. 이때에는 외국문화의 침투를 상징적으로 드러내는 재즈 음악이 들린다. 철호가 해방촌으로 들어설 즈음엔 개척교회에서의 찬송 소리가 들린다. 그리고 그가 집으로 들어서자 아이가 부르는 동요 '고향의 봄'이 들린다.

영호가 은행을 터는 순간에 교회 전도단이 은행 앞을 지나가면서 '내 주를 가까이 하려 함은'이란 찬송가를 부른다. 이는 찬송가에 의해 영호가 구원을 받을 수 없다는 구원과 현실 사이의 역설을 드러낸 것이다. 〈조정래, '이범선 작가 연구 영화 오발탄과 회의론적 세계관', 깊은 샘, 2002 참조〉

영호의 도주 경로는 전쟁 직후 비참한 삶을 사는 도시 빈민층의 모습을 보여준다. 다 쓰러져 가는 허름한 판자촌, 복개 공사 중에 있는 청계천 지층 내부에서 울고 있는 아이를 등에 업은 채 목매달아 자살한 여인을 카메라 앵글은 무심히 스쳐 지나간다. 너무 충격적이다. 아주 짧은 순간의 영상에서 나는 가슴이 시리고 먹먹했다. 이 여인은 마지막 순간까지도 아이를 그 어디에도 맡길 수 없는 고립무원의 처지로, 다른 방도가 없어 포대기로 아이를 둘러메고 자살한 것이다. 유현목 감독은 경찰에 쫓기는 영호를 통해 전쟁 직후 출구를 찾지 못해 극단적인 선택을 해야만 하는 시대상을 보여주었다.

연이어서 기본적 생존을 위해 노동자의 처우 개선을 요구하는 시위 현장을 삽화처럼 담아냄으로 유현목 감독의 영화 〈오발탄〉은 소설 〈오발탄〉을 뛰어넘어 1950년대를 여과 없이 드러내는 리얼리티를 보여준다.

〈오발탄〉은 사회의 불가항력적인 모순에 억눌린 한 개인의 삶을 통해 실존주의적 회의를 드러낸 것이라 할 것이다. 인간의 조건을 '생존이냐, 윤리냐?'라고 냉혹하게 물으며, 양심과 윤리를 선택한 주인공이 파멸하는 것을 묘사하고 있다. 이화여대 음악과를 졸업한 철호의 아내가 꿈을 상실한 채 가난한 집 며느리로 살다가 아기를 낳는 중에 죽는다. 철호는 명숙이가 건네준 병원비를 가지고 갔다가 대학병원 49호실에서 시체안치소로 옮겨진 아내의 시신을 확인하고는 그냥 돌아 나오면서 그 돈으로 치과를 찾아가 충치를 뽑는다. 철호는 마저 한 대를 더 발치 하자고 하나 의사는 출혈로 위험해질 수 있다고 거절한다. 하는 수 없이 치과 계단을 내려와서 철호는 미도파 백화점을 등지고 명동거리를 얼마 동안 걷는다. 그러다 철호는 다른 치과에 가서 기어이 충치를 마저 뽑고 만다. 그때까지 한 끼도 식사를 못 해 시장기를 느낀 그는 북창동에 있는 대중음식점에 들어가 설렁탕을 주문했지만, 입안의 출혈로 주문한 설렁탕을 먹지도 못한 채 식당 골목으로 뛰쳐나가 피를 토하게 된다.

송철호는 택시를 잡아탔지만 집, 경찰서, 대학병원 그 어디에도 갈 곳을 찾지 못하고 방황한다. 송철호는 자신을 두고 택시 운전자와 조수가 "어쩌다 오발탄 같은 손님이 걸렸어. 자기 갈 곳도 모르게."라고 하는 이야기를 들으며 까마득히 잠이 든다. 철호는 스스로 자문한다.

'······ 아들 구실, 남편 구실, 아비 구실, 형 구실, 또 계리사 사무실 서기 구실, 해야 할 구실이 너무 많구나. 그래 난 네 말대로 아마도 조물주의 오발탄인지도 모른다. 정말 갈 곳을 알 수가 없다. 그런데 나는 어디건 가야한다. ······'

여기서 조물주의 오발탄이라는 문장으로 인하여 이범선은 1958년에 기독교 학교 대광고등학교 교사를 그만두게 되었다고 한다. 그 후, 외국어대학교 교무주임으로 근무하다가 1973년에 국문과 부교수가 되었다. 이범선은 비상식의 세계를, 선량한 주인공들을 즐겨 그렸다. 이범선 소설의 인물들은 전후(戰後)적 궁핍 속에서 사회가 요구하는 생존의 법칙에 적응하지 못하고 극심한 고통에 빠지게 된다.

택시를 타고 방황하는 철호의 모습을 담은 장면은 김진규의 명연기로 관객들이 자기 상실의 괴로움에 절규하는 한 인간을 냉철한 시선으로 바라보게 했다. 인간이란 신의 오발탄, 즉 내버려진 존재라는 것을 이범선 작가와 유현목 감독이 영상 문학으로 고발하고 있다.

〈오발탄〉은 송철호 김진규, 영호 최무룡, 명숙 서애자, 아내 문정숙과 김혜정, 윤일봉, 이대엽 등이 출연하여 1950년대 전후(戰後) 시대상을 카메라로 사실적으로 보여주었다. 영화 〈오발탄〉이 영화연구가와 비평가를 대상으로 조선일보사와 한국일보사 등 언론매체의 설문 조사에서 대한민국 영화사에서 가장 중요한 영화 1위로 선정된 것은 〈오발탄〉이 갖는 이러한 역사적 중요성에 대한 함의를 말해주고 있다고 할 것이다.

가야할 곳을 정하지 못하는 송철호(김진규). 무리한 발치로 인한 출혈로 택시 안에서 죽어가는 모습

## 천당 간 사나이

이범선이 1976년 발표한 소설집 《표구된 휴지》에 수록된 단편 소설 〈천당 간 사나이〉는 그의 후기작으로 기독교의 문제를 비판하고 있다. 앞서 1958년에 발표한 〈피해자〉에서 종교의 위선을 문제 삼았던 작가는 〈천당 간 사나이〉에 이르러서는 기독교의 내세관, 구원관에 대하여 날카롭게 비판했다.

하얀 수의를 입고 저승길을 걷고 있는 뚱뚱한 사나이는 이승에서 장로였고, 파란 수의를 입은 야윈 사나이는 이승에서 일가족을 살해한 살인자이다. 장로는 자신이야말로 당연히 천국에 들어가겠지만, 사형수는 지옥에 갈 것이라 여긴다. 죄수는 자신은 사형을 받아야 마땅한 죄인이라고 장로에게 말해주며, 장로와 죄수가 서로 가야 할 곳을 말한다.

장로　"나는 하나님 앞으로 가는 사람이요."

죄수　"하나님 앞으로?"

장로　"그렇소만, 노형은 어디까지 가슈?"

죄수　"글쎄요. 우선 염라대왕 앞으로 가야 된다던데요."

장로　"염라대왕이요?"

죄수　"네, 거기 가서 염라대왕에게 재판받고 전생의 값을 치러야 한다던데요."

장로　(고개를 가로저어) ……

죄수　"그렇담, 우리 두 사람 중에 누구 한 사람은 길을 잘못 들은 셈이군요."

장로　"……"

**죄수** "그렇지않습니까? 선생님은 하나님 앞으로 갈 분, 저는 염라대왕 앞으로 가는 길인데 같은 길로 왔으니 말입니다."

하나님을 향해 가는 뚱뚱한 장로와 염라대왕을 향해 가는 야윈 살인범은 두 갈래 길에 이른다. 장로는 천국으로 가려면 왼쪽 험난한 길이 분명할 것으로 여겨 왼쪽 길로 들어선다. 사형수는 어차피 가야 할 길인지라 평탄한 길을 택한다. 장로는 험난한 길에서 피투성이가 되어 간신히 천당 길로 들어섰는데 두 길이 다시 하나로 합쳐지면서 살인범을 만나게 된다. 이렇게 만날 줄 모르고 공연히 고생길을 걸은 장로는 어처구니가 없었다. 장로는 홀로 아름다운 천국에 취해 있다가 같은 곳에 자기보다 먼저 들어온 사형수를 만나게 된 것이다. 궁금증을 참아내지 못한 장로는 천사에게 물어본다. "지옥은 어디 있냐"고. 그러자 천사는 본래 지옥은 없고 천당만 있다고 일러준다. 장로는 평생을 교회에 잘 다니고 선행을 한 자신은 천당에 있는 것이 당연하지만 범죄자도 같은 곳에 있는 것을 보고는 몹시 불쾌해졌다. 그 순간부터 장로는 죄수가 있는 천당이 싫어졌다.

주태익이 각색한 〈천당 간 사나이〉는 이범선 문학에 내재해 있는 신관이나 인간의 운명에 대해 원작자가 제기한 문제점을 살리는 것보다 연극으로서의 객관성을 담아냈다. 세속적인 장로가 죽어 황천길을 가던 중 저승 길목에서 하나님의 사람을 상징한 노인과 대화를 나눈다. 그때 세상에서 살인하여 사형을 당한 죄수와 그에게 죽은 사람들과 구공탄 가스로 죽은 철학자가 등장하여 세상에서 있었던 일을 중심으로 이야기를 벌인다. 주태익이 각색한 연극 〈천당 간 사나이〉의 주제는 구원이 선행의 대가가 아니라 하나님의 은총이라는 것을 보여준다.

1976년 여름의 더위가 한풀 꺾이고 있을 때 연출가 이반 교수와 극작가 주태익 선생이 종로2가 디즈니 다방에서 만나자고 전화를 주었다. 한국크리스천문학가협회가 창립 10주년 기념으로 문인극을 하는데 기획을 맡아 달라는 것이었다.

이범선 원작, 주태익 각색, 이반 연출의 〈천당 간 사나이〉가 공연작이 되었다. 노인 김광식, 장로 황금찬, 철학자 이보라, 춘심 윤경남, 아저씨 강정규, 아줌마 김정기가 배역을 맡았다. 그 당시 세운상가에 중앙신학교 야간부가 있었다. 중견 문학인들이 신학교 강의실에서 대본 연습을 하였다. 나는 연습실과 식당, 유전다방에 이르기까지 매일 출근하며 뒷바라지를 하였다. 종로2가 한국기원이 들어있는 빌딩1층에 있는 유전다방에 가면 나중에 '목요회'가 된 '수요회' 멤버 조향록 목사, 이범선 소설가, 김광식 소설가, 황금찬 시인, 주태익 극작가, 김봉삼, 강형요, 김세익, 노정팔, 홍성건, 장하구 등이 언제나 모여앉아서 담소를 나누었다. 때로는 윤남경, 송영 작가도 자리에 있었다.

나는 기획을 맡아서 공연을 앞두고 남산에 있는 공연윤리위원회를 찾아가 대본심의를 받아냈다. 공연 티켓을 이화여대 앞의 파리다방과 명동의 필하모닉 음악 감상실, 종로서적, 을지서점 등 서점 가에 예매를 맡기는 일을 하였다. 1975년에 〈최후의 유혹〉에서 연극을 제작한 경험이 있어서 언론사로 보도 자료도 보내는 등, 이외에도 여러 가지 잡무를 보았다. 연극 〈천당 간 사나이〉는 1976년 12월 25일 낮 3시와 밤 7시에 2회로 세실극장에서 공연하였다.

〈천당 간 사나이〉 연극 공연이 언론 보도로 알려지게 되자 여러 교회에서 나를 찾아와 대본을 달라고 했다. 그 당시 마땅한 교회 극 대본이 부족할 때에 〈전낭 간 사나이〉가 칭작 현대극으로서의 문을 열었다.

## 이범선 소설의 영상화

이범선 소설 〈오발탄〉〈피해자〉에 이어 〈밤에 핀 해바라기〉가 1965년도에 최훈 감독, 김진규, 신성일, 조미령, 태현실, 이경희, 허장강, 이빈화, 석일우, 김석훈, 김정훈 등이 출연하여 영화화되었다.

6·25전쟁으로 피난길에서 헤어진 부부는 서로 생사를 모른다. 그로부터 10여 년의 세월이 흘러 한동민은 박혜란과 새 가정을 이루게 되었고, 아이들의 교육을 위해 가정교사를 맞아들인다. 뜻밖에도 가정교사는 헤어져 생사를 몰랐던 전처 몸에서 태어난 친딸 정숙이었다. 그래서 그는 전처 김경애와 재회하지만 이러지도 저러지도 못한다. 두 부인은 피차의 처지를 이해하며 서로 양보할 뜻을 밝히다가 끝내는 전처의 자살로서 끝이 난다. 〈밤에 핀 해바라기〉는 월남 인사가 북의 처와 남의 처 사이에서 겪는 가정적인 갈등을 통하여 6·25동란으로 인한 한국의 사회문제를 서사하고 있다.

《조선일보》에 연재된 이범선의 〈검은 해협〉은 1999년 8월 13일에 광복절 특집으로 〈미찌꼬〉라는 제목의 MBC 드라마로 방영되었다. 그리고 이범선의 소설 중 리리시즘적인 〈갈매기〉가 주일청 연출로 TV 문학관에서 시골 중학교 교사 훈(민욱)이 어린 아들과 함께 살아가는 섬마을의 이야기를 서정적으로 그려졌다.

그곳의 일상은 파도 소리가 베개를 때리는, 지극히 단순한 생활이다. 훈은 매일 배를 타고 그가 근무하는 학교로 출근한다.

아침바다 갈매기는 금빛을 싣고
고기잡이 배들은 노래를 싣고

TV문학관 주일청 연출 〈갈매기〉. 우측부터 트럼펫 부는 문오장, 조인표(민욱 아들), 하미혜

희망에 찬 아침바다 노저어가요
희망에 찬 아침바다 노저어가요

　드라마의 초입에 문명호가 작사하고 권길상이 작곡한 동요 '바다'가 아이들의 밝은 소리로 불려진다. 1950년대 초 9·28서울수복이 이뤄진 직후 동요 작곡가 권길상이 전쟁으로 상처 입은 동심에 희망을 안겨주고자 만든 동요 '바다'가 〈갈매기〉의 주제가가 되어 아침 햇살에 황금빛으로 출렁이는 바다를 희망적으로 묘사하고 있다.

　훈의 집에서 거리까지 가는 도중에 단 한 채 아주 초라한 오막살이가 있고 그곳에는 노인 거지 세 사람이 살고 있다. 드라마에는 소설과 다르게 김진해, 정진 두 명만이 나온다. 사람들은 그들을 신선이라고 부르는데 외딴섬까지 밀려들어 온 노인들의 사연이 애처롭기 그지 없다.

　조그만 포구에는 '갈매기'라는 다방이 한 집 있다. 서른 두어 살 되는 다방 여주인(하미혜)과 그녀의 맹인 남편(문오장)이 함께 살고 있다. 전직 음악 교사인 남편은 저녁마다 '집시의 달'을 소설에서는 색소폰이지만 드라마에선 트럼펫으로 연주한다. 훈의 아들 종은 바둑이와 함께 '갈매기' 다방을 자주 찾아갔다. 그러던 어느 날 밤마다 포구에서 나팔을 불던 맹인 남편이 큰 파도에 휩쓸려 죽게 된다. 상처한 훈과 엄마가 없는 아들 종은 다방 여주인을 흠모하지만, 그녀는 배를 타고 육지로 떠난다. 그들이 거주하던 다방의 2층 창문은 캄캄했다. 이제 훈 자신도 이 포구를 떠나가야만 할 것 같은 생각이 들었다. 그가 달을 향해 섰는데, 밤은 어디로 가는 것일까. 갈매기 두 마리가 훨훨 달을 향해 앞으로 날아갔다.

　작가 이범선은 그의 소설에서 한국전쟁 이후 파괴되고 황폐해진 일반인들의 삶의 모습을 강렬한 주제 의식으로 묘사했다. 〈사망 보류〉에서 교사 철은 폐결핵으로 각혈하며 죽어간다. 그는 앞순위 세 번째 차례로 타게 되는 곗돈을 타는 날인 25일까지 자신의 사망을 보류하라고 아내에게 유언한다. 그 곗돈을 타서 살아 있는 처자식들에게 어떻게든 살아보라는 유언이다. 이들은 이범선 소설에 나타나는 소시민들의 전형이다.

이범선 문학은 리얼리즘만으로는 다 담아내지 못하는 인간 본성에 대한 근원적인 문제의식을 담아냈다. 그는 인간의 궁극적 모순을 추구하려는 존재론적인 회의와 허무를 중심으로 휴머니티를 작품 속에 융합했다. ✴

김승옥은 1962년 《한국일보》 신춘문예에 단편 〈생명연습〉이 당선되어 문단에 등단하였다. 1964년 발표한 단편 〈무진기행〉이 문단의 주목을 받으며, 문예 창작하는 이들의 교본으로서 읽히게 되었다. 1965년 〈서울, 1964년 겨울〉로 그의 나이 24세에 가장 권위 있는 상인 제10회 동인문학상을 수상하였다. 김승옥은 1966년 〈다산성〉 〈염소는 힘이 세다〉, 1967년 〈내가 훔친 여름〉, 1968년 〈육십년대식〉 〈재룡이〉, 1969년 〈야행〉 〈보통여자〉를 발표했다.

# 무진기행, 김승옥 소설의 하얀색이 주는 의미

# 무진기행, 김승옥 소설의 하얀색이 주는 의미

## 육십년대 작가

1950년대의 순수문학에 대한 반성으로 60년대 문학에서는 사회에 대한 새로운 현실의식이 드러났다. 1961년에 발표된 최인훈의 대표작 《광장》에 이명준이라는 청년이 주인공으로 나온다. 그는 민주주의 사회의 뒷골목을 체험하고는 월북을 한다. 그러나 그곳에서도 공산주의 사회의 모순을 알게 된다. 그러다가 민족비극인 6·25동란이 일어나 북한의 정치보위부 장교로 참전하게 되어 포로가 되었다가 석방된다. 그는 남한도 아니고 북한도 아닌 중립국을 택하지만, 목적지를 앞에 두고 배에서 바다로 뛰어내린다. 이명준은 이데올로기의 뒷골목에서 신음하다가 심해의 밑바닥에 가라앉고야 말았다. 현실 사회에서 참다운 이념과 사랑의 광장을 찾을 수 없었기에 그는 결국 돌아오지 않는 잠수부가 된 것이다.

최인훈의 〈광장〉은 4·19로 인한 사회의식의 발로라 하겠다. 4·19와 5·16이라는 사회 인식은 문학에 한글세대인 신세대 작가가 본격적으로 등장하는 계기가 되었다. 60년대 이전의 작가들은 일본어와 한자를 사용하여 소설문장을 완성하는 이중 언어를 구사하였었는데 60년대 김승옥에 이르러서 우리 말인 한글로 쓰는 진정한 한글세대가 나타나게 된 것이다.

김승옥이 《무진기행》을 시나리오로 각색한 것을 김수용 감독이 영화 〈안개〉로 연출하였다. 신성일(윤기준), 윤정희(하인숙), 이낙훈(조한

《한국일보》신춘문예 소설이 당선,
서울대학교 2학년의 김승옥 작가

1965년도 〈서울 1964년 겨울〉로 제10회 동인문학상 수상한 김승옥, 지명관(덕성여대 총장), 장준하(사상계 사장), 여석기(고려대 교수), 안수길(소설가), 이희승(서울대 국문과 교수), 김승옥(소설가), 윤계자(김승옥 어머니), 김팔봉(소설가), 이휘영(시인), 김경애(김동인 부인), 김광영(김동인 아들 한양대 의사), 정명환(서울대 불문과 교수), 전광용(소설가 서울대 교수), 이호철(소설가), 양호인(평론가), 안병욱(숭실대 철학과 교수), 이숭녕(서울대 국문과 교수)

수), 김정철(박 선생), 이빈화(아내), 김신재(윤기준 모친), 주증녀(이모) 등
이 출연한 영화 〈안개〉는 1967년 문예영화의 수작으로 꼽힐 뿐 아니
라, 한국의 비극적 현대사에 상처받은 인간의 내면을 그려냄으로 한국
의 모더니즘 영화를 대표한다. 주제가 〈안개〉의 이봉조 색소폰 연주를
따라가다 보면 안개 속에서 건조하고 암울한 인간의 내면세계와 조우
하게 된다.

내친김에 김승옥은 김동인의 〈감자〉를 각색, 감독하여 영화로 만듦
으로 영화계에 깊숙이 진입하였다. 1968년 이어령의 〈장군의 수염〉을
각색하여 대종상 각본상을 수상하기도 하였다. 1974년 시나리오 〈어
제 내린 비〉〈영자의 전성시대〉〈겨울여자〉〈여자들만 사는 거리〉〈도
시로 간 처녀들〉 등을 각색하여 영화화하였다. 김승옥은 이렇게 한동
안 문학이 아닌 영화계에 있다가, 1976년 〈서울의 달빛 0章〉으로 제1
회 이상문학상을 수상하였다.

1980년 장편 〈먼지의 땅〉을 《동아일보》에 연재를 시작했으나 광주
사태로 집필 의욕을 상실한 김승옥은 15회 만에 자진 중단하고 사실
상 절필 상태가 되었다.


## 무진기행(霧津紀行), 하인숙과 나비부인


나는 2006년 봄에 명지대학교 문화예술대학원 문예창작과에 입학
하여 이상우 교수로부터 '소설창작의 이론과 실제'를 수강하였다. 이
상우 교수는 소설을 쓰고자 하는 이들에게 김승옥의 〈무진기행〉을 최
고의 교본으로 제시하였다.

김승옥의 일차적 달란트가 문학이라고 하면 이차적 달란트는 그림
이다. 그는 1941년 12월 23일 일본 오사카에서 출생했다. 1946년부

터 순천에 정착하여 1948년 순천 남국민학교에 입학하였다가 여수 동산국민학교로 전학하였다. 1950년 6·25가 발발하여 경남 남해로 피난했다가 수복 후 순천 북국민학교로 전학하였다.

김승옥은 국민학교 4학년 때부터 정식으로 그림을 배우게 되었다. 그림 그리는 것을 가르쳐 준 신경청 선생은 석고 데생, 보색, 색의 명도, 심지어 인상파의 이론까지 김승옥에게 가르쳐주었다. 신경청 선생은 제주도 출신으로 일본에서 미술대학을 나오고 사상 관계로 제주도에서 살 수 없어 친구가 되는 순천 북국민학교 교장의 배려로 학생과 교사들에게 미술 지도를 하였다.

김승옥은 신경청 선생에게 선택되어 신선 옆에 동자처럼 항상 붙어다니며 그림을 배우게 되었다. 담임선생님도 김승옥이 화판을 들고 슬그머니 교실 뒷문으로 나가면 으레 신 선생하고 그림 그리러 야외로 나가는 줄 알아주었다.

김승옥이 색채의 세계로 들어간 것은 이 무렵부터였다. 현실의 모든 색채는 붓끝에서 물감에 의하여 발가벗겨지고 분해되고 재구성되었다. 그림은 현실보다 더 아름다운 경이로운 다른 세계였다. 김승옥은 이제 막 페인트칠을 끝낸 깨끗하고 질서정연하고 살기 편리해 보이는 고급 주택가보다도 녹슨 함석지붕이 너덜대고 얼룩얼룩 썩은 판잣집이 즐비한, 군데군데 지저분한 물웅덩이가 패어 있는 빈민가의 풍경 속에서 더 아름다움을 느꼈다.

본래 색채는 인간의 정신과 감각을 건강하게 하며 삶을 풍요롭게 한다. 건축학, 정신분석학, 디자인이나 예술적인 표현 등에서 색채는 기초적인 의미전달의 수단이 되고 있다. 문장을 표현하는 것에 있어서도 색채어를 적절히 사용하면 말하고자 하는 내용을 더욱 생동감 있게 표현할 수 있다.

김승옥이 그린 순천 대대동. 김승옥의 화집 《그림으로 떠나는 무진기행》은 김승옥이 직접 그린 그림
70여 점에 짧은 글을 덧붙인 그림 에세이다

작가도 화가가 그렇듯이 자기가 좋아하는 색깔이 있어, 그 색채들을 통하여 전달하고자 하는 바를 표현한다. 누군가는 흰색으로 차가움을, 누군가는 빨간색으로 정열을, 또 다른 누군가는 주황색으로 밝음을 표현하거나 보라색으로 어두움을 담아낸다. 혹자는 확실한 색이나 흐릿한 색, 또는 대조가 분명한 색이거나 구분이 불분명한 색 등으로 글의 특징을 드러낸다.

김승옥에서 자주 묘사되는 색은 흰색이다. 흰색은 긍정적으로는 '순수'와 '순결'을 담고 있고, 부정적 이미지로는 '죽음'과 '공포'를 표출한다.

아닌 게 아니라 〈무진기행〉의 주인공 윤희중은 안개가 많은 '무진'이라는 공간에서 미치거나 미쳐 가고 있는 여자, 그리고 자살한 술집 여자를 목격하게 된다.

시체의 얼굴은 냇물을 향하고 있었으므로 내게는 보이지 않았다. 머리는 파마였고 팔과 다리가 하얗고 굵었다. 붉은색의 얇은 스웨터를 입고 있었고 하얀 스커트를 입고 있었다. 지난밤의 새벽은 추웠던 모양이다. 아니면 그 옷이 그 여자의 마음에 든 옷이었던가 보다. 푸른 꽃무늬 있는 하얀 고무신을 머리에 베고 있었다. 무엇인가를 싼 하얀 손수건이 그 여자의 축 늘어진 손에서 좀 떨어진 곳에 굴러 있었다. 하얀 손수건은 비를 맞고 있었고 바람이 불어도 조금도 나부끼지 않았다.

자살한 술집 여자는 팔과 다리가 하얗고 하얀 스커트를 입고 있었다. 하얀 고무신을 머리에 베고 있었고 무엇인가를 싼 하얀 손수건이 그 여자의 축 늘어진 손에서 좀 떨어진 곳에 굴러 있었다고 김승옥은 묘사했다. 그녀가 순결한 사랑을 꿈꿨지만, 현실에서는 뜻을 이룰 수 없어서 자살하였음을 김승옥은 하얀색이라는 색채 이미지로 표현하였다.

〈무진기행〉의 주인공 윤희중은 자의식이 강한 사람이다. 그는 장인이 경영하는 서울의 대회생제약회사의 간사로 일하다가 장인과 아내의 배경으로 곧 있을 주주총회에서 전무로 승진하게 되어 있었다. 아내는 이러한 일로 남편이 심히 괴로움을 겪고 있는 것을 눈치채고 윤희중에게 고향 무진에 가서 잠시 쉬었다 오도록 권유했다.

이런 경위로 윤희중은 어머니 품속과 같이 아늑한 장소로 기억되고 있는 무진이라는 고향에 내려오게 되었다. 그러나 광주역에 내려 역 구내를 빠져나올 때 미친 여자를 보는 순간 아늑한 장소로서의 무진에 대한 윤희중의 관념은 산산이 부서졌다. 6·25사변 때 어머니의 강요로 골방에 숨어 지내느라 미칠 것만 같았던 지난날의 자신의 모습이 떠올랐기 때문이었다.

고향에서 사는 이모님 댁에 도착한 그 날 저녁, 윤희중은 고향 후배인 박 군의 권유로 동창생 조의 집을 방문하였다. 윤희중은 고등고시를 패스하여 세무서장으로 있는 동창생 조를 찾아온 여러 사람 중에서 한 낯선 여자를 소개받았다. 그녀는 그들의 모교에 와 있는 음악선생인 하인숙이었다. 하인숙은 무진으로 발령이 나서 어쩔 수 없이 그곳에서 음악선생을 하고 있었다. 그녀는 성악을 전공한 소프라노로, 졸업연주회 때에는 〈나비부인〉 중에서 '어떤 갠 날'을 불렀다며 졸업연주회를 그리워하고 있는 듯한 음성으로 자신을 소개했다.

푸치니의 〈나비부인〉의 음악은 선율적이면서 색채적이다.

나가사키 항구에 사는 게이샤 초초상은 미국 해군 중위 핑커톤과 결혼하고 남편의 종교인 기독교로 개종까지 한다. 핑커톤과의 사이에서 낳은 아이를 기르며, 배를 타고 떠난 지 3년이 되는 핑커톤이 돌아올 날을 기다린다.

초초상은 외국인 남편들은 모두 돌아오지 않더라고 말하는 하녀 스즈키에게 화를 내면서, "그이는 울새가 둥지를 틀 때면 돌아온다고 했어"라고 말한다. 이어 그녀는 아리아 '어떤 갠 날'을 부른다.

"어느 날 하얀 연기와 함께 흰 배를 타고 그가 올 거야. 멋진 그가 날 부르며 길을 올라올 때, 난 대답을 안 하고 숨을 거야. 그렇게 하지 않으면, 심장이 터져버릴지도 몰라…… 그런 날이 꼭 올 거야."

긴 기다림으로 지친 여자가 자신에게 사랑의 확신을 다짐하는 힘차고도 하염없이 슬픈 노래다.

그토록 기다렸던 핑커톤은 미국인 아내 케이트와 나가사키를 찾아와 아이를 데려다 키우고자 한다며 하녀 스즈키에게 이를 초초상에게 전해달라고 한다. 미국 영사 샤플리스도 초초상에게 아이의 미래를 위해서 아이를 양보하라고 말한다. 이에 초초상은 "아이의 미래를 위해서 내가 희생하고 아이를 주겠다."라고 말한다.

초초상은 아이를 껴안고 자신은 마지막 노래인 작별의 아리에타 '안녕 아기야'를 부른다. 노래가 끝나자 그녀는 아이의 눈을 가리고 성조기와 장난감을 아이의 손에 들려주고 자신의 병풍 뒤로 간다. 이윽고 땅에 칼이 떨어지는 소리가 들리고 흰 천을 목에 두른 초초상이 비틀거리며 아이에게 가다가 쓰러져 죽는다.

오페라 '나비부인'에서도 극적인 순간마다 보여주는 색이 하얀색이다. 하얀색은 순결과 죽음을 예감한다.


〈무진기행〉의 주요인물인 하인숙이 졸업연주회 때 불렀다는 아리아 '어떤 갠 날'은 그녀 또한 무진에서의 삶이 미치거나 자살하는 것으로 끝날 것이라는 예감을 주고 있다.

하인숙은 세무서장 조의 집에서 '목포의 눈물'을 불렀다. 윤희중은 그녀가 부르는 노래에 머리를 풀어헤친 광녀의 냉소와 무엇보다도 시체가 썩어 가는 듯한 무진의 냄새가 스며 있는 것을 감지했다.

밤이 깊어서야 윤희중은 하인숙과 조의 집을 나왔다. 하인숙은 떨리는 목소리로 윤희중에게 밤중이라 무서우니 자기 집까지 바래다 달라며, 윤희중에게 오빠라고 부를 테니 자신을 꼭 서울로 데려가 달라고 말했다.

"무진은 싫은가요."

"금방 미칠 것 같아요. 서울에 제 동창들도 많고…… 아아, 서울로 가고 싶어 죽겠어요."

윤희중은 하인숙을 무진에 그냥 내버려 두면 광주역에서 본 여자처럼 미쳐버리거나 술집 여자처럼 자살하고 말 것처럼 생각되었다.

어머니가 돌아가신 후에 더러워진 폐를 씻어 내기 위해 1년간 머물렀던 집의 방을 찾아간 윤희중은 그곳에서 하인숙과 정을 나눈다.

늦은 아침, 그는 아내에게서 전보를 받는다.

'27일회의참석필요, 급상경바람 영'

윤희중은 하인숙에게 편지를 썼다.

'사랑하고 있습니다. 왜냐면 당신은 저 자신이기 때문에, 적어도 제가 어렴풋이나마 사랑하고 있는 저의 모습이기 때문입니다. 저는 옛날의 저를 오늘의 저로 끌어다 놓기 위하여 있는 힘을 다할 작정입니다. 저를 믿어 주십시오. 그리고 서울에서 준비가 되는 대로 소식 드리면 당신은 무진을 떠나서 제게 와 주십시오. 우리는 아마 행복할 수 있을 것입니다.'

쓰고 나서 그는 그 편지를 읽어봤다. 또 한 번 읽어봤다. 그리고 찢어버렸다. 윤희중은 전보를 받고 타협안을 만들어낸다.

한 번만, 마지막으로 한 번만 이 무진(霧津)을, 안개를, 외롭게 미쳐 가는 것을, 유행가를, 술집 여자의 자살을, 배반을, 무책임을 긍정하기로 하자. 꼭 한번만, 마지막으로 한 번만이다. 꼭 한 번만.

윤희중은 행복을 위해서라면 자기의 과거라 할 수 있는 하인숙을 분리하겠다는 마음을 굳힌다. 윤희중에게 있어서 무진에서의 사흘은 지난날의 고독이고 절망이다.

덜컹거리며 달리는 버스 속에 앉아서 윤희중은 어디쯤에선가, 길가에 세워진 하얀 팻말을 보았다. 거기에는 선명한 검은 글씨로 '당신은 무진을 떠나고 있습니다. 안녕히 가십시오.'라고 쓰여 있었다. 그는 심한 부끄러움을 느꼈다.

출세를 부끄러워했던 윤희중은 출세를 받아들이고 무진을 떠난다. 어차피 삶이란 안개 속을 뚫고 미지의 곳을 향해 가는 것이기에, 결국 자신이 돌아갈 곳은 서울의 일상생활이라며 끝을 맺는다. 김승옥의 〈무진기행〉은 고요한 안개 속에 숨겨진 순수와 죽음을 하얀색으로 묘사하고 있다.


## 영화 〈안개〉, 외로이 걸어가는 고독한 존재

1960년대는 문예영화가 전성기를 누렸다. 유현목, 신상옥, 김수용 감독은 60년대를 관통하는 문예영화를 찍었다. 그중에 김수용 감독의 〈갯마을〉(1965), 〈유정〉(1966), 〈까치소리〉(1967), 〈산불〉(1967) 등이 모두 소설이나 희곡을 영화로 만든 작품이다. 특히 김승옥의 〈무진기행〉을 김수용 감독이 연출하여 영화화한 〈안개〉(1967)는 새로운 영상 표현의 혁명을 이루어낸 작품이란 평가를 받았다.

원작가 김승옥이 각색한 영화 〈안개〉는 공간성과 시간성을 자유자재로 의식의 세계에 도입하였다. 소설 속의 안개 이미지가 영화에서도 그대로 살아나면서 이야기의 기본축이 가감 없이 영상화되었다. 이 영화는 당시 국산영화를 외면하던 지식층 관객들에게 한국영화도 프랑스나 이탈리아 영화 못지않다는 자부심을 안겨주었다. 〈안개〉는 근대화 과정에서의 한국 남성이 맞닥뜨린 피로와 정신적 방황을 영화 속에 반영하여 유럽 모더니즘 영화의 화법을 한국적으로 토착화하였다.

〈안개〉는 서울대 문리대 출신들이 한국영화의 혁신을 부르짖고 만든 영화이다. 시나리오 작업 과정에서 서울대 국문과 출신 문학평론가 이어령이 감수하였고, 김승옥이 원작과 시나리오를 각색하였다. 또한 미국과 유럽에서 각각 영화공부를 하고 돌아온 정치과 김동수, 불문과 황혜미 부부가 기획했다.

소설에서는 김승옥의 고향인 순천만의 갈대가 우거진 주변 어촌이 무대이지만 영화는 김포와 파주에서 촬영되고 무진의 소나무 숲은 서평택 항구 부근에서 찍었다고 한다. 김수용 감독은 안개의 장면을 과장되거나 진부하지 않으면서도 인간의 진실이 포박되어 가는 과정을 일정한 시적 정취로 이끌었다. 영상 표현에서 도시인의 위선과 모순을 안개처럼 모호하게 지워나가는 수채화 화법을 썼다.

영화는 주인공 윤기준(신성일)의 시간여행을 통해 서울과 무진이라는 두 개의 공간을 대조시킨다. 그것은 도시와 시골, 개발과 저개발, 근대화와 전근대화, 현재와 과거로의 대립이기도 하다. 이런 대립과 갈등은 주인공인 기준에게 출세의 기회를 준 제약회사 회장의 외동딸인 아내(이빈화)와 무진에서 만난 가난한 음악선생인 하인숙(윤정희)을 통해서 구체화되고 있다. 따라서 안개를 통해 밝혀지는 현대 도시인의 심성 속에 드리워진 냉엄성은 오늘은 순간적 진실이라 할 수 있는 사랑을 느꼈지만, 내일은 출세의 안정성을 확보하기 위해 그 사랑을 포기해야 하는 이중성을 드러냈다.

소설 〈무진기행〉과 영화 〈안개〉의 공간은 김승옥에 의해서 이렇게 묘사되었다.

아침에 잠자리에서 일어나서 밖으로 나오면, 밤사이에 진주해온 적군들처럼 안개가 무진을 뻥 둘러싸고 있는 것이었다. 무진을 둘러싸고 있던 산들도 안개에 의하여 보이지 않는 먼 곳으로 유배당하고 없었다. 안개는 마치 이승에 한(恨)이 있어서 매일 밤 찾아오는 여귀(女鬼)가 뿜어내놓은 입김과 같았다.

무진의 특산품이라고 할 수 있는 안개는 기준의 시각으로 그곳에서의 시간을 모호하게끔 설정하고 있다. 기준을 통해서 무진을 떠나고 싶어 하는 하인숙과의 정사를 기준은 이렇게 합리화하고 있다.

나는 그 방에서 여자의 조바심을, 마치 칼을 들고 달려드는 사람으로부터 누군지가 자기의 손에서 칼을 빼앗아 주지 않으면 상대편을 찌를 듯한 절망을 느끼는 사람으로부터 칼을 빼앗듯이 그 여자의 조바심을 빼앗아 주었다. 그 여자는 처녀는 아니었다.

서울에서 출세한 기준을 알게 된 인숙은 기준이야말로 자신을 무진에서 구해줄 유일한 탈출구라고 여겼다. 그래서 기준에게 서울로 자리를 옮길 수 있도록 도와달라고 부탁하고 기준도 기꺼이 도움을 주겠다고 약속했다. 어쨌든 인숙은 무진의 답답한 일상에서 벗어날 수 있는 수단으로 윤기준이란 남자를 받아들이고 윤기준은 자신이 무엇인가 도움을 줄 수 있다며, 그러한 감정을 사랑이라 느꼈다.

기준은 재벌의 딸로서 과부였던 연상녀 아내와 결혼하였기에 곧 있

영화 〈안개〉에서 바람 길을 걸어가는 윤기준(신성일)과 하인숙(윤정희)

을 주주총회에서 전무로 출세하게 되어 있었고, 그 기간에 아내의 배려로 고향에 잠시 머물게 되었다. 기준은 아내로부터 주주총회의 인준을 받아 27일에 전무취임식에 참석하라는 전보를 받는다. 그가 받은 전보는 무진에서 일어났던 사랑은 흔히 여행자에게 주어지는 자유 때문이라고 합리화하는 매개체로 작용한다. 또 하나, '그 여자는 처녀는 아니었다.'라는 문장에 나타나듯이 인숙의 탈(脫)무진을 돕겠다는 약속을 저버리는 장치로도 작용한다.

영화에서 하인숙 역의 윤정희는 립싱크로 〈안개〉를 노래했다.

나홀로 걸어가는 안개만이 자욱한 이 거리
그 언젠가 다정했던 그대의 그림자 하나
생각하면 무엇하나 지나간 추억
그래도 애타게 그리는 마음
아— 아— 그 사람은 어디에 갔을까
안개 속에 외로이 하염없이 나는 간다.

가사 없이 '안개'라는 단어와 허밍을 반복하는, 이봉조의 색소폰 연주가 이끄는 '안개'의 오리지널 버전은 남성 사중창단 쟈니브라더스가 먼저 취입했었다. 그러다가 영화 〈안개〉가 제작되면서 주제가로 가사가 만들어지게 되었다. 원작자이며 각색자 김승옥이 작사하였으나 작곡가 이봉조가 MBC 라디오 PD 박현을 작사자로 이름을 올려 정훈희에게 부르게 하였다. 데모 음반으로 만든 정훈희의 '안개'는 MBC 라디오에서 처음 전파를 타사 신청곡 요청이 쇄도하였다. 팝 스타일의 멜로디와 운치 있는 노랫말, 정훈희의 비음 섞인 음색은 단번에 사람들의 마음을 파고들었다.
1967년에 신세기레코드사에서 발매된 정훈희가 취입한 '안개'는

"노래도 걸작, 영화도 걸작, 소설도 걸작"이라는 평가를 받으며, '트리플 걸작'의 신화를 남겼다. 정훈희의 데뷔 앨범은 발매 즉시 재발매를 거듭하며 순식간에 40만 장이 넘게 팔려나갔다.

단숨에 신인에서 스타가 된 그녀는 데뷔 4개월 만에 《서울신문》 무궁화상, 대구, 대전 MBC 10대 가수상 등 5개 상을 연이어 수상했다.

온 국민의 애창곡이 된 '안개'는 노래 발표 3년 후인 1970년 11월 20일 30개국 44개 팀이 경연한 제1회 도쿄국제가요제에서 입상하였다. 정훈희는 이 대회에서 데뷔곡 '안개'를 열창해 '월드베스트10'에 입상하여 국내 최초의 국제가요제 수상자가 되었다. 당시 이 대회는 스웨덴 출신의 세계적인 혼성 보컬 그룹 '아바'가 참가할 정도로 유명했다.

정훈희의 '안개'는 국내 가수로는 트윈폴리오, 현미, 한명숙, 패티김, 문주란, 윤수일, 이미배, 조관우 등이, 외국 가수로는 프랑스 샹송 가수 이베트 지로와 일본 혼성 트리오 하파니스, 일본 색소폰 연주가 다카오카 겐지가 리메이크하여 국내외에서 열풍을 일으켰다.


2022년 5월 28일 폐막한 제75회 칸영화제 감독상에 수상한 박찬욱 감독의 〈헤어질 결심〉에서 정훈희가 부른 '안개'와 송창식과 듀엣으로 부른 '안개'가 주제가가 되어 영화 전편에 흐르면서 55년이 흘렀음에도 한국과 세계에서 주목하는 노래로 재생되었다.

중국인 아내 송서래 역 탕웨이, 장 형사 역 박해일이 주연한 〈헤어질 결심〉은 주제가의 가사처럼 안개가 자욱한 산과 바다에서 일어난 연쇄 살인 사건을 다룬 영화이다. 영화의 주제가가 '안개'인 것처럼 박찬욱의 〈헤어질 결심〉은 1967년 김승옥 소설의 〈무진기행〉을 영화화한 김수용 감독의 〈안개〉에서 영감을 받은 듯한 영화이다. 김수용의 〈안개〉나 박찬욱 〈헤어질 결심〉은 안개 속의 마음처럼 사랑과 성공 속에서 갈등하는 주인공을 통해 우리 안의 속물근성을 담아낸 명작영화이다.

감수성의 혁명이라고 칭하는 김승옥의 〈무진기행〉은 문학과 영화, 음악에 수많은 감수성을 전수하고 있다.

문학 평론가 이어령은 현대소설에 들어와서 소설의 공간도 주인공 못지않게 중요한 의미를 나타내게 되었다고 했다. 소설 공간이 단순한 배경(장소)으로서만이 아니라 공간적 미학의 구조를 통해 관념, 의식, 심리를 나타내는 역할을 하고 있다. 이미지의 질서로 엮어진 의미의 총화가 공간이라 하겠다. 김승옥은 '무진'이라는 가공적 장소를 창조해 내어 소설의 의미를 형상화하였다. 무진이라는 소설 공간은 지리적 환경이나 상황을 나타낼 뿐만 아니라 인간의 심리, 의식의 내면, 생의 양식까지 표현해 준다.

무진은 명산물이 나는 곳도 아니요, 항구로 발전될 여건도 갖추어지지 않은 곳이요, 농촌으로서 적합한 평화가 있는 곳도 아니다. 다만 안개로 가득 차 있는 곳이 무진이다. 손으로 잡을 수 없지만, 뚜렷이 존재하는 안개, 사람을 둘러싸고 있는 안개, 사람들을 외부로부터 격리, 단절시키는 안개만이 자욱한 곳이다. 이어령 평론가는 "무진은 나날이 퇴화해가는 생의 실상을 만날 수 있는 역(逆) 유토피아다."라고 논평하였다.


## 생명연습, 부흥사

김승옥의 1962년 작 〈생명연습〉에서 삽화로 부흥회 장면이 나온다. 여수에서 가장 큰 교회에 전도사가 부흥회 강사로 오게 되었다. 이번 부흥회를 주관하는 전도사는 그의 나이 스물인가 되는 해에 손수 자신의 생식기를 잘라 버렸다는 분이다. 그 이유는 오직 하나님이 그렇게 하라고 시켜서라는 것이었다.

이런 독특한 선전으로 부흥회는 첫날부터 대성황을 이루었다. 사람들은 그 전도사를 망측하다고 여기면서도 오히려 더 기다렸고 부흥회는 호기심으로 인산인해를 이루었다.

소설의 실제 모델로 계룡산 황태골에 '세계일가공회'를 차리고 다원적 무속 종교지도자가 된 양도천 교주가 있다. 그는 한때 나운몽 장로와 박태선 장로를 능가하는 능력의 종이었다. 그는 성결교의 대부흥사 이성봉 목사가 일구어 놓은 부흥 현장을 이어받았다. 특히 분쟁이 있는 교회를 수습하는데 탁월하여 이성봉 목사의 신임을 받았다. 양도천은 어느 날 북에 남기고 온 부인을 두고 7계를 범할 수 없다는 생각에 그만 자신의 생식기를 거세했다. 오늘날에도 용인에 있는 상당한 교세를 자랑하는 교회의 ㅊ목사가 유혹을 이기고자 스스로 거세하였다는 이야기가 들린다.

1978년 신흥종교를 연구하는 탁명환 선생의 인솔로 순복음신학생과 더불어 성공회 성미카엘신학원의 신학생 김근상과 허종현과 함께 계룡산 신도안에서 흰 두루마기를 입고 종교의식을 갖는 양도천의 강의를 들은 적이 있었다. 그날 우리는 양도천 교주를 중앙에 세우고 사진을 찍기도 하였다. 탁명환 소장은 6·25전쟁 직후 성결교 부흥사로서 각광을 받던 양도천이 신흥종교 교주로 전락한 것을 애석해했다.

소설 〈생명연습〉에 실제 인물 양도천으로 묘사된 전도사는 키는 나지막하고 눈은 가늘어서 날카로웠다. 서른대여섯쯤 보이는 전도사는 하얀 와이셔츠를 입고 검정 넥타이를 가슴에 드리우고 있었다. 검정 양복을 입었는데 윗도리는 찬송가 소리가 열정적으로 높아 갈 때 벗어 버렸다. 아마 그 무렵부터 대개 부흥사가 부흥회 중에 찬송을 인도하다가 장내가 고조되면 예외 없이 윗도리를 벗어제꼈다.

작중 화자는 전도사가 하나님을 위해서 아니 성령을 받고 그랬다는 것이라 내심 소름이 끼쳤다. 자신에게도 성령이 찾아오는 어느 순간이 있어 스스로 자신의 목이라도 잘라버려야 할 경우가 있을는지 모를 일이라는 생각이 들었다.

땀과 노래와 박자에 맞추어 치는 손뼉 소리가 미친 듯이 날뛰다가 딱 그치고 고요한 침묵의 시간이 생기곤 했는데 그럴 때 화자는 나지막이 들려오는 파도의 찰싹거리는 소리가 못 견디게 그리웠고, 그날 밤 거기에 간 것이 그리고 앞자리를 차지한 것이 어찌나 후회되던지 자꾸 혀만 깨물었다.

부흥회 강사가 검정 옷을 벗어 던지면 하얀 와이셔츠에 배치된 검정 넥타이가 드러난다. 이 역시 생식기 거세가 갖는 순결과 죽음의 이미지를 보여주는 것이다.


## 건, 미영과 윤희

김승옥의 1962년 작 〈건〉에서 나오는 방위대 본부는 옛날 어느 굉장한 부호가 살던 자택으로, 비어있어 아이들의 놀이터가 되어 주었다. 화자는 그 빈집 지하실 백회 벽에 크레용으로 그림을 그렸다. 그중에 미영이라는 계집애와 어느 날 둘만 그 지하실에 남게 되었을 때 화자는 자신도 알지 못하는 사이에 불쑥 미영이를 꼭 껴안아버렸었다. 그러자 미영이는 깜짝 놀라서 울음을 터뜨렸다. 그만 무안해진 화자가 손을 풀자 미영이가 느닷없이 자기가 쥐고 있는 하얀색 크레용을 내밀며 '이쁜 꽃 그려 봐' 하는 것이었다. 하얀색 벽에 하얀색의 크레용으로 그림을 그리라는 것은 이성에 대한 설렘과 순결을 드러낸 것이다.

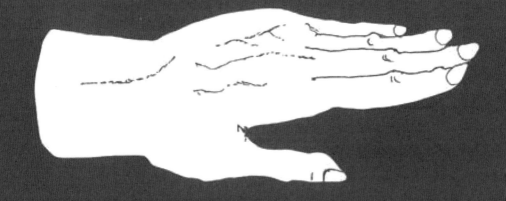
김승옥 작가가 그린 '하얀 손'

미영이네가 6·25 때 아주 멀찌감치 일본으로 가버리고, 그곳 대문에는 '매가'라는 글이 쓰인 더러운 종이 조각이 붙어 있는 빈집이 되어 있었다.

그런데 화자의 형과 친구들이 이웃에 사는 윤희라는 예쁜 모범생을 유인하여 미영이네 빈집에서 윤간할 것을 모의한다. 그리고 그 심부름을 화자에게 맡겨서 빈집으로 유인한다. 화자는 하얀색 크레용을 주면서 꽃 그림을 그려보라던 미영이네 집이 몇 분 안으로 모든 것 위에 먹칠을 해버리게 되었다고 자책을 한다.

윤희 누나를 유인하는 역할을 맡아 가는 골목길에는 갈색의 그림자들이 누워 있었다. 하늘은 물빛, 나무는 갈색, 지붕은 보나 마나 보라색, 화자의 머리속에 준비된 도화지는 중유처럼 진한 색으로 채워지고 있었다.


## 하얀 손, 예수님

김승옥 작가는 1981년에 거주지 강남구청 옆 해청아파트 4층에서 신비한 체험을 하였다. 형광등 불을 끄고 잠이 들었는데 새벽 서너 시경에 문득 잠이 깼다. 칠흑 같은 어둠뿐이었다. '정전이 된 모양이구나.' 그렇게 생각하며 왼쪽으로 고개를 돌리는데 김승옥의 왼쪽 허리 위 공간에 하얀 손이 팔목까지만 그를 향하여 보라는 듯 떠 있는 것이었다. 백옥처럼 하얀 빛깔로 약간 크고 손가락이 쭈욱 쭉 뻗은 남자 손이었다.

미켈란젤로 조각품 같은 손이 꿈틀 움직이더니 김승옥의 배를 향하여 조심스럽게 다가오는 것이었다. 그 다가오는 속도에서 느껴지는 것은 지루한 온유함과 겸손이었다. 마치 잠자리 잡으러 가는 손길처럼 조심스럽게 다가와서 그의 속셔츠를 들추고 들어와 명치를 시계 반대 방향으로 천천히 쓸어주었다.

김승옥은 "누구냐?"고 물었고 그는 한국어로 "하느님이다."라고 말씀하였다.

그 후로도 김승옥은 하느님을 두어 차례 대면하였다.

김승옥에게 나타난 하느님의 손은 하얗다.

1983년 10월에 김승옥 작가는 쉐라톤 워커힐 호텔에서 배창호 감독과 영화를 만들고자 장기간 투숙하였다. 어느 날 오전 10시경, 배창호 감독은 시내로 외출하였고 김승옥만 침대에서 발을 뻗고 베개에 등을 대고 비스듬히 누워 성경을 읽고 있었다. 참 재미나게 성경을 읽고 있는데 문득 그의 바로 옆, 침대와 침대 사이의 공간에 하얀 옷자락이 보였다. 흰옷을 입은 사람이 김승옥 옆에 바짝 서 있는 것이었다.

빗은 듯 하얀 머리털, 하얀 얼굴, 하얀 수염을 기르신 분이 그를 지긋이 내려다보며 서 계셨다. '예수님이구나!'

오전 햇볕이 환히 들어오고 있는 호텔 방안에서 김승옥은 영안이 아니라 육안으로 예수님을 보고 있었다. 그 위엄 있는 예수님의 표정 때문에 마치 무거운 바위가 그를 내리누르고 있는 듯한 조심스러운 느낌이 밀려들었다. 베드로가 부활하신 예수님을 만났을 때 '저는 죄인입니다.'라고 고백했던 마음이 공감되었다. 그 사랑과 위엄, 그 순결함 앞에서 김승옥은 숨어야 할 죄인일 뿐이었다.

부활하신 예수님은 빛깔이 대리석처럼 하얀색일 뿐, 보통 사람과 똑같은 모습이었다. 아주 부드러워 보이는 하얀 주름진 내리닫이 옷, 보고 싶고, 보고 싶었던 예수님의 모습이었다.

김승옥의 문학과 신앙에는 일관적으로 하얀색이 나온다. 그것은 순수와 순결, 죽음과 부활이었다.

김승옥 작가가 그린 선육안(聖肉眼)으로 본 예수 그리스도

'예인사랑'을 찾은 김승옥 작가가 그의 대표작 〈서울, 1964 겨울〉을 읽고 있다. 2022. 8. 5

김승옥은 그의 고향 순천문학관에서 침묵과 사색의 공간에 거주하고 있다. 필자가 그에게 카톡으로 사진을 요청하자 2022년 8월 5일에 필자가 있는 대학로 예인사랑을 찾았다. 나는 그에게 필담으로 물었다.

"김 선생님은 서울에서 가장 기억되고 있는 곳이 어딥니까? 명동이나 종로인가요?"

"모교인 서울대 문리대 교정이 있었던 혜화역 주변이 아름답게 기억에 남아있어요. 마로니에 숲, 학림다방이 있는 곳이에요."

그는 2012년도 기독교문화상을 수상하고 기독교문화예술원의 직원들을 함춘각으로 초청해서 중화요리를 사주었었다. 그리고 학림다방으로 가서 비엔나커피를 마셨다. 서울에서 가장 오래된 학림다방은 1956년에 서울대 문리대 건너편에서 개업하였다. 서울대 학림제(學林祭)에서 이름을 딴 학림다방은 '서울대 문리대 제25강의실'이라고 불릴 정도로 서울대생들의 휴식처이자 아지트이기도 하였다.

성북구 번동 자택으로 향하는 김승옥 선생과 동승하여 함께 혜화역을 지나면서 그의 젊음이 빛나던 시기를 회상하니 짧은 감탄사가 나왔다. 그와 학림에서 어울렸던 전혜린, 이청준, 김지하를 기억했기에. 나는 김승옥 선생에게 1965년 1월 명동의 주점 아방궁에서 전혜린과 그와 어울렸던 작가 이호철의 근황을 물었다. 이호철은 〈탈향〉〈서울은 만원이다〉〈남녘사람 북녘사람〉〈판문점〉 등 한국전쟁과 분단의 아픔을 겪은 자신의 삶을 글로 써 내려간 대표적인 분단작가이다. 김승옥 선생은 자신의 목을 비스듬히 긋는 표현으로 그가 죽었다고 대답했다.

김승옥과 동시대의 작가들은 이미 이곳에 없고 그만 홀로 남았다. ✶

이청준은 1967년 단편 〈병신과 머저리〉로 제12회 동인문학상, 1969년 단편 〈매잡이〉로 대한민국문화예술상 신인상, 1975년 중편 〈이어도〉로 한국창작문학상, 1978년 중편 〈잔인한 도시〉로 이상문학상, 1986년 중편 〈비화 밀교〉로 대한민국문학상, 1990년 〈자유의 문〉으로 이산문학상, 1994년 〈흰옷〉으로 대산문학상 등 다수의 문학상을 받았다.

이청준은 2008년 7월 31일 폐암으로 타계하여 고향 장흥군 회진면에 그의 어머니 묘소 옆에 안장되었다. 묘 옆에는 그를 기념하는 '이청준 문학자리' 라는 기념물을 세웠으며, 인근의 이청준 생가를 복원했다. 그의 사후에 대한민국 정부는 금관문화훈장을 추서하였다.

# 이청준 소설에 나타난 구원과 용서 그리고 우상

# 이청준 소설에 나타난 구원과 용서 그리고 우상

　소설가 이청준은 1939년 전남 장흥군 회진면 진목1길에서 태어났다. 그의 가족은 양친 슬하의 5남 3녀로서 10명이나 되는 대가족이다. 그가 여섯 살 무렵 세 살짜리 막내 동생이 홍역으로 죽고 반년 뒤 맏형이 폐결핵으로 세상을 떠났다. 그로부터 2년 뒤에는 부친이 타계하였는데 잇따른 가족의 죽음은 어린 이청준에게 큰 영향을 미쳤다. 그 기억은 그의 작품에서 죽음을 자주 등장하게 만드는 계기로 작용하였다.

　이청준의 소설은 소재나 사건이 다양하지만, 각각의 작품들에는 공통적인 특성이 있다. 원하거나 원치 않거나 가해자와 피해자의 대립구조가 소설의 곳곳에 존재한다. 가해자와 피해자의 문제가 제기되는 것은, 눈에 보이지 않는 가해자에 의해, 사회적인 폭력과 억압에 의해 피해자의 진실한 삶이 가로막혀버렸음을 의미하는 것이기도 하다. 현대 소설사에서 관념적이며 지성적인 작가로 평가받는 이청준은 그의 소설에서 정치 사회적인 메커니즘과 그 횡포에 대한 인간 정신의 대결 관계를 주로 형상화하였다.

　그의 소설 중에는 영화화된 작품이 많다. 1972년 정진우 감독의 〈석화촌〉, 1977년 김기영 감독의 〈이어도〉, 1982년 맹인 목사 안요한의 일대기를 그린 이장호 감독의 〈낮은 데로 임하소서〉, 1993년 국내 최초로 100만 관객을 돌파했던 임권택 감독의 〈서편제〉, 1996년 〈축제〉, 2006년 〈천년학〉, 2007년 구원과 용서의 문제가 신의 영역일까를 물었던 이창동 감독의 〈밀양〉, 2008년 부산국제영화제 폐막작으로 상영됐던 윤종찬 감독의 〈나는 행복합니다〉 등이 이청준의 소설을 영화화한 것이다.

그는 시골 출신으로 머리가 좋아 광주서중, 광주제일고등학교에 진학하면서 주변에서 법관이 될 것이라고 기대했다. 하지만 서울대학교 독어독문학과로 진학했다. 이때 불문과를 다니는 김승옥과는 서울대 60학번 동기로서, 한글세대의 첫 소설가인 이들은 우리나라 소설의 수준을 한 단계 위로 끌어올렸다.

이청준은 1965년 〈퇴원〉으로 사상계 신인문학상 공모에 당선되어 문단에 나왔다. 그의 초기작은 4·19와 한국전쟁을 배경으로 한 작품들이 많았으며, 70년대 이후 언어에 몰두하는 경향을 띠었다. 이청준은 언어에 대한 경험을 지닌 〈언어사회학서설〉 연작과 한의 정서를 담아낸 〈남도사람〉 연작을 엮어내며 정신주의 색채가 강해지는 경향을 드러냈다.

## 낮은 데로 임하소서

이청준은 자신의 문학이 '하나님에 대한 등짐'에서 비롯되었다고 고백할 정도로 자신의 삶과 문학에서 종교의 문제를 애써 외면하려 하였다. 그의 소설에는 기독교와 연관된 작품들이 적지 않았다. 그는 신앙과 종교의 문제를 다룬 〈낮은 데로 임하소서〉를 쓰고나서 이렇게 후기를 남겼었다.

영혼의 눈이란 바로 그 절대자를 볼 수 있고 만나는 눈이다. 그리하여 구원을 얻는 눈이다. 그리고 그 영혼의 눈은 저절로 개안이 이루어질 수가 없다. 그것은 먼저 생명을 얻어 난 자로서 인간의 소명과 그 소명의 자리를 찾아 행함 가운데서 이루어지는 것이 아닌가 생각된다.

대문도 없는 다섯 칸짜리 일자 기와집의 장흥 이청준 생가

그리고 그 소명을 통하여 절대자를 만나고 구원을 얻게 되는 것이 아 닌가 생각된다.

　이청준은 당시 홍성사 대표이사인 이재철 사장으로부터 안요한 목 사에 대한 간략한 설명을 듣고, 이재철 사장이 취재한 5시간짜리 녹음 테이프를 건네받아 듣게 되었다. 이청준은 그 테이프 속에 담겨 있는 안요한 목사의 말이 과연 모두 진실한 것인지를 나름대로 가려보는 데 에 많은 시간이 필요했다. 계속 반복해서 테이프를 들으면서 이청준은 안요한 목사의 속으로 들어가 보기도 하고 혹은 안요한 목사를 자기 속에 투영시키기를 거듭하였다. 그 결과 그 모든 일이 사실일 수 있음 을 믿을 수 있어 글을 쓰기로 작정했다고 하였다.[1]
　그러나 이청준은 자신은 종교에서 구원의 가능성을 얻었다고 할 수 없다고 단언하며[2] '인간의 능력과 책임 안에서의 문학 행위'를 주장하 였다. 이것은 신에 의해 구원을 받는 것보다는 인간의 능력과 책임으 로 구원의 문제에 접근하고자 한 결과라 할 수 있다.[3]

## 이장호 감독의 영화, 낮은 데로 임하소서

　작가 이청준은 안요한 맹인 목사의 구도적인 삶과 휴머니티를 그린 《낮은 데로 임하소서》를 논픽션 소설로 만들어 서점가의 베스트셀러 로 올려놓았다. 이청준의 대표작 중《당신들의 천국》은 나환자들의 애 환과 그들이 이 땅 위에 건설하고자 하는 삶의 유토피아에 대한 의지

1) 이재철 《믿음의 글들》, 나의 고백 – 홍성사의 여기까지
2) 이청준 《복수와 용서의 변증법-김치수와의 대화》, 《말없음표의 속말들》, 나남 1986, 235쪽
3) 김영숙 《이청준 소설과 기독교의 상관성 연구》, 《용서와 구원의 문제를 접근하는 두 가재 태도》 17 쪽, 국학자료원 2019

와 이에 따른 우상의 문제를 파헤쳤다.

이에 비하여 〈낮은 데로 임하소서〉는 이청준의 시각이 소외된 맹인 안요한이라는 한 사람에게 집중됐다. 그는 안요한이라는 실존 인물을 통하여 인간에 대한 강렬한 휴머니즘을 바탕으로 인간의 구도적인 삶을 재현했다.

영화 〈낮은 데로 임하소서〉는 이장호 극본과 연출로 영상화되었다. 이장호 감독은 70년대 영상파 감독의 선두주자로서 최인호 원작의 《별들의 고향》을 통하여 화려하게 데뷔한 사실주의 지향의 의식 있는 감독이다. 그는 계속하여 〈어제 내린 비〉라는 청춘 영화에서 주인공의 이상 성격을 묘사하였으며, 〈너 또한 별이 되어〉의 심령과학 영화로 나가다가 대마초 파동으로 활동이 묶이게 되었다. 그 후 황석영의 문제작 〈어둠의 자식들-카수 영애〉를 통하여 그의 역량을 다시 한번 인정받게 되었다. 사회 비판적 영화 〈어둠의 자식들-카수 영애〉 이후 그는 다른 측면에서의 사회 고발적인 작품인 〈그들은 태양을 쏘았다〉를 보여 주었고, 마침내는 종교적인 주제를 다루기 시작하였다.

모든 예술의 근원은 종교적인 테마를 이루고 있다. 음악도 깊이 들어가면 종교 음악으로 가게 되며, 문학도 깊이 들어가면 종교 문학이 되며, 연극이나 영화도 궁극적으로 인간 구원을 다루게 되는 것은 인간이 종교적 존재이기 때문이다. 이장호는 바로 그의 영화예술을 통하여 예술의 근원인 종교적 테마로서의 구원 메시지를 이청준의 《낮은 데로 임하소서》를 통하여 구현시키고자 하는 것이다.

영화 〈낮은 데로 임하소서〉는 대학 졸업을 앞둔 동창생들의 크리스마스 파티로 시작되고 있다. 주인공인 안요한(이영호)과 그의 아내 강은경(나영희)은 영화의 기둥 줄거리가 되는 맹인 놀이로 짝을 찾게 된다. 곧이어 안요한의 어린 시절이 회상장면으로 처리된다. 안진삼 목

실명한 안요한을 연기한 이영호

안요한 목사 역 이영호가 예배를 인도하고 있다

사(신성일)의 아들로 태어난 주인공 안요한의 어린 시절은 신에 대한 도전적 행위가 연속된다. 교회당 문 앞에 "하나님이 계시지 않느니라 (안 요한복음 1장 1절)"라고 포스터를 써 붙이는 등 목사의 아들로서는 반신앙적인 행동을 서슴지 않는다.

결혼과 동시에 미국행으로 부푼 그에게 갑자기 시련이 다가온다. 그것은 실명으로 가는 첫 신호이기도 하였다. 마침내 육안의 빛을 잃고 아내까지도 딸을 데리고 떠나간 후 안요한은 인간소외로 벼랑 끝으로 내몰린다. 자살을 시도하다가 하나님의 계시로 여호수아 1장 5절의 "너의 평생에 너를 능히 달할 자가 없으리니 내가 모세와 함께 있었던 것같이 너와 함께 있을 것임이라. 내가 너를 떠나지 아니하며 버리지 아니하리니 마음을 강하게 하라. 담대하라"라는 말씀을 듣게 된다. 육신의 눈은 빛을 잃었으나 영혼의 눈이 열려 새 빛을 찾은 안요한은 구도자의 길을 걷는다.

서울역과 노량진역에서 인간의 가장 밑바닥까지 경험하는 안요한이지만 오히려 그에게는 축복의 장소로 고백되고 있다. 극동 아시아 방송을 통하여 맹인을 위한 존밀톤협회의 학자금 후원으로 한국신학대학을 학사 편입하여 졸업한 그는 시행착오를 거쳐 새빛맹인교회를 창립하게 된다. 창립 예배가 드려지는 날, 안요한 목사는 맹인이 되었기에 옛 아내가 참석한 것을 모르는 상태에서 첫 설교를 한다.

안요한 목사는 "아내를 용서할 수 있느냐?"는 아버지 안진삼 목사에게 이렇게 대답한다.

"그 여자는 제게 빛이 없습니다. 그로 인하여 저는 오히려 제 생명의 소망을 얻었으며 영혼의 눈을 떴습니다. 그 여자라면 오히려 더욱 그렇게 할 수 있겠습니다."

안요한 목사는 자신을 배반한 아내를 용서할 수 있다는 자신의 사유를 드러냈다.

안요한 목사의 소명과 구도의 삶을 '저 높은 곳을 향하여'가 아닌 '저 낮은 곳을 향하여'로 영상화된 영화가 바로 이청준 원작, 이장호 감독의 〈낮은 데로 임하소서〉이다. 이장호 감독은 한국교회의 선교 현장을 〈어둠의 자식들–카수 영애〉에 이어 〈낮은 데로 임하소서〉에서도 지적해주고 있다. 예수 그리스도는 공생애를 통하여 병들고 가난하고 버림받은 이들과 함께 있었다. 인간의 한계를 극복하고 어둠을 몰아내는 이러한 예수 그리스도의 삶을 안요한의 삶을 통하여 실존주의적인 영화 〈낮은 데로 임하소서〉로 마침내 문학 영상화하였다. 이장호 감독이 영상을 통해 복음 전도자이며 예언자로서의 소명을 담아낸 것이다.

〈낮은 데로 임하소서〉에서 이청준과 이장호는 소외계층을 클로즈업시켜, 그들도 우리와 함께 있어야 한다고 말하고 있다. 이장호는 〈낮은 데로 임하소서〉를 어느 특수 계층의 영화가 아닌 보다 대중적인 인간 구원의 메시지로 화면에 담아내었다.

## 소설, 벌레 이야기

이청준의 단편 〈벌레 이야기〉의 '용서'라는 담론은 〈서편제〉〈비화밀교〉 등 그의 작품 전반에서 다양하게 다뤄지고 있다. 이청준의 삶과 글쓰기에 있어서 용서와 화해는 중요한 위치에 놓여있다고 할 것이다.

〈벌레 이야기〉는 아이가 유괴되어 무참히 죽게 된 이야기와 아이의 엄마가 용서에 실패하고 자살하는 중층구조로 되어있다. 그런데 이야기는 아이의 실종과 참사보다 아들의 유괴 살해범을 용서하려 한 어미가 더 깊은 상처를 받고 절망하여 끝내 자살하게 된 것을 서사한다.

〈벌레 이야기〉에서 이청준은 주체적인 자각이 없이 주변인의 권유나 강요를 통한 용서의 시도와 타자의 참회가 없이는 상호 간의 화해를 이룰 수 없다고 단정한다. 주체보다는 먼저 신께 용서받았다고 주장하는 타자의 확신에 찬 태도는 용서하는 주체의 마음가짐과 진정성을 비추는 거울로 작용한다. 이런 측면에서 이 소설은 불완전한 인간이 신과 대립에서 할 수 있는 최대의 항거를 죽음으로써 보여주었다는 것에서 용서가 무엇인가에 대한 의미를 독자들에게 되묻고 있다고 할 것이다. 〈이청준 소설과 기독교의 상관성 연구, 김영숙, 국학자료원 2019 참조〉

인간이라면 그 누구도 신의 뜻을 자의적으로 해석하여 타인에게 강요할 수 없다고 할 것이다. 소설 속의 김 집사는 표면적으로는 "우리는 당신의 깊으신 뜻을 모두 알 수가 없습니다."라는 이야기를 반복하면서도 사실은 신의 뜻을 자의적으로 해석하고 그러한 자의적 해석을 알암이 엄마에게 강요하는 데 주저함이 없었다. 그녀는 정작 강요의 대상이 되는 알암이 엄마의 내면에 잠재된 인간적 진실을 무시하고 오로지 자신의 자의적 해석으로 굴절시킨 이른바 신의 뜻에만 일방적으로 도취되어 있다.

## 영화 밀양, 구원과 용서는 신의 영역일까

영화 〈밀양〉은 신과 인간의 갈등구조를 담고 있다. 이창동 감독이 연출하고 전도연이 주연한 〈밀양〉이 칸영화제에서 여우주연상을 받으면서 세계적 관심을 받았다. 밀양은 밀양아리랑의 발상지라는 것을 제외하고는 관심 지역이 아니었다. 그러나 영화를 통해 영어제명인 시크

릿 선샤인(Secret Sunshine)이라는 '숨어있는 빛'이란 의미의 지명까지 비의가 있는 듯 관객에게 다가섰다.

그런 의미에서 원작자 이청준이 말하고자 한 구원과 용서의 영역을 놓고 처절하게 대립하는 신과 인간을 묘사한 이창동 감독의 연출은 뛰어났다. 이창동의 곰삭은 시선이 〈벌레 이야기〉에 머물지 않았더라면 1985년에 발표한 이청준의 단편소설 〈벌레 이야기〉는 세인의 주목을 받지 못했을 것이다. 제60회 칸영화제의 여우주연상도 전도연이 아닌 다른 여배우가 받았을 것이며, 경남 밀양도 국민적 관심 지역으로 부상되지 못했을 것이다. 이창동이 원작 〈벌레 이야기〉를 〈밀양〉으로 재현하였기에 밀양은 문학 영상의 가치를 생산하게 되었다.

남편을 교통사고로 잃고 외아들 준과 함께 신애(전도연)는 밀양을 찾아간다. 남편이 생전에 고향 밀양에서 살고 싶어 한 것을 이루기 위하여 차를 몰고 밀양을 향한다. 진입로에서 차가 고장이 나서 멈추게 된다. 신애는 카센터 주인 종찬(송강호)의 차를 타고 가면서 "밀양이 어떤 곳이냐?"고 묻는다. 이 질문은 영화 밀양의 또 다른 주제가 된다. 영화 밀양은 이름처럼 '비밀의 빛' 답게 한 인간이 머물렀다가 가는 공간을 묘사한다.

작가 이청준은 실제 사건을 소재로 〈벌레 이야기〉를 썼다. 서울의 한 동네에서 이윤상 군 유괴살해 사건이 발생했다. 흉악한 범죄를 저지른 범인은 양심이 있어서인지 1심에서 사형선고를 받고도 항소하지 않았다. 형은 확정되었고 1년 미만 사형수로 있으면서 하나님을 믿고 죄를 뉘우치면서 하루라고 빨리 죄값을 치르고자 하였다. 형 집행 전 범인이 마지막 남긴 말이 '나는 하나님 품에 안겨 평화로운 마음으로 떠나가며, 그 자비가 희생자와 가족에게도 베풀어지기를 빌겠다.'라는

아들 살인범을 면회하고 있는 알암이 엄마 신애(전도연)

요지였다. 작가는 사건보다도 범인의 논조에 충격을 받았다. 당사자가 용서하기 전에 이미 용서를 받았다는 범인의 확신처럼 하나님이 정말 그를 용서했을까? 하나님의 권리는 절대적인가.

〈벌레 이야기〉는 사람의 편에서 나름대로 '용서'의 본질을 생각하고 사람의 이름으로 용서의 비밀을 되새겨 본 기록이다. 인간은 주체적 존엄성이 짓밟힐 때 한갓 벌레처럼 무력하고 하찮은 존재로 전락하는 것이다. 원작의 알암이 엄마는 절망을 자살로 자신이 속한 신의 섭리를 부정한다.

영화에서 약사로 등장하는 이웃집 김 집사는 고통당하는 한 인간을 구원하기 위하여 교리적으로 접근한다. 고통을 통하여 하나님에게로 귀의한다면 그것이 하나님의 섭리라는 것이다. 인간이 덫에 걸려 고통스러워하지만 이는 비밀스러운 하나님의 은총에 이르는 장치일 것이라는 것이다. 자신을 위하여 용서해야 한다는 뜻에 수긍한 신애는 교도소로 면회를 간다.

너무도 평화로운 모습으로 접견실을 나온 범인은 모든 죄를 참회하였으며 주님의 용서와 사랑 속에 마음의 평화를 누린다고 말한다. 사후에 두 눈알을 기증하기로 하고 마지막 날을 평화롭게 기다린다는 것이다.

신의 영역인 용서를 받아들이라는 김 집사의 교리는 신애에게 배신감이 들게 한다. 자신이 용서하지 않았는데 어떻게 신이 용서할 수 있으며, 그의 죄를 자신 외에 누가 먼저 용서할 수 있느냐는 것이다. 자신이 용서하기도 전에 범인이 어떻게 용서의 확신으로 아이의 엄마인 자신 앞에서 그토록 침착하고 평화스러운 얼굴을 할 수 있으며, 살인

교회를 찾아가 울분을 토하는 알암이 엄마 신애(전도연)와 그녀를 바라보는 종찬(송강호)

자가 어떻게 성인 같은 모습으로 변할 수가 있느냐는 것이다. 그런데 하나님께서 자신에게서 그걸 빼앗아가버리셨고 자신은 하나님에게 그를 용서할 기회마저 빼앗겼다는 것이다. 신애는 믿음이 없기에 이미 신으로부터 용서를 받았다는 살인범 때문에 절망한다.

영화는 대부분 교회와 신앙 행위를 담고 있다. 교리에 대한 배신감으로 고통스러워하는 신애가 교회에 찾아가서 십자가를 응시하며 앞 의자를 탁, 탁 소리가 나게 두들기는 장면은 영화의 압권이다. 자신 속에 인간성을 부인하고 하나님의 구원만을 기구할 자신을 잃은 신애의 내면적 울림이 관객에게 전달된다. 하나님의 뜻은 멀고 인간은 왜소하고 남루하다. 인간의 절망과 고통의 뿌리가 어디까지인가.

하늘에 대고 "너한테 안 져."라고 신과 대립하는 신애는 구원과 용서의 영역을 두고 광기 어린 시선으로 맞선다. 고통을 절제된 표정 연기로 드러낸 신애 역의 전도연과 끝까지 신애의 언저리를 맴돌고 있는 종찬 역의 송강호는 영화의 균형을 이룬다. 종찬이 거울을 들고 있고, 자기 머리를 스스로 가위를 들어 자르는 신애의 마지막 장면은 밀양이란 한정된 공간이 인간세계의 축소판이라는 것을 드러낸다. 원작과 달리 영화는 어떤 절망에도 삶은 계속된다는 희망의 빛으로 다가온다.

〈밀양〉의 연기자는 연기가 아니라 인간의 삶을 표현하였다. 영화 〈밀양〉에는 원작의 화자인 남편의 존재를 지우고, 송강호가 분한 종찬이라는 인물, 웅변학원 원장인 범인, 약사 부부인 장로와 집사, 목사와 교인들, 이웃 사람들, 이름도 기억할 수 없는 출연자들이 나온다. 밀양에 가면 그들은 여전히 그 자리에서 그렇게 노래하고 말하며 살고 있을 것이다.

영화 〈밀양〉이 상영되었을 때 기독교회관에서 한국기독교교회협의회 문화영성위원회 대토론회가 있었다. 오전에 영화 〈밀양〉을 보고 온 목회자 한 분이 기독교인들이라면 영화 〈밀양〉을 꼭 보기를 권했다. 그만큼 기독교의 본질에 접근한 영화는 없다는 전제일 것이다. 과장도 왜곡도 없는 영화 〈밀양〉을 기독교인들이 보고 어떤 깨달음을 얻을까. '우리가 우리에게 죄지은 모든 사람을 용서하오니 우리 죄도 사하여 주옵시고'라는 진정성이 담긴 기도를 한다면 영상에서도 구원의 빛을 발견할 것이다. 덧붙여, 절망하는 무력하고 하찮은 벌레가 내 발밑으로 꿈틀대고 지나가고 있음을 알아차린다면 비밀스러운 하나님의 은총, '숨어있던 빛'이 교회 안에 내리쬐고 있을 것이다.


## 당신들의 천국

이청준의 대표작인 장편소설 《당신들의 천국》은 월간 《신동아》에서 1974년 4월부터 1975년 12월까지 연재되었다가 1976년에 간행된 이래 단숨에 100쇄를 찍어내면서 독자들에게 살아 있는 고전으로 평가받고 있는 작품이다.

이 소설은 일제강점기부터 1960년대까지의 소록도를 배경으로, 한센병 환자들의 지도자와 그 원생들 간의 갈등을 그리고 있다.
〈당신들의 천국〉은 표면적으로는 조백헌이라는 야심많고 개척자적인 한 인물의 무용담처럼 보이지만 작가는 조백헌에 대한 비판의 시각을 갖고 있는 이상욱과 이정대, 황 장로를 등장시켜 이들을 통해 이 사회에서의 지식인의 역할과 권력에 대해 묻고 있다.

전남 고흥반도의 끝자락인 녹도항에서 1km 채 안되는 곳에 위치한 소록도

소록도 나환자 병원에 조백헌 대령이 새로운 병원장으로 부임한다. 그는 정의로운 인간형으로 소록도를 나환자들의 천국으로 만들 것을 주민들에게 약속한다. 그는 부임 인사를 하면서 '대령'이라는 자신의 군대 계급을 내세우며, 원생들에게 자신이 이곳에 오기 전에 있었던 전임 원장 시대의 실패를 딛고 일어나자고 한다. "이 섬이야말로 이제 그 저주스럽고 절망스러운 오욕의 세월에서 벗어나 여러분의 둘도 없는 낙토요 자랑스러운 고향으로 변해 있다."라는 공표에서 소록도에 대한 조백헌 원장의 의지를 읽을 수 있다.

조백헌 원장은 자신의 신념에 따라 소록도 개발사업을 추진한다. 원생들에게 자긍심과 낙원건설에 대한 의욕을 북돋게 한다. 오마도 간척사업을 위해 장로회 사람들에게 "주님께서 이 섬에 내려주신 우리의 소명"이라는 말로써 자신의 신념을 명문화하며 정당성을 내세운다. 하지만 조 원장이 이때 말한 '우리의 소명'에서의 '우리'가 원장과 원생 모두를 포괄한다면 원생의 대표 격인 황희백 장로가 인식하는 '우리'에는 조백헌 원장이 포함되지 않는다. 조 원장은 자신의 계획 실현을 위해서라면 자신이 믿지 않는 신에게까지도 의지할 수 있는 강한 집념을 드러낸다.

이런 원장의 집념은 원생들과 육지인의 축구시합, 그리고 오마도 간척공사를 위해 여론조작까지 동원하는 데서 나타난다. 지금까지 원생들은 소록도에 강제로 끌려와서 마음대로 육지에 나가지도 못하고, 죽어서 가게 된다는 '망연당'만을 평생 바라보며 살아왔다. 과거 주정수 원장 이후 부임한 원장들의 원생들을 위한 낙원 건설 공약 계획은 각기 내용은 다르지만, 자신들의 동상을 세우기 위한 원생들의 희생을 강요하는 속박일 뿐이었다. 그래서 원생들은 그곳을 탈출하는 배신을 거듭하게 된 것이다.

원생들은 육지로부터 격리되어 자신들이 섬으로 보내졌다는 사실

자체에서 이미 일반인들로부터의 고립을 느끼고 있었다. 그들은 자신들을 위한 천국 건설도 자신들을 위한 천국이 아니라 천국 건설을 통해 업적을 쌓고자 하는 조백헌 원장에게만 해당되는 신념의 산물일 뿐이라고 인식했다.

보건 과장 이상욱은 이런 원장의 힘의 행사를 감시하고 소록도 삶의 구조적 모순을 원장에게 제기한다. 그러면서 원장이 만들고자 하는 천국도 원생들의 자유에 의해 선택되어야 하며 그렇지 않다면 행복하게 보이는 천국일지라도 오히려 그것은 '숨 막히는 지옥'이 된다고 주장한다.

이상욱 보건 과장과 황희백 장로의 눈을 빌려 이청준은 조백헌 원장의 행동을 감시하고 비판하며 견제하여 진정한 천국의 실재를 주문한다. 결국 이상욱과 황 장로의 지속적인 검증으로 조 원장은 자신의 신념을 바꾸며 그곳을 떠나게 된다. 이로써 조 원장의 신념으로 만들어지던 동상이 무너진 것이다. 이렇게 원생들과의 사랑과 화해를 할 수 없게 되었던 조 원장은 소록도를 떠난 지 7년이 지나 민간인 신분으로 다시 섬으로 돌아온다. 그곳에서 일반인과 환자의 결합인 서미연과 윤해원의 결혼 주선을 통해 화해의 방법을 모색한다. 미감아이긴 하지만 건강인으로서 나환자촌 아이들을 가르치던 서미연 선생과 환자 출신 윤해원의 결혼은 〈당신들의 천국〉에서 작가 이청준이 최종적으로 실현하고자 하는 이념이 무엇인지를 보여준다. 그것은 사랑이다.

결혼식의 주례를 맡은 조백헌은 결혼식의 예정 시간을 넘겨서 축사 연습을 하고 있었다. 소록도를 취재하러 온 기자 이정태가 조백헌의 숙소로 접근하자 보건 과장 이상욱은 손가락을 입으로 가져가며 기척을 죽이고 조용히 기다리라고 막는다.

조백헌은 말한다. "제가 두 분의 신접살림을 직원지대와 병사지대의

# 수탄장 (愁嘆場)

이곳은 직원지대와 병사지대로 나뉘어 지는 경계선으로 1950 ～ 1970년까지 철조망이 쳐 있었다.

병원에서는 전염병을 우려하여 환자 자녀들을 직원지대에 있는 미감아 보육소에 격리하여 생활하게 하였으며, 병사지대의 부모와는 이 경계선 도로에서 한달에 단 한번 면회가 허용되었다.

이때 미감아동과 부모는 도로 양열으로 갈라선 채 일정한 거리를 두고 놓으로만 혈육을 만나야만 하는 이광경을 본 사람들이 「탄식의 장소」라는 의미로 「수탄장」이라 붙였다.

소록도에서 직원지대와 병사지대를 나누는 경계선은 '탄식의 장소' 라 하여 '수탄장' 이라 한다

중간에 마련하고자 했던 것도 사실은 그런 뜻이 있어서였습니다. 두 분의 정착지가 하루빨리 새로운 마을로 번성하여 이 섬 안에 건강지대와 병사지대가 따로 없는 하나의 마을로 채워지기를 빕니다. 이제 두 사람으로 해서 그 오랜 둑길이 이어지고 길이 뚫렸습니다. 그리고 당신들의 이웃은 힘을 합해 길을 지키고 넓혀 나갈 것입니다……."

이청준은 사랑과 신뢰가 없는 공동체는 어떤 방식으로 건설되든 항상 '당신들의 천국'일 뿐이며, 오로지 사랑과 신뢰만이 우리들의 천국을 만든다는 것을 말하고 있다. 〈이청준 소설과 기독교의 상관성 연구, 김영숙, 국학자료원 2019 참조〉

작가 이청준의 청년 시기인 1960년대는 세계적으로 저항과 혁명의 시대였다. 1960년의 4·19혁명은 3·15부정선거가 도화선이 되어 이승만 대통령의 하야로 이어졌다. 남산 이승만 동상은 시위대에 의하여 거리에 나둥그러졌다.

4·19혁명이 한국 현대문학에 몰고 온 가장 큰 변화로 4·19세대의 출범을 꼽게 되었다. 4·19세대의 대표적인 작가들은 최인훈, 김승옥, 이청준 등이다. 그러나 4·19 이듬해인 1961년, 박정희가 주도한 5·16 군사 구테타는 4·19가 꽃피운 자유와 민주주의의 가치를 훼손하면서 1960~70년대 전체를 암울한 개발 독재시대로 전환되게 하였다. 그 시대 한국은 경제개발 5개년 운동, 새마을운동, 쌀증산운동 등 갖은 국가적 기획들이 즐비하였다. 5·16 군사구테타 이후 정권을 장악한 박정희의 '조국 근대화'의 기치는 〈당신들의 천국〉에서 갓 부임한 조백헌 대령이 소록도의 주민들에게 약속한 '나환자들의 천국'과 그다지 다를 바 없다.

소록도는 1970년대 한국 사회의 축소다. 국민에게 천국을 약속하고 그 천국 건설에 노역과 희생을 감내하게 하고 경제 발전을 위해 정치적 자유를 내놓게 했던 개발독재 정권의 통치 메커니즘은 소록도에서 그대로 조백헌 원장의 모습에 투영된다. 조 원장의 실패로 영웅주의가 결국 우상화로 이어질 수 있다고 작가 이청준은 말해주고 있다. 위로부터 주도되고 약속된 천국은 주도하는 자의 자기만족을 위한 '당신들의 천국'일 뿐이다.

## 교회 안의 불신자, 교회 밖의 신자

1945년 해방 이후 기독교의 교세증가와 기독교 정신의 내면화에 힘입어 기독교 문학이 본격적으로 창작되었다. 1970~80년대 이후에는 T.S 엘리엇의 표현처럼 무의식적으로 기독교적인 소재를 취하지 않으면서도 기독교적인 성격을 드러내 주는 작품들이 잇달아 발표되었다.

1970년대 대표적인 작품으로는 황순원의 《움직이는 성》(1973), 백도기의 《청동의 뱀》(1974), 《가롯 유다에 대한 증언》(1977), 《등잔》(1977), 이청준의 《당신들의 천국》(1976), 이문열의 《사람의 아들》(1979) 등을 꼽을 수 있다.

1980년대에는 이청준의 《낮은 데로 임하소서》(1981), 《벌레 이야기》(1985), 《자유의 문》(1989)과 김성일의 《땅끝에서 오다》(1983), 《땅끝으로 가다》(1985), 《제국과 천국》(1987), 조성기의 《라헤트 하헤렙》(1985), 《야훼의 밤》 4부작(1986), 《가시둥지》(1987), 《베데스다》(1987), 이승우의 《고산지대》(1988), 현길언의 《사제와 제물》(1989), 이건숙의 《거제도 포로수용소》(1989) 등이 발표되었다.

이청준(1939-2008)은 1965년 12월에 《사상계》에 단편소설 〈퇴원〉이 당선되어 문단에 등단한 이후 40여 년간 소설 창작에 전념하였다. 〈이청준 문학전집〉은 1998년부터 2003년까지 25권으로 출판되었다. 이청준은 다작의 작가로서 개방적이고 다양한 작품세계를 그렸다. 이에 대해 김치수는 "이청준 소설은 외형적으로 눈에 보이는 현실을 추구하는 것이 아니라 현실의 눈에 보이지 않는 감추어진 세계를 끊임없이 찾아가고 있다."라고 평가하였다.

이청준은 교회에 다니지는 않았지만, 여느 교인보다 기독교에 대한 이해가 있었다. 교회 안에 불신자가 있다면 이청준은 '교회 밖의 신자'였다고 할 수 있을 것이다. 김주현은 〈이청준의 상상력〉이란 글에서 이청준과의 대화에서 "문학을 하는 작가로서 특정 종교와 손을 잡는 일은 무언가 자기를 포기하는 일이 아닌가 하는 두려움 같은 것을 느꼈다."고 술회했다고 한다. 그러면서 이청준에 의하면, 그의 고향 회진에는 30여 가구가 있었는데, 그중 절반 이상의 가구에서 목회자가 나왔다고 한다. 이 말을 하면서 그는 씩 웃은 다음 "나까지 예수쟁이 하면 좀⋯⋯" 하고 말을 끊었다. 이어서 자기까지 예수 믿으면 예수님이 정말 오셔서 새 하늘과 새 땅을 만드실까 겁이 난다고도 하였다고 덧붙이면서 이청준 작가의 기독교에 대한 인식과 당시의 근황을 알려주었었다. 본고에서 다룬 〈당신들의 천국〉이 이청준의 소설 가운데서 기독교의 정신을 가장 잘 집약하고 있다. 이청준은 〈낮은 데로 임하소서〉에서는 '거듭남과 소명의식'을, 〈벌레 이야기〉에서는 '용서와 구원'을, 〈당신들의 천국〉에서는 '믿음과 사랑'을 다루었다. 이외에 〈자유의 문〉에서는 '율법과 자유'를 서술하였다.

이청준은 인간 구원의 가능성을 종교보다도 문학에서 더 찾고자 하였다. 그러므로 그의 기독교 형상화 소설은 자칫 기독교가 문학의 소재적인 차원으로만 활용되었다고 볼 수 있다. 그렇지만 그의 소설들에서는 이청준의 문학적 역량으로 인해 오히려 기독교적인 색채가 두드러지게 드러난다. 그것은 인간 구원을 문학에서 찾으려는 구도적 자세가 역설적이게도 신앙으로 견인하고 있기 때문이다. 〈이청준 소설과 기독교의 연관성 연구, 김영숙, 국학자료원, 2019 참조〉

이청준 소설에 나타난 구원과 용서, 그리고 우상이란 담론을 풀어낸 〈낮은 데로 임하소서〉 〈벌레 이야기〉 〈당신들의 천국〉에서 독자들은 기독교 문학의 본질을 이해할 수 있게 될 것이다. 인간의 영역과 대비되는 신의 영역은 헤아릴 수 없다고 할 것이다. ✣

# 백도기 소설에 나타난 기독교의 본질과 원형

백도기 소설은 고통의 의미와 세계의 인식을 묻고 있다. 백도기는 도스토예프스키와 같이 소설에서의 기독교 본질을 '기독교적인 죄와 고통의 문학'이 존재해야 할 당위성과 더불어 기독교적인 세계관을 탐구하는 데에서 찾아냈다. 체험과 현실에 대해 기독교적 이해와 인식을 발견하고자 했던 그는 십자가의 의미를 소설이란 공간 속에 전개하는 기독교적인 상상력을 발휘했다.

# 백도기 소설에 나타난 기독교의 본질과 원형

## 백도기의 부음

2020년 10월 14일 저녁 무렵에 핸드폰 문자를 보았다. 백도기 목사의 부고였다. 빈소는 아주대병원 장례식장이고, 발인은 10월 13일 오전 8시였다. 이미 장례가 끝난 뒤였다. 10월 11일에 보내온 부고 문자를 사흘이나 지나서 확인하다니. 나는 조문하려고 백도기 목사로 저장된 핸드폰 번호로 유족에게 찾아뵐 수 있는 시간과 장소를 알려달라는 문자를 보냈다. 아무런 답을 받을 수 없어 다음날 전화를 했더니 장금진 선생이 받아서 임평자 사모님을 바꾸어 주었다.

"사모님, 제가 부고 문자를 이제야 확인했습니다. 어디로 가면 될까요?"

"안 목사님, 문자 주셨는데, 괜찮아요."

"백 목사님을 어디에 모셨나요?"

"안성의 우성공원입니다."

"아, 거기는 저의 부모님 모신 곳이라서 잘 압니다. 삼우제가 언제인가요?"

"하루 늦춰서 내일 오전 11시에 우성공원 묘지에서 가족끼리 할거에요."

나는 다음날 인테리어업체를 불렀기에 책장과 책을 집에서 집무실로 옮기는 일을 여동생 안종숙에게 맡기고 아내에게 운전하게 하여 달려갔다. 《크리스천문학나무》에 실린 백도기 목사에 대한 글 '내가 살아온 날의 이면에'와 '내 영혼의 서사'를 지난 6월 초에 백도기 목사에게 보내드린 적이 있었다. 그간 백도기 목사는 뇌경색으로 인하여 언어 표현이 약해졌고 보행이 어려웠다.

"목사님, 보내주신 책 잘 받았습니다. 잊지 않고 챙겨주시니 고맙습니다."

"《크리스천문학나무》봄호, 여름호, 평론집《예술무대 빛과 어둠》은 백도기 목사님께 영향을 받아 나온 이야기입니다. 코로나가 소강상태가 되면 찾아뵙겠습니다. Y하우스, 원천교회가 그립습니다. 만경강 갈대도요."

그렇게 문자로 대화를 나눈 지 4개월여 만에 이제 더는 얼굴과 얼굴을 대할 수 없게 되었다. 아니, 문자조차 주고받을 수 없게 되었다.

2020년 10월 16일, 오전 11시에 우성공원에 도착해 보니 백도기 목사의 딸 선정 서성은 부부, 선하 김병헌 부부, 동생 백의기 이해경 부부, 장금진 선생이 묘소에 둘러 서 있었다. 화장되어 안치된 묘비에 '목사, 소설가 백도기(1939~2020)'라고 새겨져 있었다. 가족묘인지라 아직은 비어있는 세 군데 묘명까지 포괄하는 위치에 '진리는 우리를 自由하게 합니다.'라는 문구가 백도기 목사의 글씨체로 새겨져 있었다. 임평자 사모님이 내게 먼저 기도해 달라고 했다.

나는 "백 목사님의 살아간 삶과 뜻을 우리는 기억하고 이어가며 실천하겠습니다."라고 기도했다. 이어서 백도기 목사의 동생 백의기 선생이 기도했다. 백의기 선생은 순교자 부친 백남용 목사와 더불어 백도기 목사의 문학과 목회와 삶에 영향을 끼친 윤치병 목사를 기리는 기도를 올렸다.


## 기독교적인 죄와 고통의 문학

백도기 소설은 고통의 의미와 세계의 인식을 묻고 있다. 백도기는 도스토예프스키와 같이 소설에서의 기독교 본질을 '기독교적인 죄와 고통의 문학'이 존재해야 할 당위성과 더불어 기독교적인 세계관을 탐구하는 데에서 찾아냈다. 체험과 현실에 대해 기독교적 이해와 인식을 발견하고자 했던 그는 십자가의 의미를 소설이란 공간 속에 전개하는 기독교적인 상상력을 발휘했다.

백도기 소설의 주인공들은 공감과 무력감을 드러낸다. 작가 자신이 성장하여 목사가 되었지만, 6·25 때 부친 백남용 목사가 순교당한 고통스러운 체험의 역사적 모티브가 주인공의 처한 현실에서 무력감으로 나타난다. 그의 대표작인 《청동의 뱀》에 등장하는 한주, 한용, 한필을 통해 도스토예프스키적 광기와 이기가 드러난다. 그것은 저주받은 원죄의 상태이며, 스스로는 자신을 가눌 수 없게 된 종말론적인 징조이다.

공장 부속 교회의 목사는 새로 건물을 지을 때마다 기공식에서 사업 번창을 기원하는 무력함만을 보여준다. 1970년대 초, 도시산업화 과정에서 맏이 한주는 당시 수출 붐을 타고 공업제품을 만들어 치부한 사업가이다. 자가용에 에어컨을 달은 기업가에게 화자인 목사는 3백여 명의 여공들이 작업하는 1백 평의 면적에 선풍기 하나를 달아달라는 말도 하지 못한다.

작가는 인간의 탐욕과 모리(謀利)를 성경으로 포장하고, 돈으로 지배하는 자를 위한 어용이 된 기독교의 현실을 '불뱀으로 물려 죽은 이스라엘의 퇴폐'라고 고해한다. 한필의 애인 혜인에게 유산하라고 설득하는 역할까지 하게 된 목사는 현실을 도피하듯 교회에서 사직한다.

어두운 현실 실존의 위기 앞에서 목사는 어느 서점에 들어가 시몬느 베이유의 책을 구입하여 돌아오다가 '겨울 바다'를 보게 된다. '학대받은 사람들 속에 들어가 학대로 목숨을 잃은' 시몬느 베이유의 책을 샀다는 것을 통하여 그가 언젠가는 학대받은 이들의 고통 속에 참여할 수 있음을 보여 주고 있다고 할 것이다.

구리 뱀은 어디 있는가, 청동의 뱀은 어디 있는가, 그 해독의 뱀은 어디 있는가. 청동의 뱀은 내가 눈을 들어 바라보기만 해도 살 수 있는 구원의 표상이다. 단지 바라보기만 하면 불뱀의 독으로부터 치유될 수 있다. 타락한 죄인이 세상 그 무엇이 아닌 오직 십자가의 예수를 바라보기만 하면 구원을 받는다는 것을 '청동의 뱀'은 말해주었다.

## 백도기 소설의 원형, 백남용

백도기의 〈청동의 뱀〉은 기독교의 소재를 가지고 기독교 문학을 넘어선 문학의 정점으로 올려놓았다. 이러한 백도기 문학은 순교자 백남용 목사와 성빈의 목자 윤치병의 삶에서 이어진 것이다.

백남용 목사가 아내 곽옥임에게 이렇게 말했다.

"내 앞에 두 개의 길이 있을 때 그 중 어느 것이 주께서 원하시는 길인가를 판단하는 방법은 아주 간단하다오. 내게 손해나는 길, 평이한 길이 아니라 가파르고 험난하고 수고가 되는 길, 큰길이 아니라 좁은 길, 사람들이 많이 몰려가는 길이 아니라 두렵고 생소해서 가기를 꺼리는 길이 바로 주께서 내게 원하신 길이라고 생각하오, 나는 그 길로 갈 작정이오. 내가 약해져서 인간적인 욕망 때문에 그 길을 버리고 다른 길로 가려고 하면 당신이 곁에서 충고해 주고 기도로 도와주시오."

백도기의 부친 백남용 목사는 유명보다는 무명을, 영광보다는 수욕을 택하면서 살아왔다. 그는 남과 같이 고통을 당하지 않으면 마음에 부담이 되어 괴로워했다. 백남용 목사는 1897년 12월 26일, 전북 김제군 공덕면 저산리에서 아버지 백낙중 진사의 5남 1녀 중 둘째 아들로 태어났다. 백남용 목사는 일본대학 사회학과에 재학하면서 우치무

백도기 소설집 《청동의 뱀》 출판기념회 백도기 목사. 필자도 그곳에 있었다
1976. 2. 10. 수원 Y하우스

라 간조(內村鑑三)의 성서연구회에 출석하다가 기독교 신자가 되었다. 거기서 최태용을 만나 조선인 자신의 교회로서 조선 복음교회, 오늘의 기독교대한복음교회를 창설했다. 백남용 목사는 '첫째, 신학은 충분히 학문적이어야 한다. 둘째, 교회는 조선인의 자주적·자립적인 것이어야 한다. 셋째, 신앙은 마땅히 개인과 역사(사회)를 구원하는 것이어야 한다.'라는 세 가지 강령을 내걸었다. 백도기는 자라면서 개인과 역사를 구원해야 한다는 그의 아버지의 신학과 신앙을 인식하게 되었다.

백남용 목사는 선친으로부터 물려받은 전답을 소작인에게 거저 주듯 내주고 가난과 싸우고 유혹과 싸우면서, 그의 신념을 힘으로 억누르려는 세력들과 싸웠다. 6·25 때 피난을 가지 않고 저산복음교회를 지키다가 반동으로 몰려서 투옥되었다. 백남용 목사는 마지막 끌려가기 하루 전, 아내에게 "도기를 내 뒤를 이어 목사의 길을 가도록 길러달라"고 당부하였다. 이 길(순교)이 당신 앞에 놓인 길이라 하며 웃으셨다고 백도기의 모친 곽옥임은 술회하였다.

백남용 목사가 순교 당하던 날 오후, 그는 같은 감방에 있는 윤제술(국회부의장 지냄)을 찾았다. 이리 남성중고등학교 교장이었던 윤제술은 반동죄로 몰려 투옥되어 있었다. 그들은 만경에서 어린 시절, 같은 선생 아래서 한문을 수학한 사이였다.

"아까 평소에 나한테 잘하는 경비원이 가만히 찾아와서 이르기를, 저녁 무렵 석방해 준다면서 이름 부르는 사람 나오라고 할 때 나오지 말라고 단단히 이르고 갑디다. 석방해준다는 구실로 끌어내다가 어디로 데리고 가서 학살할 겁니다. 윤 선생, 그러니 이름을 부르면 대답은 해도 나가지 마시오. 사람이 너무 많아서 못 찾아낼테니까……"

윤제술과 다른 사람에게는 신신당부를 하던 백남용 목사는 자기 이름을 부르자 대답을 하고 밖으로 나갔다. 다른 사람들은 일시에 혼란

백남용 목사 가족사진. 왼쪽부터 곽옥임(아내), 백남용 목사, 어머니, 왼쪽 뒷줄 창기(큰아들), 덕기(셋째
딸), 옥기(둘째 딸), 왼쪽 앞줄 범기(셋째 아들), 천기(둘째 아들), 필기(넷째 딸). 1937년도 사진이라 1939
년생 백도기가 태어나기 전

을 느꼈다. 그래서 대담하고 따라 나간 사람들도 있었다. 그러나 평소에 백남용 목사의 사람됨을 잘 알고 있는 윤제술은 나가지 않았다. 그래서 자신이 살았다며 그는 곽옥임을 찾아와 말했다.

"그이는 주님이 순교의 은총을 허락하셨다고 믿고 있었어요, 그래서 죽음을 각오하고 있었어요, 그 뜻에 순종한 거지요."

"순교?…… 순교라……." 윤제술은 망연해진 얼굴로 그 말을 중얼거렸다. 백남용 목사는 그렇게 자신의 죽음을 조용히 받아들였다.

백남용은 범용했지만, 벼랑 끝으로 더 이상 밀릴 데가 없었고, 주님 때문에 차마 비겁할 수 없었다. 그래서 역사의 화살이 자기 가슴을 비켜 가기를 기도하고 바라다가 그 쓴잔을 비켜나갈 수 없을 때라고 확신하면, 목숨을 내걸고 맞섰다. 그것이야말로 용감한 자의 용기가 아니라, 범용한 자의 용기이다. 〈백도기, 순교자 신부 백남용 목사 한민미디어 1998〉

8월 열이레날, 백남용 목사는 저산리 마을로 돌아왔다. 기다리다가 그를 찾아 나선 마을 사람들에 의해서 들것에 실린 채 시신이 되어 돌아온 것이다. 교회 청년들을 이끌고 간 정영택 집사는 김제 내무서 근처 야산 둔턱에 널려있는 무수한 시체들 가운데서 용케도 백 목사를 찾아낼 수 있었다. 두 손을 철사줄로 조여 묶인 채 정수리를 쇠스랑 같은 연장으로 힘껏 얻어맞고 피를 흘린 채 숨겨 있는 백남용 목사의 시신을 담가에 모시고 울며 찬송가를 부르면서 40리 길을 모셔다가 마을 앞산에 고이 묻었다. 그때 백도기는 열한 살이었다. 백도기가 어린 시절에 겪은 부친 백남용 목사의 순교는 고통의 인식과 더불어 고통받는 자 간의 유대로서 '이제 우리는 한배에 탔다'는 카뮈적 주제. 백도기에게 있어 6·25는 이 세계의 고통을 인식하는 계기가 되었다. 〈저 문밖에서〉의 앙드레 신부 아버지와 〈젊은 나목〉에서의 신학생의 아버지는 공산당의 내무서원에 의해 처형되었다. 〈땅의 뿌리〉의 형제

들 아버지 역시 6·25 때 죽었다. 〈은제의 십자가〉〈조용한 개선〉의 아
버지들이 공산당에게 구속되고, 〈골짜기의 종소리〉의 노 목사는 가까
스로 체포를 면한다. 소년기의 이 끔찍한 살육의 목격은 작가가 이념
의 대결, 정치적 투쟁의 살벌함에 앞서 세상에 존재한다는 것이 고통
과 공포로 응어리져 있음을 인식하게 한다.

　고통은 신을 믿는 자나 모르는 자에게나 똑같이 삶의 실체로서 우리
를 압박한다. 따라서 고통의 의미를 아는 것은 고통을 더욱 뜨겁게 체
험하는 것과 고통받은 타인을 확인한다는 것이다. 그리고 그 고통에
대해 보통 사람이나 신의 사자가 똑같이 무력감을 느낀다는 것이다.
그 공감과 무력감을 통해 고통의 아름다움을 얻는다는 것을 인식시켜
주는 것이다. 〈백도기 소설집 《청동의 뱀》 해설 고통의 의미와 세계의 인식
김병익 현대사상사 1976 참조〉


　1979년 11월 24일, 명동 YWCA 강당에서 민주인사들이 결혼식을
가장하여 모였다. 그날 강당에서 연세대 해직 교수 김찬국 목사가 백
도기 목사에게 신문지로 꼭꼭 싼 책 한 권을 가방에서 꺼내어 내밀며
"책 한 권 사!"라고 하였다. 그 책이 당시에 판금되었던 남미의 해방신
학자 구스타보 구티에레즈의 《해방신학》이었다. 구스타보 구티에레즈
는 "한마디로 이 세상에 가난과 억압이 있다는 것은 인간 간의 유대와
인간과 하나님의 친교에 균열이 있다는 표시다."라고 말한다.

　백도기는 가난이 없는, 억압이 없는, 이상적인 박애의 사회가 모세
의 이념을 계승한 모든 예언자의 한결같은 주장이라며, 이스라엘이 이
집트의 종살이에서 벗어난 사건이 모든 인간에게 모든 시대, 모든 사
회의 부익부 빈익빈의 불의를 만드는 현상에서 과감히 벗어나 정의 사
회를 건설하라는 영감을 주는 기록이라고 하였다.

　그는 자신이 어렸을 때 아버지 백남용 목사의 생명을 살려 달라고

자유실천문인협회 사무국장 시절. 1974년. 첫째 줄 오른쪽부터 신봉승, 백도기, 박재삼, 김주영, 김규동, 신상웅, 김병걸 평론가, 구중서, 이호철, 둘째 줄 왼쪽부터 조해일, 이근배 시조시인, 임헌영, 김치수, 김국태

간곡히 간구했음에도 불구하고, 자신의 아버지를 죽음의 자리에서 건져내지 못했던 그 무능한 신(神)을 다시금 새롭게 사랑하게 된 것은, 언제나 무능한 자의 모습으로 인간의 곁으로 와서 인간의 고통에 연대하는 신의 모습을 보았기 때문이라고 했다.

백도기는 이러한 신의 이해에 대해 다음과 같이 말했다.

"신의 이러한 속성, 그 자신이 신(神)임에도 불구하고 위에서 군림하려고 하지 않고, 스스로 낮아져서 봉사하고 헌신하려는 모습은, 이상하게도 똑똑하고 잘난 체하는 사람들에게서가 아니라, 별 볼 일 없다고 생각했던 사람들에게서 오히려 발견된다. 그리하여 자신들은 전혀 의식하지 않으면서도 나의 삶에 대한 부끄러움을 일깨워주는 그들이 민중의 참모습이라고 나는 이해한다.

그들은 겸허하고 겸비하여, 자신을 집을 지을 수 있는 재목이라거나 심지어는 불땀이 좋은 땔감이라고조차 생각하지 않는다. 가시 떨기나 무라고 여긴다. 내가 삶의 현장에서 만났던 위대한 사람들은 대체로 그처럼 겸손한 이들이었다.

수원교도소에 갇혀 있는 한 양심수의 할머니는 당신 말마따나 학교라곤 숙직하는 선생님들에게 떡을 팔려고 학교 뒷문으로 들어가 봤을 뿐인 분이었는데도, 손자가 재판받는 과정을 통해서 진리와 자유가 무엇인지, 뿐만 아니라 이 나라 지식인의 허위의식과 그들의 비겁마저도 이해하고 또 용서하고 있었다.

그 할머니는 '자기 자식이 불쌍하고 가여운 것이 아니라, 검사란 사람들, 판사라는 사람들이 불쌍합디다. 참말로 불쌍합디다. 그렇게 생각하니 걷잡을 수 없이 눈물이 나오드만요. 나는 지금까지 이 세상에서 내가 젤로 불쌍한 여자라고 생각했었지요. 그런데 그게 아닙디다. 내가 울어 줘야 할 사람들이 따로 있드구만요.'라고 말했다.

그 할머니는 성남에 사는데 정작 구속당한 학생의 부모인, 아들과 며느리는 먹고 살기가 바빠서 하루라도 일을 쉴 수 없기 때문에 대신 노구를 이끌고 수원까지 면회를 다니는 중이었다. 나는 그 할머니에게서 역사가 생긴 이래 이 땅에서 살았던 모든 어머니의 한과 삶을 보았는데, 이상하게도 그 형상이 타오르는 불꽃처럼 보였다."

## 문익환, 백도기가 지금 시골에서 목회하고 있다는 사실이 한신의 존재이유

백도기는 1939년 전북 군산에서 아버지 백남용 목사와 어머니 곽옥임 사이에서 7남 4녀 중 넷째 아들로 태어났다. 1950년 6·25 전쟁이 일어나던 해 8월 16일에 현재의 김제형무소 자리에서 아버지 백남용 목사가 목사라는 이유로 학살을 당하였다. 그 뒤로 그는 김제군 공덕면에 있는 공덕국민학교를 한 학기 다니다가 다시 군산으로 가서 군산중앙초등학교를 졸업하고 이리 남성중학교에 진학하였다.

그 후 백도기는 남성고등학교 1학년 때 남성문학상(소설 부문)을 받은 뒤, 소설을 써보리라던 막연한 생각을 확신으로 굳혔다. 그는 가난 때문에 대학 진학을 포기하고 있다가, 마침 서라벌예대에서 장학생을 뽑는다는 말을 듣고, 은사이며 시인인 장순하의 천거로 서라벌예대에 입학하였다. 그러나 이듬해인 1961년 백도기는 서라벌예대를 중퇴하고 집에서 쉬다가 한국신학대학에 편입하였다.

신학교의 편입에 대해 백도기는 "신앙적 동기를 빼놓고 거기에 문학적 동기를 구대여 달지면, 어니스트 헤밍웨이의 자살에 나름의 충격을 받았기 때문이라는 사실을 부정할 수 없다. 나는 그의 〈킬리만자로의 눈〉을 읽고 그 산정에 올라가서 굶어 죽은 표범의 일화에서, 그가 문학을 통해 인간에게 기여할 수 있는 것이 무엇인가 하는 궁극적인 물음에 부딪혀 심각하게 고민하고 있다고 보았던 것이다. 나는 그 당시 부모로부터 물려받은 나의 신앙에 대해서 깊은 회의에 빠져 있었다. 그것은 카뮈나 사르트르의 영향이었고, 내가 부딪치고 있는 이 세상의 모호함과 낯섦과 어이없음 때문이었다. 나는 아버지가 그 신을 위해 목숨을 바쳤음에도 불구하고, '신이 선하다면 그는 전능하지 않거나, 전능하다면 선하지 않은 것이 아닐까? 하는 회의에 사로잡혀 있었다. 내가 신학교에 갈 때까지 이 회의를 극복했던 것은 아니었다. 들어가서 부딪혀 봐야겠다고 생각했다. 내가 그 회의를 어느 정도 극복했다고 생각할 수 있었던 것은 졸업을 앞둔 겨울이었다."라고 말했다. 백도기는 그때에야 4년 동안 미루고 있던 목회의 일선에 뛰어들기로 결심했다.

그가 졸업한 뒤에 당시 한국신학대학의 구약학 교수였던 문익환 목사가 학교 예배의 설교 중에 "백도기가 지금 시골교회에 가서 목회하고 있다는 사실이, 누가 뭐래도 한국신학대학이 왜 존재해야 하는가에 대한 대답의 하나가 될 수 있다."라고 했다는 소문이 났다. 백도기는 그런 티를 보이지 않으려고 하였는데, 예민한 문익환 목사의 통찰력에 의해 그의 회의가 간파되었던 모양이다.

5·16군사쿠데타가 일어나던 날 아침, 백도기는 설레고 떨리는 마음으로 교실에 들어갔더니 서남동 교수가 예의 그 교수 방법대로 20분 전에 들어와 그날 공부할 중요 부분을 칠판에 하나 가득 기록해 놓고 기다리고 있다가 곧바로 수업을 시작하였다. 이성계의 군사쿠데타 이후로 가장 크게 역사에 기록될 5·16군사쿠데타를 그냥 그런 식으로 넘기고 있다는 생각에 백도기는 '신학이란 이다지도 인간 역사와 무관한 것인가?' 하고 고심하였다. 그러나 서남동 교수는 민주투쟁의 선봉에 나섰고 이 일로 해직되고 감옥에 다녀온 후유증으로 세상을 떠났다.

서남동 교수가 보여준 신학 사상의 변혁은 백도기에게 귀중한 문학의 동기와 이유를 제기해 주었다. 그가 비록 기숙사와 값싼 식비 때문에 한국신학대학에 갔었지만, 그것은 결코 우연이 아니었다.

## 백도기의 스승 윤치병

한국전쟁 당시 공산당에 의해 순교한 부친 백남용 목사와 함께 초기 기독교대한복음교회를 세운 윤치병 목사가 있다. 백도기 목사는 1964년 한국신학대학을 졸업하자마자 윤치병 목사를 도와서 전북 익산군 금마복음교회에서 전도사로 일하였다.

소설가이며 목사인 백도기에게 크나큰 영향을 끼친 윤치병 목사와의 첫 대면을 백도기는 이렇게 회상했다.

내가 그이를 처음 뵌 때가 아마도 초등학교 삼학년 시절이 아니었던가 싶다. 검정 물들인 무명 두루마기에 찌그러진 중절모, 거기다가 검정 고무신을 신고 손에 등나무 지팡이를 든 육십 세 가량의 초라한 노인이 처음 집을 찾아오셨을 때의 광경이 지금도 눈에 선하다.

"이름이 뭐고? 범기? 도기?" 하면서 내 키만큼 허리를 낮추셨다.

"도기, 제 이름은 도기에요."

나는 그이의 웃는 입술 속으로 옆니 한 개가 빠져 있는 걸 유심히 보다가 꼭 나 같구나 하는 생각이 들어 웃음이 났다. 나도 그 어름쯤에 이빨 하나가 빠져 있었다. 그러다가 그이가 검정 고무신을 엇바꿔 신고 있는 게 눈에 띄었다. 이를테면 왼발에 꿰어야 할 고무신을 오른발에 신고 있었다. 나는 처음에는 속으로 키들키들 웃다가 급기야 참지 못하고 웃음을 터트렸다.

금마복음교회 앞에서 윤치병 목사와 함께 한 백도기 전도사. 1965년

내가 평소에 덜렁대서 급하면 신을 엇바꿔 신고 나서기 때문에 어머니한테 '신발도 제대로 못 신으면 커서 뭐가 되겠니!' 하고 꾸중 섞인 놀림을 받곤 했는데, 정말 커서도 신 하나 제대로 못 신는 그이의 행태가 여간 우습게 느껴지지 않았다. 나중에야 그것이 양쪽 신 바닥을 골고루 닳게 하여 오래 신으려는 의도임을 알았다. 그러자 그이는 내가 왜 웃는지 영문을 모를 터인데도 덩달아 큰 소리로 마주 웃었다. 꼭 우리 또래의 어린애 같았다. 그래서 우리는 담박에 친해졌다. 다음날 조반을 드시고 길을 나선 윤치병 목사를 동구 밖까지 배웅하며 부친 백남용 목사는 "저런 어른은 참 드문 분이시다."라고 백도기에게 일러주었다.

백도기가 신학을 마치고 처음 전도사로 발걸음을 내디뎠던 금마복음교회에서 다시 만난 윤치병 목사는 그간 십수 년의 세월이 흘렀음에도 전혀 변한 것 같지 않았다.

안경다리 끝에다 구멍을 뚫어 검정 고무줄을 꿰어 매달아 그걸 물안경처럼 쓰고서, 잃어버린 만년필 뚜껑 대신 한지를 여러 겹 꼬장꼬장하게 발라 끼워, 그걸 실끈으로 동여, 한복 조끼 앞섶에 일부러 만년필 꽂이용으로 만든 것이 분명한 주머니에 꽂고 있는 그이의 주제꼴은 솔직히 가관이었지만, 그냥 웃어넘길 수 없는 무게가 그를 온통 둘러싸고 있었다.

가난한 농부들의 교회인 그곳 교회는 가난할 수밖에 없었다. 살길을 찾아 도시를 향해 발 낄 틈새를 찾아 떠날 수조차 없는 사람들만이 남아 있었다.

"왜 호(號)가 하필 비당(非堂)이세요?"

"예수님 흉내를 낸 거지요 뭐, 하하 하하…… 공중의 새도 깃들일 곳이 있고 여우도 제 굴이 있는데 사람의 아들은 머리 둘 곳조차 없다고 하신 그 말씀대로 나도 세상에서는 집 없는 사람이다는 뜻으로 홍내를 내 본 거에요."

윤치병의 아내 이기효는 충청도 관찰사의 손녀딸로, 그는 아씨 소리를 들으며 고이 자란 사람을 데려다가 별별 고생을 다시켰다.

'윤 목사님처럼 고생하신 분'이라는 말은 그가 목회하는 곳에서는 하나의 숙어가 되었을 정도다.

전쟁 뒤에 흉년이 겹쳐 들 때, 쑥 나물 같은 유의 식초(食草)는 남들이 캐어가도록 놔두고, 남들이 안 캐는 풀만 뜯었다는 것은 금마 사람들이 다 알고 있는 일화다.

언젠가 한 번은 이기효 사모가 샘가에서 빨래하는 데 쓰려고 냇가에 나가서 반반한 넓돌을 하나 구해서 간신히 머리에 이고 오자 윤치병 목사는 "빨래터에 오는 사람 중에 그 넓돌을 즐겨 사용하는 사람이 있을 거 아니오. 그 사람이 거기 왔다가 그 넓돌이 없어진 걸 보면 얼마나 섭섭하겠소? 그러니 제자리에 갖다 놓고 오시오."라고 하였다. 이기효 사모는 그 많은 넓돌 중에서 그 돌 하나쯤 가져다 쓰면 어떠냐 하고 사정을 하다가 결국 눈물 바람까지 하시고 그 돌을 다시 머리로 이어다가 제 자리에 놓았다고 한다.

그래서 가난한 사람 중에서도 가난하게 살았던 그의 삶을 가리켜, 어떤 이들은 청빈(淸貧)을 넘어 성빈(聖貧)이라고 말한다.

백도기 목사는 1970년에 이르기까지 6년 동안 윤치병 목사를 도와 금마복음교회를 섬기면서 1969년에 〈어떤 행렬〉이란 단편을 쓰게 되었다. 〈어떤 행렬〉은 1969년 1월에 《서울신문》 신춘문예 당선작이 되었다. 그 후 나와 마찬가지로 백도기 목사의 〈어떤 행렬〉을 읽고 목회 소명을 얻었다는 한신대 총장, 경동교회 담임목사를 역임한 채수일 목사 등 저명한 분들을 나는 여럿 만나 보았다. 교회 개척을 앞두고 읽게 된 〈어떤 행렬〉은 나에게 그리스도교회 목회자로서 아이덴티티를 갖게 하였다.

　신학대학을 갓 졸업한 전도사에게 교단 총회 본부가 금마면의 금마복음교회로 부임하여 일흔여섯 살의 노 목사를 도와 교회를 자립하게 하라고 하였다. 전도사는 미자립 교회를 대신하여 총회에서 만 오천 원의 생활비를 보조하겠다는 제안을 받았다. 이에 전도사는 직접 가서 교회 형편을 알아보고 시무 결정을 해야겠다고 여겨 시외버스를 타고 찾아가게 되었다.

　고장난 히터로 인하여 금마면으로 가는 버스 안은 유난히 추웠다. 그가 찾아간 교회는 양철지붕의 목조건물로서 몹시 초라했다. 교회에 붙어 있는 초가집 목사관은 찌들고 퇴락해 있었다. 더욱이 노 목사의 마흔 가량의 아들은 고문 후유증으로 광기를 부리며 마을을 휘젓고 다니고 있었다. 마을 사람들은 목사의 아들이 마귀 들렸다고 했다. 그렇다 보니 그런 아들과 함께 사는 목사가 시무하는 교회에 나오는 교인들은 한 손가락에 꼽을 정도였다.

　전도사는 자신을 이런 곳에 보내서 '1년 안에 자립교회를 만들어라, 전도사 생활비는 1년 예산이니 그 안에 모든 일을 다 끝내라.'라고 요구하는 총회 본부에 몹시 화가 치밀었다. 그는 총회 본부 얼빠진 작자들이라고 비난하며 화를 가라앉히고자 하였다. 전도사는 하루 자고 상경하면 다시는 이곳에 내려오지 않을 거라 내심 결정하면서도 그저 노 목사가 자신이 이곳에서 사역할 것이라고 단정 짓는 것에 대해서 애매한 모습을 보였다.

　그 다음날 아침에 전도사는 노 목사의 배웅으로 인근 도회지로 가서 연결 편으로 서울로 가게 되는 버스 정류장에 이르렀다. 이때 목사의 미친 아들이 버스 승객 대기실에 들어왔다가 아버지 목사를 보고는 선뜻 몸을 돌리더니 밖으로 뛰쳐나가는 것이었다. 미친 사내는 삼거리

쪽으로 가면서 '내가 진짜아 지도자다아! 사람 안 패는 것이 민주주의다아! 밥 안 굶기는 게에 진짜아 지도자다아!' 이렇게 외치면서 팔을 치켜들고 웃으며 절규하면서 걸어갔다. 그러다가 달려오는 버스에 치어 죽게 되었다.

노 목사는 이미 죽어버린 아들의 시신을 일으켜 세우고자 하였다. 순경은 이미 죽었으니 사진을 찍고 쉽게 위자료를 받게 해주겠다면서 시신을 운반하겠다며 죽은 아들을 일으켜 세우는 노 목사를 만류하였다. 그러자 동네 사람들의 닦달을 받은 운전사가 자신이 시신을 옮기겠다고 하였다. 그러나 노 목사는 다 거절한다. 노 목사는 애비로서 죽은 아들의 시신을 수습하는 것이라도 해야 된다면서 죽은 아들의 시신을 혼자 둘러메고 걸어간다. 노 목사는 안간힘을 쓰며 흘러내리는 아들의 몸뚱이를 추슬러서 어깨에 메고 다시 걷기 시작했다. 전도사는 목사의 어깨 위에 상반신을 걸친 채 두 팔을 양쪽으로 쫙 벌려 늘어뜨리고 있는 아들의 시체가 그 순간 십자가로 보였다.

"십자가다! 저건 십자가다!"

전도사는 노 목사에게 다가가서 무릎을 꿇었다.

"목사님, 저에게 맡겨 주십시오. 목사님에게는 너무나 벅찹니다. 저는 할 수 있습니다. 제게 맡겨 주세요!"

노 목사가 전도사에게 "고맙소."라는 말과 함께 죽은 아들을 선선히 넘겨주었다. 그 순간 목사의 얼굴에 순박한 감사와 신뢰가 넘쳐나고 있었다. 전도사는 이제는 목사를 내버려 두고 가는 일은 불가능하다고 독백한다.

전도사는 노 목사가 그의 아들의 시체를 자신에게만 안겨준 의미를 깨달았다. 자신에게만 노 목사 본인의 고통을 감추려 하지 않았던 의미를 알게 된 것이다. 인간은 고통을 극기해야 할 숙명을 지녔다. 노 목사와 젊은 전도사는 숙명적인 기반으로서 서로 얽혀져 있는 것 같은

금마복음교회 특별집회. 1968. 3. 18. – 23. 앞줄 왼쪽 최순덕 집사, 윤치병 목사, 유와동 집사,
이기효 사모(윤치병 목사 사모) 뒷줄 임평자 사모, 곽옥임 전도사(백도기 목사 어머니), 백도기 목사,
서기종 장로, 방옥경 권사(장모), 백도기는 1968년 3월 12일 목사안수를 받고 임평자 사모와 결혼했다

느낌을 받았다.

　윤치병 목사는 풋내가 물씬 나는 채 청년이 못된 소년에게도 "형님"이라고 호칭하고, 처녀꼴도 덜 박힌 소녀에게도 꼭 "누님"이라고 하였다. 윤치병 목사는 백도기 전도사에게도 "형님"이라고 불렀다. 윤치병 목사가 일부러 그러는 게 아니라 그가 겸손해서였다. 식량으로 쌀과 보리가 생기면 더 가난한 사람들이 용케도 알고 찾아왔다. 백도기는 윤치병 목사를 모시고 있을 때, 세상에는 가난의 층이 한도 없다는 사실을 깨달았다. 이기효 사모는 불평하지 않았다. 아니 차라리 불평할 줄도 몰랐을 것이다.

　윤치병 목사는 청빈을 넘어 성빈의 삶을 백도기에게 보여 주었다. 죽어라고 남에게 지기 싫어하는 백도기에게 때때로 남에게 져주는 삶이야말로 얼마나 아름다운가를 몸소 보여 주었다.

　평생토록 큰 교회와 작은 교회에서 그를 불렀을 때 작은 교회를 택했고, 편안한 길과 어려운 길이 나타났을 때 스스로 어려운 길을 걸어가던 윤치병 목사였다. 비당의 밀어내는 쪽이 아니라 밀려나는 쪽에 서고자 한 백도기의 삶을 형성한 스승이다. 세상에는 과대포장을 하지 않으면 밖으로 내놓을 수 없는 경우와 매우 희귀하지만 있는 진실을 그대로를 드러내면 믿기 어려워지는 경우가 있다. 후자가 바로 윤치병 목사의 삶이다. 〈백도기 · 서재경 《비당 윤치병 목사》 한민 미디어 1998 참조〉

## 만경강, 갈대의 노래

　나는 2005년, 《한국소설》에 발표한 〈만경강, 갈대의 노래〉를 읽으면서 솜리와 만경강을 사모하게 되었다. 백도기는 만경강 제방의 둑길을 걸어서 중·고등학교를 다녔었다. 그는 만경강 제방을 걸으면서 만경강과 그 둑 제방 안의 갈대밭을 보면서 살아왔다. 만경강을 넘쳐 흐르는 홍수와 홍수 끝에 뻘밭으로 변해버린 갈대밭에 대한 기억은 작가의 뇌리에 붙어 있었다.

그때는 솜리라고 불리던 지금의 익산시에서 만경강의 양쪽에 가로놓인 제방을 가로질러 걸쳐놓은 목천포 다리를 건너 쭉 나가면 김제와 부안에 이르고 변산에 닿는다. 다리를 건너 왼쪽으로 나가면 백구와 삼례를 거쳐 전주에 이른다. 오른쪽으로 빠지면 설바탕과 서운대, 청하 만경으로 해서 서챙이 다리를 건너 다시 제방 쪽으로 건너가면 대야와 개경을 거쳐 군산에 이른다.

그곳에서 늙은 강도 윤강철이 갈대밭에 숨어있다가 행인을 털었다. 윤강철의 딸 19살 윤칠례는 군산 고무공장에 먼저 취업한 점례가 공장에서 몸을 버릴 바에는 마음 맞는 동네 총각한테 징표로 떼어주고 오란 이야기를 백정재에게 들려주고 날을 정해서 첫정을 나눈다.

"정재야, 야, 너 정말 백 진사님 손자고, 백 목사님 아들 백정재 맞지? 내가 지금 너하고 이러고 있는 거 맞지?"

"그려, 그려, 맞아."

"너 나는 안 될 것이고, 앞으로 틀림없이 좋은 색시를 얻을 것인디, 그 색시 말고는 딴 여자 이렇게 건드리면 안 된다. 너 그것 맹세할 수 있어? 니네 예수님 앞에 두고 말여."

"그려, 그려, 맹세헐게."

칠례는 그 일이 있고 얼마 안 돼서 군산 고무공장으로 떠났다. 정재가 나중에 군산 고무공장이라는 데를 찾아가 보았으나 만날 수 없었다. 그냥 잘 있으니 걱정하지 말고 돌아가라는 전언만 들었을 뿐이었다.

세 번째 찾아갔을 때는 칠례 대신 점례가 나와서 "너를 잊었으니 다시는 찾아오지 말라, 또 여기 찾아오면 함경도나 간도 어디로 훌쩍 떠나 버릴란다."고 그러더라고 말했다. 칠례라면 분명 그럴 수 있을 것 같았다.

점례에게서 칠례가 개복동 어느 병원에서 사내아이를 낳았다고 들었으나 정재는 자신과는 상관없는 일로 생각했다.

시간이 흘러 백정재는 결혼해서 딸 둘을 낳았고, 시골교회 목사가 되었다. 어느 날 점례가 교회의 사택에 찾아와서 칠례의 소식을 전했다. 군산 도립병원에서 칠례가 사내아이를 낳고 고무공장에서 쫓겨나 소식이 없었다고 했다. 그러다가 나중에 들어보니 부천에 살던 칠례가 낳은 아들이 광주 친구에게 놀러 갔다가 5·18광주사건이 터져 끝내 돌아오지 않았다는 것이다.

점례가 돌아가고 나서 백정재는 교회로 들어가 강대상 앞 의자에 얼굴을 박고 엎드렸다. 기도는 나오지 않고 그 대신 울음이 터져 나왔다. "저는 지금까지 아주 잘못 살아왔습니다. 저는 지금까지 아주 잘못 살아왔습니다." 그 말만 되풀이했다.

한없이 울다 지쳐서 잠이 들었다. 백정재의 잠든 귓가로 만경강 그 무수한 갈대들이 서로 바람에 부딪쳐 서걱거리는 소리가 울음소리와도 같고 노랫소리처럼 들리기도 하였다. 그 소리가 백정재의 귀를 뚫고 들어와 그의 몸을 투과하면서 그 영혼 속 깊이까지 젖어 들어왔다.

백정재는 두렵고 혼란스러워 그 소리가 멎기를 기다렸으나 아무리 기다리고 기다려도 그 소리는 멈추지 않았다.

칠례가 평생을 통하여 쏟아부은 사랑의 아이덴티티는 무엇인가? 칠례의 끝 간 데 없는 순애보를 읽어가면서 내 눈시울이 붉어졌다. 이런 사랑, 이런 사람은 어디에도 없다는 생각에 이 눈물이 지나가면 정말 사랑했던 사람이 누구였는가를 말하고 싶어졌다.

나는 〈만경강, 갈대의 노래〉와 〈어떤 행렬〉을 가지고 희곡을 만들어 냈다. 언젠가는 무대에 올라갈 것이라는 기대가 있다. 이상문학상 우수상을 수상한 백도기의 〈우리들의 불꽃〉이 1985년대 TV문학관에 맹만재 연출. 출연 김성겸, 정운용, 주현, 이낙훈, 이주원, 고아라, 김지선, 전원주에 의해서 문학 애호가들에게 손꼽는 명작으로 남은 것처럼.


## 백도기의 불꽃, 내 안에서도

백도기 작가는 보자기에 책이나 원고 뭉치, 또는 고서를 싸매 가지고 다녔다. 종로에서 만났을 때도 책보자기를 들고 다녔다.

백도기 작가는 수원이나 대전까지도 고서화, 간찰, 토기나 골동품 파는 곳에 나를 데리고 다녔다. 오랜 시간 머물며 주인하고 말을 섞었다. 얼핏 들어보니 나까마니, 가이다시니 해서 골동 중개인 이야기도 나오고 고암, 소정, 의제, 월전, 남정 같은 동양화 계통에서 대가로 여기는 이들의 그림이 언급되었다.

백도기의 골동품이나 간찰, 고서화에 대한 관심이 나중에 단편《간찰》로 작품이 되었다.《등잔》《하늘과 땅의 바람》과 같은 장편에서도 삽화가 되어 오래 묵힌 고서화처럼 역사 소설이 되었다.

《뿌리깊은나무》의 한창기가 사용하던 투박한 상에서 백도기 작가는 소설 원고를 썼다. 그 모습이 얼마나 멋있어 보였는지 내가 하도 관심을 보이니까 푼돈을 받고 내게 넘겨주었다. 최성진 서양화가의 1987년작 목포항과 유달산을 그린 유화와 백제 시대 토기와 구한말의 등잔을 하나씩 받아와서 내 주변에 배치해 놓았다. 내 안목으로는 그것들의 진가를 알지 못하지만, 다음 세대까지 백도기와 안준배를 기억하는 이들 주변에 머물렀으면 좋겠다. 백도기의 〈자작나무 아래서〉〈책상과

TV문학관 〈우리들의 불꽃〉, 한기표 역 정운용, 이충 역 이낙훈

돼지〉〈백마의 계절〉〈가룟 유다에 대한 증언〉〈가시떨기나무〉〈떠도는 산〉〈님의 불꽃〉〈언니들의 불꽃〉〈아내의 불꽃〉〈할머니의 불꽃〉에서 독자는 소설의 원형이 된 신부(信夫) 백남용 목사와 비당(非堂) 윤치병 목사를 읽어낼 수 있을 것이다. 백도기는 기독교 소설을 기독교의 범위를 뛰어넘는 문학으로 밀어 올린 작가이다. 그는 현실에서의 허위와 탐욕을 비판하는 것에 머무르지 않고, 인간 생명에 대한 존엄성과 휴머니즘적인 사랑을 우리에게 건네주었다.

백도기 목사가 수원 원천유원지 앞에 있는 원천교회에 목회자가 없어서 청빙을 받아 목회할 때였다. 교회 일에 유난히 열심인 집사가 있었는데 장로 피택 선거에서 떨어졌다. 그 집사는 이 모든 것이 목사가 자신을 떨어지게 한 거라고 소란을 피워 교회를 난장판이 되게 만들었다. 백도기 목사는 "당신 같은 이가 어떻게 기장의 장로가 될 수 있소?"라고 한마디 하고는 원천교회를 사임했다.

백도기 목사는 훗날 내게 이렇게 말했다.

"내가 그에게 그런 말을 하지 않고 교회를 물러났어야 했어. 내가 잘못한 게요."

그는 밀어내지 않고 밀려나는 것을 택했음에도 자신에게 사랑이 없었음을 자책했다.


갑자기 영하로 기온이 떨어지던 날, 백도기 목사는 수원의 원천교회 사택에서 늦었으니 자고 가라며 나를 붙잡았다. 그는 비어있는 냉방 말고 가족들이 함께 자는 방에 이부자리를 옆자리에 깔아주고 따뜻하게 잠을 자게 했다. 윤치병 목사가 깔고 앉던 방석을 한사코 사양하는 백도기 목사에게 내어준 것처럼, 그 온기가 내게도 전해졌다. 그때 백도기 목사의 가슴에 타오르던 불꽃이 내 안에서도 뜨겁게 타오르고 있었다. ✈

# 자전적 소설가 박완서

박완서는 소설 《그 산이 정말 거기 있었을까》에서 동화백화점을 주요 공간으로 삼았다. 이미 앞에서 서술한 대로 박완서가 세 살 때 아버지가 맹장염으로 일찍 세상을 떠났다. 어머니는 아들과 딸을 데리고 경성으로 이사하였다. 교육열이 높아서 딸 완서를 숙명여자고등학교에 입학시켰다. 1950년 5월에 박완서는 서울대학교 국문과에 진학하였으나 한 달도 안 되어 6·25전쟁이 발발하였다. 서울이 인민군에게 점령되었지만, 피난을 가지 않고 8월까지도 학교를 계속 다녔다. 전쟁 기간에 오빠와 숙부가 목숨을 잃었다.

박완서는 가족의 생계를 책임지기 위하여 학교를 그만두고 미8군 피엑스의 초상화부에서 근무하게 되었다. 미군 피엑스는 동화백화점이었고 그곳에서 박수근 화백을 알게 되었다.

# 자전적 소설가 박완서

박완서 소설의 근간은 6·25 한국전쟁이다. 박완서는 1931년에 경기도 개풍군 청교면 묵송리 박적골에서 태어났다. 박완서는 사실적이고 경험한 것을 소설화하였다. 박완서 소설은 대부분 작가가 체험한 사실을 증언하였다.

## 그 많던 싱아는 누가 다 먹었을까

박완서는《그 많던 싱아는 누가 다 먹었을까》를 1992년에 발표하면서 작가의 말을 이렇게 썼다. '이런 글을 소설이라고 불러도 되는 건지 모르겠다. 순전히 기억력에만 의지해서 써 보았다.' 박완서가《그 많던 싱아는 누가 다 먹었을까》를 쓰게 된 계기가 웅진출판사에서 성장소설을 써 보라는 청탁을 받아서이다. 성장소설이란 인물이나 줄거리를 새롭게 창조할 부담 없이 쓸 수 있는 자서전 비슷한 거려니 했기에 시작했다고 작가는 말했다.

그러나 소설은 기억의 더미로부터 취사 선택을 해야 했고 지워진 기억과 기억 사이를 자연스럽게 이어 주기 위해서는 상상력으로 연결고리를 만들어 주어야 했다. 그런데 문제는 기억의 불확실성이었다. 나이 먹을수록 지난 시간을 공유한 가족이나 친구들하고 과거를 더듬는 얘기를 하다 보면 그럴 때마다 같이 겪은 일에 대한 기억이 서로 얼마나 다른지에 놀라면서 기억이라는 것도 결국은 각자의 상상력일 따름이라는 것이다.

소설로 그린 자화상. 유년의 기억이라는 부제를 붙인 박완서의《그 많던 싱아는 누가 다 먹었을까》에서 작가가 세 살이었을 때에 부친 박영노가 사망한다. 그것도 맹장염에 걸린 것을, 개성으로 나가서 서양의학으로 간단한 수술로 고칠 수 있었지만, 할아버지가 한약과 미신으로 시간을 끌다 작가의 아버지를 죽음에 이르게 했다. 어머니 홍기숙은 박완서의 10살 위인 오빠 박종서를 데리고 서울로 나가고 작가는 조부모, 숙부 밑에서 어린 시절을 보냈다. 박완서의 나이 여덟 살에 어머니는 딸마저 서울로 데려와 현저동 산동네에 셋방을 얻어 살면서 서울의 문 안에 있는 매동초등학교에 입학을 시켰다.

평론가 강인숙은 박완서를 1970년대 작가 중에서도 대표적인 도시문학의 작가라고 말했다. 리얼리스트 박완서는 자신이 살던 곳이 도시였기에 서울을 무대로 소설을 썼다. 작가의 어린 시절에 살았던 고향 박적골에 대한 그리움이 의식의 저변에 잠재해 있다. 박완서에게 박적골은 낙원이고 도시는 대척점에 있었다. 박완서가 박적골에서 보낸 시간은 가장 자유롭고 행복했던 시기이다.

작가는 박적골적인 환경과 가치를 높이 평가했다. 반면에 작가에게 있어서의 도시는 증오와 불신, 허위와 반목이 응집된, 인간의 인간다움을 말살하는 지역인 것이다.

박완서의 〈그 많던 싱아는 누가 다 먹었을까〉는 〈엄마의 말뚝〉에서 좀 더 세밀하게 묘사된다. 〈엄마의 말뚝 1〉은 농바위 고개가 분수령으로 시작된다. 농바위 고개를 분계선으로 하여 시골과 대처(大處)가 갈라진다. 그 고개는 과거의 세계와 미래의 세계 사이를 가르는 지점이다.

화자가 어머니의 강요로 피동적으로 도시로 진입하게 된 것은 실락원의 기록이 된다. 박적골은 화사에게 있어서 어머니의 자궁과 같은 곳이다. 한 번 떠나면 다시 돌아가는 일이 요원하다. 그래서 작가는 그곳을 향한 그리움을 저버릴 수 없다.

작가는 송도를 거쳐 서울이란 대처로 들어간다. 서울역 지게꾼도 무거운 짐을 지고 올라가기를 마다하는 상상 꼭대기 현저동에서 말뚝을 박는다. 작가는 서울이 '문 밖'과 '문 안' 두 세계로 양분된 것을 발견한다. 바로 서울의 그 문밖에 있는 빈민층이 사는 현저동이 〈엄마의 말뚝 1〉의 주 무대이다.

농바위 고개를 넘어 문 안으로 들어가기까지의 기간인 1931년에서 1945년 사이가 서울의 문 밖이 된다.


## 그 산이 정말 거기 있었을까

박완서의 자전소설 제1부《그 많던 싱아는 누가 다 먹었을까》를 이어서 후속편으로《그 산이 정말 거기 있었을까》가 이어졌다.《그 많던 싱아는 누가 다 먹었을까》는 1940년대에서 1950년대로 들어서기까지의 사회상, 풍속, 인심 등을 자상하고 진실한 인간적인 증언으로 담아냈다. 제2부《그 산이 정말 거기 있었을까》는 1951년 1·4후퇴 때부터 1953년 결혼할 때까지의 이야기이다.

박완서의 삶에서 아버지는 존재하지 않는다. 작가의 가족관계 안에서 남자의 존재는 할아버지와 오빠이다. 작가의 유년 시절에는 할아버지가 아버지를 대신했고 자라서는 오빠가 아버지를 대신해 주었다. 중학생이 되고 나서 오빠의 모든 언행은 박완서의 가치 기준이 되었다. 그러나 1·4후퇴를 전후로 사정은 달라졌다. 오빠는 인민군에 끌려갔다가 도망쳐 온 후 자아를 상실하고 거의 폐인이 되어버렸다. 이남호 평론가는 〈그 산이 정말 거기 있었을까〉는 박완서에게 완벽한 하늘이었던 오빠의 상실로부터 시작된다고 지적했다.

박완서는 3년에 걸친 전쟁동안 서울과 그 주변에서 보고 듣고 체험한 것을 써 내려갔다. 작가는 전쟁 중 서울의 모순과 그 속에서 사람들은 무얼 먹고 무슨 짓을 하고 무슨 일을 당하였는지를 세세하게 묘사했다. 수복 직후의 서울 돈암동 시장과 회현동 미군 피엑스 앞 거리 풍경과 내부를 묘사한 대목은 너무나 세세하다.

나는 6·25사변 때 태어나서 회현동에서 자랐다. 동화백화점과 그 거리의 늘어져 있는 식당이나 풍경을 〈그 산이 정말 거기 있었을까〉에서 너무나 사실적으로 묘사하였기에 내게는 그림을 보는 것 같았다. 동화백화점과 제일은행 사이와 자유시장 골목에는 달러를 은행보다는 높게 거래하는 암달러상 아줌마들이 있었다. 동화백화점 옆 사잇길에 지금은 모두 없어졌지만 그네들은 행인들에게 "달러 있어요?"라고 물었다. 한식, 경양식, 중식을 먹을 수 있는 식당들이 다닥다닥 붙어 있었다. 건너에는 1958년에 개업한 홍복 중식당이 지금도 영업을 하고 있다. 동(同) 시대상을 담담히 증언한 〈그 산이 정말 거기 있었을까〉는 6·25 전쟁문학 가운데서도 단연 돋보인다.

수령 525년이 되는 보호수 은행나무는 지금의 신세계백화점을 마주한 우리은행 본점과 남산 SK리더스뷰 빌딩 사이에 있다. 조선 중종 때 영의정에 오른 정광필의 집터에 1450년 연산군 시절에 심었던 은행나무이다. 은행나무 건너편에 있는 낯익은 동화백화점이 있다. 동화백화점은 1930년 10월 24일 개업한 미쓰코시 경성점이 시초이고 대한민국의 백화점 중 유일하게 본점의 옛 건물을 그대로 쓰고 있다. 해방 이후 동화백화점으로 영업하다가 1963년에 이병철 회장의 삼성그룹으로 흡수되어 상호를 신세계백화점으로 바꾸었다. 1991년에 이명희에 의하여 신세계그룹으로 독립되어 현재는 정유경이 총괄사장으로 있다. 한국 백화점의 최고로 자리 잡았다.

시인 소설가 이상이 금홍이와 종로에서 '제비'라는 다방을 경영하던 1936년, 〈도광〉에 발표한 소설 〈날개〉에 미쓰코시 백화점이 나온다.

아내에게 기생해 살면서 무료한 일상을 보내던 화자가 어느 날 정신없이 거리를 쏘다니다 미스코시 백화점 옥상에 있는 자신을 발견하게 된다. '날자, 날자, 한 번만 더 날아보자꾸나'라고 갇혀 있는 자아에게 자유를 구가하는 현대문학 최초의 심리주의 소설이다. 이상은 경성고등공업학교 건축과를 졸업하고 총독부 내무국 건축과 기사로 근무하다가 1933년에 각혈로 기사직을 그만두게 되었다. 그 시대에 가장 근대적인 건물이었던 미쓰코시백화점이 〈날개〉의 중요지점으로 인용된 것은 건축과 이상이 기사였던 것과 연관이 있다고 하겠다.

박완서는 소설 〈그 산이 정말 거기 있었을까〉에서 동화백화점을 주요 공간으로 삼았다. 이미 앞에서 서술한 대로 박완서가 세 살 때 아버지가 맹장염으로 일찍 세상을 떠났다. 어머니는 아들과 딸을 데리고 경성으로 이사하였다. 교육열이 높아서 딸 완서를 숙명여자고등학교에 입학시켰다. 1950년 5월에 박완서는 서울대학교 국문과에 진학하였으나 한 달도 안 되어 6·25전쟁이 발발하였다. 서울이 인민군에게 점령되었지만, 피난을 가지 않고 8월까지도 학교를 계속 다녔다. 전쟁 기간에 오빠와 숙부가 목숨을 잃었다.

박완서는 가족의 생계를 책임지기 위하여 학교를 그만두고 미8군 피엑스의 초상화부에서 근무하게 되었다. 미군 피엑스는 동화백화점이었고 그곳에서 박수근 화백을 알게 되었다. 1953년에는 동화백화점 측량 기사였던 호영진과 결혼하여 1남 4녀 원숙, 원순, 원경, 원균, 원태를 두었다. 결혼한 뒤에는 책 읽기는 좋아했지만 평온한 생활 속에서 글 쓸 생각을 하지 않았다. 그러다가 1968년에 열린 박수근의 유작전을 보고 그에 대한 증언을 하고자 글을 쓰게 되었다.

초상화부에 매니저였던 시기에 박수근이 자신과 같이 볼 거 없는 사람에게 함부로 취급당하면서 화가로서 얼마나 모욕적이었을까라는 생

TV문학관 〈나목〉, 피엑스 초상화부에 초상화를 주문하는 죠오와 초상화부 메니저 이경(김희애)

각에 박수근의 전기를 쓰려고 했지만, 아는 것이 없어 상상력을 보태서 소설을 쓰게 되었다. 그렇게 써낸 글이 1970년 여성동아 장편소설 공모 당선작 〈나목〉이었다. 사십 세에 등단한 박완서는 동화백화점 시절의 이야기로 전쟁문학을 계속 쓰게 되었다.

화자가 근무하던 초상화부는 주로 미군들의 지갑에 들어있는 가족사진 중에 애인이나 부인의 사진을 끄집어내어 6달러에서 3달러, 2달러에 이르는 돈을 받고 주문 제작하는 곳이었다. 거기서 모은 그림 값을 사장에게 상납하면 초상화를 그린 화가에게 수당을 주는 구조이다. 초상화를 그려주는 이들은 대부분 극장 간판에 배우 얼굴을 그려주는 환쟁이었다.

박수근은 독학으로 자신만의 독창적인 작품세계를 구축한 한국을 대표하는 화가이다. 박수근은 인간의 선함과 진실함을 그렸다. 평생 가난한 서민 화가였지만, 죽고 나서는 한국에서 그림값이 가장 비싼 화가가 되었다. 박수근은 밀레와 같은 화가가 되게 해달라고 기도하였다. 그는 창신동 좁은 한옥의 마루화실에서 그림을 그렸다. 〈좌판〉〈시장 여인들〉〈우물가〉〈빨래터〉〈모자〉〈기름장수〉〈소금장수〉 등 노상이라는 생활 터전을 그렸다. 오십년대, 육십년대의 주변 생활공간의 소박한 사람을 대상으로 시대의 가난을 그렸다.

박수근 그림에 나오는 여자들은 다 부지런하게 일을 하는데 남자는 우두커니 앉았거나 놀고 있는 것이 특색이다. 남자들에게는 일자리가 없어서 여자들이 나가 무슨 일이라도 해야만 식구들을 먹여 살릴 수가 있었던 당시의 사회상을 그대로 그린 사실적 화의를 담았다.

피엑스에서 박수근에게 최고 6달러에 초상화나 그림을 구매한 미군들이 훗날 그의 그림이 적게는 수십만 불에서 많게는 수백만 불의 가치가 된 것을 알고는 미국 경매시장에 내놓기도 하고 집안의 가보로 남기기도 하였다.

박완서의 상기 소설은 동화백화점이 미군 피엑스로 사용되었을 적의 시대상과 남대문시장 주변을 담담하게 묘사하였다. 상기 소설에서 스무 살의 처녀가 6·25전쟁의 중심에서 보고 느끼고 체험한 것을 진실하게 기록하였다. 박완서의 담임선생 박노갑은 쓰기 쉬운 감성적인 문장을 지양하고 사실적이고 경험이 실린 글을 쓰라고 강조하였다. 박완서 문학은 책을 펼치면 단박에 읽게 되는 사실주의 문학의 최고봉이다. 한국 문단의 박완서라는 존재는 수많은 여성 작가들에게 든든한 희망이었다. 전업주부를 하다가 사십 세에 등단하여 여든이 되기까지 현역으로 주옥 같은 작품을 내놓았다. 박완서는 중년에 등단하였지만, 작가는 작품으로 살아남는다는 작가정신의 상징이 되었다. 박완서는 후배작가만이 아니라 모든 독자에게까지 크고 높은 따뜻한 산이었다.

## 나목

박완서는 1970년에 〈나목〉으로 《여성동아》 장편소설에 당선되어 사십 세에 등단하였다. 《여성동아》의 기자가 당선의 소식을 전하고자 작가의 집을 방문했다가 평범한 가정주부가 뒤늦게 〈나목〉을 직접 썼을까 하는 의구심이 들었다고 한다. 그래서 기자가 어떻게 이런 당선작을 쓰게 되었냐고 결례를 무릅쓰고 물었더니 박완서는 직접 줄거리를 메모한 것을 보여 주었고 그제서야 기자는 작가의 뛰어난 글솜씨를 받아들였다는 일화가 있다.

박완서는 1976년 출간한 《나목》의 후기에서 한국 현대화에 거장 박수근 화백이 상기 소설 주인공의 모델이라고 밝혔다.

〈나목〉은 어디까지나 소설이지 전기나 실화가 아니다. 〈나목〉을 소설로 쓰기 전에 고 박수근 화백에 대한 전기를 써보고 싶었던 건 사실이지만, 내가 그를 알고 지낸 게 그나 내가 가장 불우했던 동란 중에 1년 미만의 짧은 시간이었기 때문에 전기를 쓰기에는 그에 대해 아는 게 너무 없었다.

그렇지만 한 예술가가, 모든 예술가가 대구, 부산, 제주 등지에서 환장하지 않으면 독한 술로라도 정신을 흐려놓지 않으면 견디어낼 수 없었던 1·4후퇴 후의 암담한 불안의 시기를 텅 빈 최전방 도시인 서울에서 미치지도 환장하지도, 술에 취하지도 않고 화필도 놓지 않고 가족의 부양도 포기하지 않고 어떻게 살았나 생각하기에 따라서는 지극히 예술가답지 않은 한 예술가의 삶의 모습을 증언하고 싶은 생각을 단념할 수 없었다.

〈나목〉에서 주인공 '경아'라는 스무 살 전후의 여인이 결코 결합할 수 없는 '옥희도'라는 아버지와 같은 화백을 사랑하는 데 여기되는 갈등구조를 담고 있다. 〈나목〉의 주제 의식은 6·25동란이 개인적인 삶에 입힌 상처와 고통을 드러내었다. 평론가 이태동은 〈나목〉은 리얼리즘 작품으로서 남녀 간의 미묘한 사랑과 전상의 아픔 이외에 또 하나의 보이지 않는 주제가 그것과 유기적인 관계를 맺고 심층적으로 전개되고 있다고 진단했다. 남녀 간의 사랑의 아픔이 이 작품의 중심적인 상징인 나목은 물론 허물어져 가는 한옥의 고가에서도 잘 나타나 있다.

옥희도 화백이 그리고 있는 고목이나 나목은 겉으로 보기에는 죽어가는 듯하지만, 내면적으로는 작품 전체를 통해서 눈으로 보이는 어떤 것 못지않게 강력하고 집요하게 숨 쉬고 있다고 할 것이다. 〈나목〉의 주제 의식은 기계적이고 자연적인 힘과 인간의 전통적 유교적인 도덕과도 깊은 관계가 있는 인간 가치와 의식의 싸움이라는 것이다. 이것들이 치밀한 구조 속에서 거미줄처럼 엮어져 있기에 숙명적이다.

전후의 황량한 공간에 서 있는 경아의 갈증은 전쟁이 남긴 황폐한 인간 풍경에 반항하는 자아의식의 발로이다. 경아가 미군 병사들의 지갑에서 끄집어내게 한 그들의 애인 사진을 초상화로 관능적으로 그려 돈을 버는 환쟁이나 피엑스의 미군 관리자와 육체적인 관계를 맺는 매장 아가씨들의 슬픔과 증오를 부르는 인간의식을 드러내고 있다.

작가는 세 살 때 아버지를 잃은 부성에 대한 목마름을 경아가 아버지뻘인 옥희도 화백을 사랑하게 되는 자아의식으로 투영한다. 그것은 동물적인 욕구와 같은 성적인 충동에 저항하는 인간적인 자아를 드러내는 것이다. 경아는 자연적인 욕망에서 벗어나 환쟁이 가운데 화가의 비전이 있는 옥희도를 연모하게 된다.

여기에 작가는 황태수라는 전기공을 등장시켜 경아의 내면에서 본능적인 욕구가 일어나게 한다. 황태수는 경아와의 첫 대면을 사다리 위에 올라서서, 성적인 이미지인 전구로서 화실의 불을 밝힌다.

황태수와의 미묘한 만남 후 경아는 옥희도와 항상 만났던 명동성당 주변 완구점으로 달려간다. 그들은 그곳에서 완구점 주인이 태엽을 틀어주면 침팬지가 전신을 리드미컬하게 흔들며 거푸거푸 위스키병에서 위스키를 따라 마시는 것을 구경했었다. 그러나 시간이 너무 늦어 옥희도는 보이지 않았다.

경아는 옥희도가 피엑스의 초상화부에 나오지 않자 그의 급료를 가지고 그의 집을 찾아갔다. 경아는 아이들이 열어주는 장지문을 통해 그동안 옥희도가 그린 그림을 보고 크게 놀란다.

거의 무채색의 불투명한 뿌연 화면에 꽃도 잎도 열매도 없는 참담한 모습의 고목(枯木)이 서 있었다. 그뿐이었다.

TV문학관 〈나목〉, 피엑스 초상화부에서 전등을 수리하고 있는 태수(이동준)와 이경(김희애)

경아는 초췌한 모습을 한, 옥희도의 고사하는 듯한 그림을 보고 난 후 현실에 대한 반항과 옥희도에 대한 사랑의 표현으로 자신에게 성적인 갈증을 보이던 죠오라는 미군 병사가 머무는 경서호텔을 찾아간다. 죠오는 역사책을 읽고 있다가 경아가 방안으로 들어오자 책에 대한 경아의 질문을 막으면서 옷을 벗기기 시작했다. 서두르는 죠오와 달리 경아는 대화하고 싶어 했다. 그럴수록 죠오는 거칠어졌다. 갑자기 두려움을 느낀 경아는 불을 켜라고 악을 썼다.

진홍빛 갓 속에 진홍빛 꼬마전구가 켜졌다. 경아는 죠오의 얼굴을 찾기 전에 핏빛으로 물들어 보이는 침대 시트를 보았다. 노오란 은행잎, 거침없이 땅으로 떨어지던 노오란 은행잎, 눈부시게 슬프도록 아름답던 그 노오란 빛들도 마침내는 경아의 기억의 소급을 막지는 못했다. 경아의 기억은 터진 봇물처럼 시간을 달음질쳐 거슬러 올라갔다. 경아는 잊은 줄 알았던, 아니 교묘하게 피하던 어떤 기억과 정면으로 부딪쳤다. 어머니가 정성 들여 다듬이질한 순백의 호청을 붉게 물들인 처참한 핏빛과 무참히 찢겨진 젊은 육체를 기억해냈다. 그 극단을 보여주는 끔찍한 육신과 그 육신이 한꺼번에 쏟아 놓은 아직도 뜨거운 선홍의 핏빛을 경아는 본 것이다. 경아는 핏빛과 분홍색 순백의 색을 통해 오빠의 죽음을 연상하고는 옷도 제대로 걸치지 못한 채 죠오에게서 도망친다.

이 사건으로 경아가 본 것은 회색보다 더 진한 핏빛이다. 경아는 붉은빛을 띤 침대 시트에서 성적 흥분보다 오빠들의 주검을 떠올린다. 이후 경아는 옥희도의 존재를 뛰어난 예술가로서 새로이 인식하고 자신이 가야만 하는 삶으로 돌아온다. 황태수와 결혼을 한 경아는 그녀의 옛집을 헐고 새집을 지을 때 지난날 오빠들의 기억을 담고 있는 후원의 은행나무를 그대로 두기로 한다.

박완서는 자신이 알고 있는 세계의 이야기를 쓰는 작가이다. 박완서의 소설에 나타난 서울은 작가가 직접 체험하고 겪은 것을 증언했다. 작가는 6·25를 전후한 서울이라는 도시와 시대상을 박수근의 그림처럼 정밀화로 그려냈다.


## 그해 겨울은 따뜻했네

박완서의 6·25 문학에는 이산을 주제로 1984년에 영화가 된 박완서 원작 배창호 감독의 〈그해 겨울은 따뜻했네〉가 있다. 〈그해 겨울은 따뜻했네〉는 결코 따뜻하다고는 할 수 없는 6·25 민족 동란의 바로 그해 겨울에서 시작된다. 피난길에서 동생 수인은(오목이라고도 함) 언니인 수지에게는 짐일 수밖에 없었다. 동생으로 인하여 같이 죽을 수 없다는 인간 본연의 이기심은 피난길에서 동생을 버리게 한다. 모든 이산가족의 생겨남을, 이 영화는 '버렸기 때문'이라고 지적하면서 이산의 본질적인 문제를 철저하게 비판하고 있다.

박완서의 상기 작품은 1981년 《한국일보》에 연재하면서 이산 문학의 결정체라는 찬사와 더불어 지대한 관심을 받았었다. 이산의 어느한 편이 다른 한 편을 버렸으며 또 외면하였다는 인간의 이기성에 포커스를 맞춤으로써 보다 비극적으로 전쟁을 고발하고 있다.

전쟁통에 부모를 잃은 한수지는 다시 만난 오빠 한수철의 출세로 말미암아 상류 사회로 올라서게 되나 수지가 버린 오목이는 고아원에서 자라게 된다. 죄의식에 빠진 수지는 고아원을 찾아다니며 위문도 하고 오목이를 찾는 노력을 기울이지만 그것은 자신을 합리화하고자 하는 위선이었다. 수지는 정작 오목이를 확인할 수 있는 여러 증거와 마주하면 오히려 그것을 외면하곤 하였다. 그러나 가식 속에 숨겨두었던

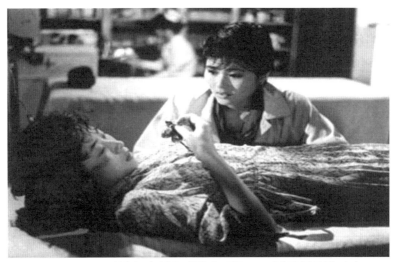

영화 〈그해 겨울은 따뜻했네〉, 오목(이미숙)에게 용서를 구하는 수지(유지인)

모든 진실이 드러나게 되고, 공개하고 싶지 않았던 오목이와의 혈연관계가 남편에게 알려지게 된다.

수지는 더이상 위선적일 수 없는 상황에서, 일환(안성기 분)의 죽음으로 정신착란을 일으킨 동생 오목이에게 용서를 빈다. 계속 자신을 버린 그녀를, 또 만날 때마다 극중의 대사처럼 재수가 없었던 언니를 오목은 기꺼이 용서한다. 영화는 어릴 때 고향에서 뛰노는 수지와 수인(오목)의 모습을 보여주며 끝난다.

〈그해 겨울은 따뜻했네〉는 버린 자의 입장에 선 화려한 상류 사회의 언니와 버려진 자의 입장인 밑바닥 인생인 동생의 30년에 걸친 질투와 사랑과 용서의 이야기를 통해 현대를 사는 우리의 이기성을 적나라하게 해부하고 있다. 관객들은 언니 수지(유지인 분)에 대한 비판보다는 동생 오목(이미숙 분)의 비극에 몰입되어진다. 50년대의 언니는 오목이를 버렸고, 60년대는 오목이를 방관하였으며, 70년대는 못 본 척하고, 80년대는 멀리 광산촌으로 내쫓았다. 평생 오목이는 깊은 상처를 입었으나 그러한 언니를 용서한다. 오목이의 남편 일환도 오목이가 자신의 친아들을 낳고 나서는 아내의 부정을 용서하며 미움의 대상인 일남이를 포용함으로 용서와 사랑이라는 일관된 이 영화의 메시지를 드러낸다.

〈닥터 지바고〉를 연상시키는 민족의 대서사적 비극과 여자의 미묘한 심리의 전개는 마침내 〈에덴의 동쪽〉의 메시지를 부각시켜주고 있다. 존 스타인벡의 〈에덴의 동쪽〉에서도 아버지는 옛 아내와 작은 아들 갈렙(제임스 딘 분)을 통하여 씻을 수 없는 상처를 받고 병석에 눕게 된다. 임종에 이른 아버지와 아들 사이를 충직한 중국인 하인은 어찌하든지 화해를 시키고자 한다. 용서하고 축복하라는 진실한 하인의 애

영화 〈그해 겨울은 따뜻했네〉. 오목 역 이미숙, 일환 역 안성기

청은 마침내 아버지로 하여금 작은아들을 용서하고 축복하게 한다. 그래서 에덴의 동쪽에는 용서와 사랑의 십자가가 서 있는 것이다.

　배창호 연출의 영화 〈그해 겨울은 따뜻했네〉은 그리스도적 사랑, 즉 아가페만이 인간의 깊은 상처를 치유할 수 있다고 말해주고 있다. 아무도 관심이 없는 산동네 셋방에 사는 오목과 일환과 일남과 딸 세 아이에게 십자가의 붉은 빛은 비추어지고 있었다. 그러나 현실 교회가 버려진 민초의 현장에서 너무 떨어져 있다는 것도 영화는 지적하고 있었다. 필자는 현실교회가 그들의 아픔에 어떤 위로를 주었는가 하는 의구심이 있었다. 그렇지만 그리스도는 교회와는 또 다른 모습으로 그들 속에서 치유하고 있었던 것을 확신할 수가 있었다. 영화의 주제 음악으로 삽입된 '인애하신 구세주여'는 인간 본연의 종교성을 보여주면서 기독교 교리의 핵심인 사랑을 일깨우고 있었다. 인간은 사랑으로서만이 구원받을 수 있는 존재임을 새삼 깨우쳐 주는 인류구원의 항구적인 메시지를 던져주고 있는 것이다.

　배창호 감독은 어쩌면 진부하게 여겨질 수 있는 소재인 이산의 스토리를 박완서 원작에 힘입어 매우 감동적으로 연출해냈다. 잇뽕(데뷔)한지 2년 만에 〈꼬방동네 사람들〉〈적도의 꽃〉〈고래사냥〉으로 안타를 치면서 〈그해 겨울은 따뜻했네〉까지 흥행을 구축하였다. 그의 영화가 흥행하는 이유는 정확히 관객을 파악하고 있다는 점이다. 관객의 입장을 먼저 고려하기에 그는 흥행 감독이 된 것이다.

　언제 보아도 인간성이 어필되는 안성기와 오목 역으로 인하여 1984년 대종상 여우주연상을 받게 된 이미숙의 연기 그리고 절제된 연기를 통하여 밉지 않은 수지 역을 한 유지인과 그의 남편 역의 한진희와 오빠 역의 송재호와의 협연은 영화 〈그해 겨울은 따뜻했네〉를 제목처럼 따뜻한 휴먼드라마로 만들어 주었다. 해방 전부터 대한민국 전 지역에서 불려진 배경음악인 '오빠 생각'은 이산가족에 대한 연가이며 희망가라 하겠다. 박완서의 〈그해 겨울은 따뜻했네〉는 작가가 체험한 한국전쟁을 수지와 수인(오목) 자매로 객관화함으로 전쟁문학의 지평을 열었다고 할 수 있을 것이다.

## 그 남자네 집

《그 남자네 집》은 박완서가 아파트에 살다가 땅집(단층집)을 사서 성신여대 주변으로 이사한 후배 집들이에 갔다가 50년 전 돈암동 시절을 회상하는 것으로 시작한다. 박완서는 1953년에 직장 동료와 결혼을 하게 되었다. 장롱을 보러 간 날, 조선호텔 앞에 있는 해창양복점에서 양복을 동복 한 벌, 춘추복 한 벌, 두 벌이나 맞추었다며 소설을 통하여 당시의 풍속이나 소공동의 유명 맞춤 양복점인 해창양복점을 소개한다. 이렇듯 박완서 소설은 당시의 시대상과 모습을 구체적으로 묘사하고 있다.

화자는 그 남자 현보가 가자는 마석 어딘가에 있다는 그의 집, 선산의 산지기 집에 가고자 약속했다. 화자는 자투리 시간의 즐거움이 주는 더 큰 쾌락에의 갈망을 억제할 수 없을 지경까지 이르렀다. 결혼한 몸이고 남편과 원만한 부부생활을 하고 있었지만 현보와의 하루를 보내기로 하고 청량리역사 안으로 약속된 시간에 도착한다. 그러나 그 남자는 나타나지 않았다.

오랜만에 친정 나들이 갔다가 현보가 그날 약속을 지킬 수 없었던 이유를 알게 된다. 현보의 눈이 별안간 돌아가서 병원에 실려 가 검사를 했는데 뇌 속의 골이 한쪽으로 쏠려 있어 뇌 수술을 하였다는 것이었다. 수술은 잘 되었는데 실명을 했다고 한다. 그 남자가 입원해 있는 병원은 혜화동에 있는 여의전병원이라고 했다.

화자는 올케가 동대문 시장에다 포목집을 내어 마수걸이 해주려고 시장을 갔다가 그 남자의 큰 누나를 만나게 된다. 앞장서는 그녀를 따라 종로 4가 네거리로 나가서 3가 쪽으로 얼마 안 간 곳의 삐거덕대는 잡화상 계단을 오르니까 2층에 종묘다방이라는 찻집이 나왔다. 그 남자의 큰 누나는 동생 현보가 상이군인이었는데 건이 고모인 화자가 현보의 첫사랑이었다며 눈물을 흘리며 현보가 무력한 상태가 되었다고 전하였다.

그 남자의 누나는 화자에게 사람 살리는 셈 치고 가끔가다 만나주라고 간청을 한다. 그 후로 청계천변 길을 밀회하는 거리로 정하고, 청실홍실 양품점 앞, 사리원 아줌마네 핸드백 가게 옆, 싱가미싱 수선집, 쇼리 슈싸인 근처, 곰보 아저씨네, 달러 골목 등 재미 삼아 만날 때마다 다른 장소에서 만났다.

시간이 흘러 그 남자의 어머니가 돌아가셨을 때, 화자는 수유리 집으로 문상을 가 재회를 한다. 실명한 그 남자가 중학교 선생님이라는 아내와 아들인 가족으로부터 사랑받고 있다는 것이 숨김없이 드러나서 보기 좋았다. 그 남자의 어머니가 돌아가실 때까지 입었던 빤스는 아들의 남자 빤스였다. 그 남자의 와이프가 그걸 보고는 남편의 손을 끌어다가 억지로 남자 빤스 고추 구멍을 만져보게 했다. 혹시 해진 데는 없나 해서 손으로 골고루 더듬어 보았더니 해진 데는 없었지만 돌아가신 어머니는 너무 말라 있었다. 그 남자는 말끝을 흐렸다. 울고 있었던 것이다. 점점 더 심하게 흐느끼면서 볼을 타고 눈물이 줄줄 흘러내렸다. 화자는 애끓는 마음을 참을 수 없어 그 남자를 안았다. 그 남자도 무너지듯이 안겨 왔다.

가족계획 저작가 세미나 참석기념. 한국문인협회 대한가족계획협회(1974. 3. 13. - 14.) 서울아카데미하우스. 앞줄 왼쪽 박완서, 한 사람 건너 조연현, 박기원, 뒷줄 김영서, 김사달, 김지향, 송원희, 김녕희, 신중신, 박광서, 백도기, 백시종, 조정래, 차범석, 김원기, 이선영

소설 〈그 남자네 집〉은 박완서 작가의 자전소설 3부에 해당한다. 〈그 남자네 집〉은 박완서 작가의 고향 개풍군 박적골과 서울의 문밖 현저동에서의 성장을 다룬 자전소설 1부 〈그 많던 싱아는 누가 먹었을까〉와 작가가 스무 살에 미군 부대 피엑스의 초상화부에 취직하여 직장 동료 호영진과 결혼하기까지를 다룬 자전소설 2부 〈그 산이 정말 거기 있었을까〉를 이은 세 번째 자전적 소설인 것이다. 첫사랑은 누구에게나 이루지 못해 애틋하기 마련이다.

## 한 말씀만 하소서

박완서의 가족사를 직조한 그의 문학을 읽다 보면 숙명이라는 단어에 섬뜩해진다. 작가는 세 살 적에 아버지를 여의고 스무 살엔 오빠와 숙부를 잃는다. 작가의 어머니 홍기숙은 아들을 잃고 나서 "쓸모 있는 아들은 데려가고 쓸모없는 딸은 남겨두었냐."고 자조했다.

박완서는 스무 세 살에 호영진과 결혼하여 1남 4녀를 두었다. 그런데 인생유전이라더니, 1988년 박완서가 오십팔 세에 남편과 아들 호원태를 차례로 잃는다.

1984년에 천주교에서 영세를 받은 그녀가 1988년 여름, 아들을 잃은 것이다. 박완서는 〈한 말씀만 하소서〉에서 자신의 일기를 공개했다.

저도 근래에 처음으로 그때 쓴 걸 다시 읽어보면서 적지 아니 놀라고 민망했습니다. 순전히 하느님에 대한 부정과 회의와 포악과 저주로 일관돼 있었습니다. 그러나 가장 강한 부정은 가장 강한 긍정을 전제로 하지 않고는 불가능합니다. 만일 그때 나에게 포악을 부리고 질문을 던질 수 있는 그분조차 안 계셨더라면 나는 어떻게 되었을까, 가끔 생각해봅니다만 살긴 살았겠죠. 사람 목숨이란 참으로 모진 거니까요. 그러나 지금보다 훨씬 더 불쌍하게 살았으리라는 것만은 환히 보이는 듯합니다.

하느님은 제아무리 독한 저주에도 애타는 질문에도 대답이 없었고, 그리하여 저는 저 자신 속에서 해답을 구하지 않으면 안 되었고, 그러기 위해선 아무한테나 응석 부리고 싶은 감정을 억제하고 이성을 회복하지 않으면 안 되었으니까요. 제 경우 고통은 극복되지 않았습니다. 그 대신 고통과 더불어 살 수 있게는 되었습니다.

우리 집 안방 아랫목 제일 높은 자리엔 가톨릭 신자라면 누구나 가지고 있을 만한 작은 십자가상이 걸려있습니다. 세례받을 때 선물 받은 거여서 비슷한 게 이 방 저 방에 더 있습니다만 제가 가장 자주 대하고 따라서 가장 많은 원망을 받고 언젠가는 내팽개쳐지는 행패까지 당한 이 못 박힌 그리스도의 얼굴에서 표정을 읽은 건 최근의 일입니다.

'오냐 실컷 욕하고 원망하고 죽이고 또 죽이려무나, 네가 그럴 수 있으리고 나 여기 있지 않으냐.' 이렇게 말하고 있는 것처럼 그분의 표정은 생생하게 슬프고 너그러워 보였습니다. 이 일기는 똑같이 찍어낸 주물에 지나지 않던 성물과 이렇게 아무하고도 똑같지 않은 특별한 관계를 맺기까지의 어리석고도 고통스러운 기록의 일부입니다.

정리하면서 활자화시키기엔 지나치다 싶을 만큼 무엄한 포악과 비통의 지나친 반복만 빼고는 거의 고치지 않았습니다. 아들의 2주기까지 넘겼건만 아직도 제 회의와 비통은 달라지지 않았습니다. 하나 달라진 게 있다면 제 지아 속에 꼭꼭 숨겨 놓았던 채송화씨보다도 작은 신앙심을 누구에게 떠밀린 것처럼 마지못해 마침내 어디론가 던졌다는 사실입니다. 거기가 흙인지 양회 바닥인지조차 아직은 확실하지 않

서재에서 작가 박완서

습니다. 싹이 틀 수 있는 좋은 땅이길 바라는 마음이 이 지면의 연재 요청에 응할 엄두를 내게 했는지도 모르겠습니다.

– 중략 –

원태야, 원태야, 우리 원태야, 내 아들아. 이 세상에 네가 없다니 그게 정말이냐? 하느님도 너무하십니다. 그 아이는 이 세상에 태어난 지 25년 5개월밖에 안됐습니다. 병 한 번 치른 적이 없고, 청동기처럼 단단한 다리와 매달리고 싶은 든든한 어깨와 짙은 눈썹과 우뚝한 코와 익살부리는 입을 가진 준수한 청년입니다. 개는 또 앞으로 할 일이 많은 젊은 의사였습니다. 그 아이를 데려가시다니요. 하느님 당신도 실수를 하는군요. 그럼 하느님도 아니지요.

박완서의 '참척의 일기'는 그 밑 모를 슬픔과 고통을 본능적으로 헤쳐가는 작가의 '억척 모성'을 느끼게 한다. 박완서의 어머니 홍기숙이 느꼈을 고통과 억척 모성까지도 그대로 답습함을 무엇이라도 설명할 수 없다. 왜 대를 이어가면서 가족사의 고통과 슬픔이 유전되는지, 그 숙명 앞에 한국 여성사가 공유하는 비극이 있다.

박완서 소설에 나타난 한국전쟁으로 빚어진 모성의 유전이라는 숙명 앞에 독자는 전율을 느낀다. 그럼에도 불구하고 예수께서 십자가상에 달리셔서 '엘리 엘리 라마 사박다니 주여, 어찌하여 나를 버리셨나이까.'라는 외침같이 박완서는 하나님을 절대 신뢰하는 고백을 한 것이다.

박완서는 2011년 팔십 일 세에 담낭암으로 하나님의 부름을 받았다. 그러나 박완서의 문학은 한국 문학사와 인간의 삶 속에 언제까지나 존재할 것이다. ✦

# 고통의 공간, 사랑의 공간 정미경

작가 정미경은 1960년 경남 마산에서 태어났다. 제비꽃 쪽빛이라고 불렀던 바닷가에서 유년시절을 보냈다. 어떤 이는 그 바다에서 근원적 아름다움을 보았고 정미경은 욕망의 어리석음과 헛됨을, 우주 안의 외로운 단자인 자신을 보았다. 바닷가에서 유년을 보낸 사람의 내면과 그렇지 않은 사람의 내면은 자못 달랐다. 무학산 아래 하얀색 정미경의 이층집 방에서 내다보는 마산 앞바다는 상상력의 보고였다.

# 고통의 공간, 사랑의 공간 정미경

## 달은 스스로 빛나지 않는다

정미경은 열아홉 살에 겨울 바다를 떠나서 이화여대 영문과에 입학하였다. 여학생만 받는다는 학교 앞 한옥에서의 삶은 추웠다. 하숙집 주인은 구두쇠였다. 밖에서 들어와 아랫목에 손을 넣으면 방바닥은 금방 죽은 놈 콧김만큼의 온기도 없었다. 밤늦게 불을 켜놓는 것도, 가전제품을 사용하는 것도 금기사항이었다. 하숙생은 열한 명이었는데 주인아저씨가 수돗가에서 닭 한 마리를 손질했다. 하필이면 저녁 밥상 정미경의 멀건 국그릇에 담긴, 단 한 토막의 고기는 누구도 먹을 수 없는 목이었다. 정미경의 눈물이 닭국 속으로 뚝뚝 떨어졌다. 닭 모가지가 그녀에게 뭐라 하지 않았는데, 달래줄 사람도 없는데, '억억' 울었다. 이상한 건 그녀가 울고 있으면 또 다른 자신이 내려다보고 있는 느낌이 들었다. 그때부터 정미경은 원고지에 글을 쓰기 시작했다. 그 집에서의 기억을 바탕삼아 〈달은 스스로 빛나지 않는다〉라는 단편소설을 썼다.

출판사에 근무하는 서른 살 정은이라는 화자, 옆방 미옥 부부, 다큐 영화감독 승우가 한집에서 살아가고 있다. 소설 속 화자가 퇴근하면서 골목 입구의 철물점에 들러 방충망 재료를 사 들고 왔다. 비가 올 땐 괜찮은데 비가 그치면 날벌레와 모기 때문에 창문을 열어 놓을 수가 없었다. 치과의사 윤조와 결혼을 두 달 앞두고 한시적으로 지내는 방인지라 제대로 된 방충망을 맞추기도 그래서 접착제와 푸른 망으로 된 재료를 손수 설치하고자 했다. 영화감독 승우가 나서서 솜씨 있게 정은의 방 창호에 방충망을 달아주게 되면서 대화를 하게 된다.

"어떤 스토리예요?"

"사는 이야기죠 뭐. 삶의 관성이라고 해야 되나. 이 동네에서 중학교까지 다녔어요. 작년에 우연히 여길 지나게 됐는데, 이 골목이 그때하고 똑같은 거 있죠. 하나도 변하지 않았다는 거, 그게 제일 충격이었어요. 철물점 간판, 세탁소 앞을 지나면 나는 냄새, 그때 이후로 별로 늙지 않은 정육점 할머니까지, 그냥 기록한다고 생각하며 작업하고 있어요. 미옥 씨나 연제, 정육점 할머니까지. 전부 제 배우들이죠. 카메라 앞에서는 전 국민이 연예인이더군요. 스토리는, 저도 잘 모르겠어요. 어떤 결론이 될지. 그저 찍고 또 찍는 거죠. 그러다 보면 어떤 불꽃 같은 장면이 나와주리라 기다리면서. 우리 업계에서는 그걸 '야마 신'이라고 부르는데, 살인, 폭력, 배신 뭐 그런 거 말고도 지극히 일상적인 삶의 풍경 그 자체가 전율을 주는 순간이 있다고 생각해요."

"야마 신이라 재미있는 말이네요. 근데 이 골목에서 그렇게 나와줄까요?"

미옥의 남편은 건설 현장의 비계에서 떨어져 성불구가 되었다. 분식집을 하던 아내가 동네 남자들에게 다정하게 웃어도 몹시 질투하였다. 그리고 아내 미옥을 때려서 눈이 멍들고 나중에는 팬더가 되기도 하였다. 미옥은 남편의 폭력을 피하여 옆방에 사는 정은에게로 몸을 숨기기 일쑤였다. 어느 날 남편이 불 꺼진 미옥이의 분식집을 혹시나 하고 가게 문을 열고 스위치를 올리는데 어둠 속에서 미옥과 연제가 붙어있었다는 것이다.

대문 앞 빗물 고인 시멘트 바닥에 머리카락이 쥐어뜯긴 미옥이 다친 개처럼 팔다리를 한군데로 모은 채 널브러져 있었다. 정육점 할머니의 중재로 마당이 조용해지고 싸움은 끝나는 분위기였다.

20회 기독교문화대상 문학 부문 수상한 정미경 작가 2009. 7. 22. 글로리아아트센터

그러나 방에 들어간 미옥이의 '악' 하는 짧고 절박한 비명이 단도리처럼 빗소리를 잘랐다. 질긴 천이 단숨에 찢어지는 듯한 소리였다. 정은과 승우는 너무 많은 피가 원목 무늬의 장판 위로 흘러나와 있고 미옥이 죽어 있는 것을 목격했다. 가까운 곳에서 사이렌 소리가 들렸다. 들락거리는 경찰과 어느새 모여든 동네 사람들로 좁은 마당이 금세 가득했다. 승우가 그 무리 뒤에 멀찍이 서서 카메라로 찍고 있었다.

  승우의 아버지는 서커스 곡예사였다. 고개를 허공으로 치켜든 관객들 틈에 끼어 앉아 그들이 환호와 박수를 보낼 때 승우는 늘 조바심에 사로잡혀 바닥만 노려보았다. 그러다가 아버지가 실수해서 떨어지기라도 하면 승우의 눈에 무심히 지나치는 사람들이 들어오곤 했다. 사람들에게 기쁨을 주는 것들이 승우에겐 무덤덤했다. 그게 인생이지, 하는 걸 아주 어릴 때 알아버렸다

  승우는 그가 촬영했던 필름을 정은에게 건네주었다.

  "저거 가지고 가서, 버려줘요."

  "필름, 왜요?"

  "내가 원했던 건 이런 엔딩이 아니에요. 처음 여기 왔을 땐 늘 멍 자국을 달고도 커다랗게 웃는 미옥 씨를 좀이 다른 생물처럼 경멸했어요. 그런데 영화를 찍어가면서, 어떤 고통으로도 파괴할 수 없는 일상의 잔인한 영속성을 미옥 씨에게서 보았어요. 그걸 기록하고 싶었어요…… 그런데 이건 아니에요. 내가 원했던 건 이처럼 일순에 삶을 뒤엎어버리는 가짜 같은 드라마가 아니었어요."

  "산다는 건, 싸구려 픽션보다 더한 큰 굴곡을 늘 이면에 감추고 있을 뿐이에요. 승우 씨나 나 역시 마찬가지고, 그것까지가 삶이에요."

  승우는 오랫동안 렌즈를 통해 미옥을 보았으면서 그 이면의 고통에 무심했던 것, 헤퍼 보이는 웃음 뒤에 아파하는 심장이 뛰고 있다는 걸 외면했던 것을 자책했다. 영화감독을 포기하고 웨딩 비디오 찍사가 되

어, 삶이 가장 빛나는 순간, 피사체가 행복한 순간, 거기까지만 찍겠다는 승우다.

영화의 제목은 〈달은 스스로 빛나지 않는다〉이고 소설의 제목도 동일하다. 인간은 스스로는 빛나지 못하는 존재이다. 누군가의 시선 속에서, 타인과의 관계 속에서 만월도 되고 때론 그믐달도 되는 것이다.

끊임없이 비가 내리던 날들, 소란한 골목 집에서 보냈던 날들, 그 여름의 두 달가량이 정은이 인생의 야마 신이라 하더라도, 정은은 "우리는 서로를 비추어 줄 수 있을까요?"라는 승우의 고백에 "모르겠어요."라고 대답한다.

정은은 서로가 이제 빛나지 못할 것이며 저녁의 그림자처럼 사라질 것을 인지했다. 승우와 정은의 틈 사이, 거기 희미한 밤이 있었을 뿐이다.


정미경은 인생이란 각기 다른 고통을 다른 방식으로 견디는 것이라고 말한다. 생의 이면을 들추어 빛 속의 그늘을 공유해낸다. 화자 정은은 한시적으로 엮어진 미옥, 승우의 삶에서 그들을 떠나게 되면서 차츰 빛이 희미해지는 우리 인간 속에 숨어있는 본성을 감지하게 하였다. 정미경 작가가 살았던 늘 연탄가스 냄새가 고여 있던 골목, 그 골목길을 오가며 부딪치던 지겹고도 애틋한 이웃들, 한집에서 살던 언니들의 연애와 실연을 품고 있는 그 공간에 들어가 보고 싶다.


## 정미경의 소설 속 인물

정미경은 처음 쓴 단편으로 이화여대 학보사 주관의 문학상을 받았고, 그 다음해에 중편으로 고대문학상을 받았다. 정미경은 최인훈의 마당극, 탈춤이 대학가를 뜨겁게 달구던 시대에 희곡을 썼다. 정신대를 소재로 한 장막희곡으로 이화백주년문학상을 받았고 스물다섯 살에 《중앙일보》 신춘문예에 〈폭설〉이란 희곡으로 등단하게 되었다.

정미경과 김병종의 만남은 문학으로 시작되었다. 정미경이 이화여대 삼학년 때 한 수험생 잡지에 단편소설 〈모래바람〉을 게재했다. 같은 잡지에 김병종의 단편소설 〈바람일기〉가 실려 있었다. 수험생들이 가장 입학하고픈 서울대와 이대 캠퍼스를 배경으로 각각 쓴 소설이 연결고리가 되었다. 이대 앞의 한 찻집에서 김병종은 처음 정미경을 만났을 때 김승옥 소설의 한 구절처럼, 그녀가 자신의 생애 깊숙한 곳으로 들어오는 것이 느껴졌다고 한다. 이후 결혼까지 2년 남짓한 기간 동안 정미경과 김병종은 사백여 통의 편지를 주고받았다. 만남의 기록으로는 일주일에 열세 번인가가 최고였다. 핸드폰 같은 것이 있을 수 없던 시절, 무턱대고 김병종이 '모래내-서울대'의 142번 버스를 타고서 아현동 마루턱에 내려 아무 다방이나 한곳에 들어가면 거기 정미경이 있기 일쑤였다. 그는 얼핏 영적인 그 무엇이 끌어당긴다는 느낌이 들 정도였다고 문학의 동지이자 아내를 떠나보내고 회상했다. 김병종은 문학청년이던 대학 시절 동아일보 미술평론, 《중앙일보》 신춘문예 희곡 〈지붕 위에 오르기〉로 등단했다.

유월의 태양은 뜨겁다. 그래서인지 유월의 피어오르는 장미는 가까이 가면 데일 것 같아 보인다. 정미경 소설은 유월에 피는 불타오르는 장미이다. 그리고 가시가 있다. 찔리면 붉은 피가 살갗에 배어 나올 수밖에.

정미경은 스물다섯 살에 신춘문예를 통해 등단했지만, 김병종과의 결혼으로 가정과 문학이라는 철도길을 달렸다. 그녀의 어머니는 정미경을 키우면서 다른 것은 아무 문제 없었는데 밤을 새워 책 읽고 글을

1982년 어느 봄날, 바람 부는 이대 교정을 내려오는 정미경 작가와 서울대 대학원생 김병종. 이듬해 두 사람은 결혼한다

써대는 통에 속을 꽤 썩었다고 했다. 그런 정미경은 결혼생활 내내 산더미 같은 독서를 했다. 그녀는 많이 읽고, 조금 썼다. 무슨 소설을 쓰기 위해서 읽는 것이 아니고, 그냥 읽고 싶은 책이 너무 많고, 시간은 너무 없어서 밤을 새워가며 책을 읽었다. 오죽하면 아파트의 수위가 정미경 부부의 댁에서 쏟아져나오는 책들만 모아도 헌책방 하나 차려먹고살 것 같다고까지 했을까.

등단 이후 십 년의 세월을 온갖 가정사에 부대껴야만 했고 원고 청탁 하나 받지 못했던 그 긴 세월 동안 쓴, 장편 하나, 중편 둘, 단편 여덟 편과 삼십 몇 번까지 번호를 매겨두었던 글 소재 모음들이 컴퓨터 고장으로 속절없이 날아갔다. 그 일로 정미경은 이틀 동안을 방에 누워 천장만 바라보며 지냈다. 그녀는 다시 글쓰기를 시작했다. 그런 각고 끝에 완성된 《장미빛 인생》으로 '오늘의 작가상'을 수상하였다.

정미경은 소설을 통해 자본주의 사회에서의 욕망에 지속적인 관심을 드러낸다. 〈장미빛 인생〉에서도 광고 세계에서 이미지나 허상이 어떻게 현실과 실제를 대체하는지를 실감이 나게 그리고 있다. 리바이스 청바지, 말보루의 거친 마초 이미지를 통해 〈장미빛 인생〉이라는 이미지 자체가 시뮬레이션된 시뮬라크르잉을 강조하고 있다고 정미현 평론가는 지적했다. 현대인의 쾌락과 소비의 욕망을 리얼하게 묘사함으로 정미경 소설의 리얼리즘을 생생하게 보여주고 있다.

정미경은 등장인물마다 디테일하게 묘사한다. 광고기획자, 푸드 스타일리스트, 사진작가, 라디오 방송작가, 회생금융 종사자, 보험사정인, 판사 등 등장인물의 배경과 영역을 치밀하게 취재하여 소설의 서사나 주제에 자연스럽게 융화시킨다. 정미경 작가의 집요한 조사의 공력이다. 정미경은 복합적인 인간의 심리를 서늘하게 느껴지게 하는 통찰력이 뛰어났다.

## 밤이여, 나뉘어라

정미경의 그리 길지 않은 문학의 시간에서 이상문학상을 수상하게
한 《밤이여 나뉘어라》는 정미경 작가를 세상에 알려지게 했다. 작품의
배경은 작가가 2000년에 머물렀던, 혹은 지나쳤던 장소들이다.

그해 초, 베를린에서 공부하고 있던 정미경의 후배 K가 여름에 북극
을 여행하자고 했다. 뭉크와 그리그, 피오르드와 백야의 땅을 둘러보
고자 하는 작가적 관심이었다. 하지만 K나 정미경 작가나 약속대로
쉽게 갈 수 없는 사정이 있었다. 베를린의 후배 K는 그동안 아이를 가
져 임신 초기라 가장 조심해야 할 시기였지만 조신하게 여행을 시작했
다. 커일로 가서 북해를 건넜다. 이틀만 일정을 계속하면 빙하를 볼 수
있게 된다. 지도에 동그라미를 그리며 북쪽으로 올라가는 중에 긴 터
널을 지나자 산정에 거대한 호수가 나타났다. 물빛이 푸르다 못해 검
었고 공기는 물 알갱이처럼 살갗에 부딪쳤다. 혼돈이 걷힌 태초와도
같은 그 풍경 앞에 서서 호수를 말없이 바라보고 있는데 K가 속삭였
다. "무서워요, 그리고, 배가 아파요." 머릿속이 하얘졌다. 배가 아프
다니. 압도적인 풍경의 느낌이 너무 강렬했을까. 빙하고 뭐고 다 포기
하고 다시 남쪽으로 달려 내려오다 밤을 보내기 위해 찾아들어 간 동
네가 운자 크레보였다. 신의 정원과도 같은 그곳에서 꼬박 사흘을 머
물렀다. 〈이상문학상 작품집,《밤이여 나뉘어라》, 정미경, 영원을 꿈꾸는 나
의 노래여 참조〉

정미경 작가는 시간의 정지 버튼을 누르고 싶었던 풍경을 기억으로
〈밤이여 나뉘어라〉를 잉태하고 해산하였다.

〈밤이여 나뉘어라〉는 평생 천재 모차르트를 바라보며 열등감에 시
달려야 했던 살리에르의 시점에서 쓰였다. 고등학교 때부터 천재인 P

소설 〈밤이여 나뉘어라〉의 무대가 되었던 노르웨이 운자 크레보의 민박집에서
첫째 아들 김지훈, 둘째 아들 김지용, 김병종 교수, 정미경 작가, 민박집 내외

는 의대를 마치고 논문 심사를 통과하지 못한 채 미국으로 떠났다. 그를 시기했던 화자는 의사 생활을 포기하고 잘 알려진 영화감독이 되었다. 오랜만에 오슬로에서 재회한 P는 알코올 중독자가 되어 있었다.

몰락하는 천재의 배경에 작가가 입혀둔 강렬한 색과 이미지가 있다. 며칠씩 계속되는 백야의 비인간적인 아름다움과 핏빛 하늘 배경에 일그러진 얼굴의 〈절규〉 시리즈들로 가득 채워진 미술관이 양대 축이다. 절대적으로 빛나는 신의 은총에 인간은 소리 없는 비명으로 답한다. 왜 빛이 아니라 어둠과 결핍과 그림자가 인간을 살게 하는지를 묻고 묻는다. 그림자 속에서 무의미에 절규함으로써 신과 대결하는 인간의 절규이다. P는 자신의 천재성을 소진함으로써 끝까지 신과 대결했다. '비인간적인 몰락의 생에서 예술적 숭고를 통해 정미경은 삶을 향해 다가서는 것이다' 라고 강지희 평론가는 논하였다. 〈문학동네 2017 여름, 빛을 선물한 신, 인간이 도달한 어둠-정미경 평론, 강지희 2017 참조〉


## 고통의 전이와 폐쇄성 〈성스런 봄〉

작가 정미경은 초기 작품인 〈비소 여인〉에서부터 시작하여 〈나의 피투성이 연인〉 〈성스런 봄〉에서 등장하는 인물마다 내재한 심연에 닿아있는 고통을 주제로 삼고 있다. 고통에 대한 작가적 관심은 2006년도 이상문학상 수상작인 〈밤이여, 나뉘어라〉와 〈발칸의 장미를 내게 주었네〉에서도 일관성을 지니고 있다.

〈성스런 봄〉은 보험회사에 근무하는 화자의 어린이날이 오기 전, 신장병을 앓다가 죽어간 딸에 대한 회상에 담겨있는 고통의 전이와 폐쇄성을 묘사하고 있다. 이로 인하여 생긴 부부 사이의 갈등을 차가운 우물 속으로 걸어 들어가는 것 같다고 표현하고 있다.

고통이 극에 달하면 오히려 성스러워짐을 인식하면서 고통이 갖는 역설을 압축하여 〈성스런 봄〉이라 했다. 작가는 루마니아 여행 중에, 〈성스런 봄〉이란 제목이 붙은 조각가 브랑쿠지의 작품 '고통에 뒤틀려 있는 그리스도상'을 목도 후 상기 소설의 제목을 정했다고 한다. 로댕의 잘 빚어진 조각에서 느끼는 아름다움보다는 고통으로 인하여 온몸이 뒤틀려 있는 그리스도상에서 성스러운 아름다움을 느끼게 됨을 말하고 있다.

작가 중 대부분은 건너편 영역에서 영감을 받는다. 시에서, 미술에서, 음악에서 작품의 소재를 얻는다. 소설가 김은국은 독일 현대시의 천재적인 시인 휠덜린의 시에서 〈순교자〉의 주제를 끌어냈다.


"그리고 나는 엄숙한 대지, 괴로워하는 대지에 내 가슴을 맡기고, 숙명의 무거운 짐을 진 이 대지를 죽을 때까지 충실하게, 두려움 없이 사랑하며 그의 수수께끼를 단 하나도 경멸하지 않을 것을 신성한 밤이면 약속했노라. 그리하여 나는 죽음의 끈으로 대지의 품에 들었노라."

― 휠덜린의 〈엠페도클레스의 죽음〉


김은국은 〈순교자〉를 통해 고통에 대한 기존의 관념을 부정하며 새롭게 고통의 의미를 형상화하였다. 이 세상은 너무나 부당한 고통을 겪고 있는 이들이 있으며, 허위가 진실로 포장되어 사람들을 오도하고 있다는 것이다. 〈순교자〉는 이런 인식을 타파하므로 신을 부정하게 된 유신론적 무신론자의 모습에서 고통당하는 그리스도를 드러내고 있다. 김은국의 〈순교자〉에서 드러나는 내재한 고통의 세계에 대한 인식은 백도기의 〈청동의 뱀〉에서 화자인 퇴직 목사가 느끼는 현실적인 고통의 실체와 연대하고 있다. 이는 주인공의 의식의 진폭을 통하여 드러나는 기독교적인 세계인식이다.

〈성스런 봄〉의 화자는 생명이 태어나는 봄에 딸을 잃었다. 딸을 살리고자 치료비로 감당할 수 없을 정도로 돈을 차용했지만 끝내 포기할 수밖에 없는 막다른 길로 내몰렸다. 그 비용을 갚기 위해 겹치기 출연 배우처럼 두 군데 보험회사에 적을 두고 돈 되는 대로 뛰었다. 경력을 속여서 과외교사까지 하며 돈 되는 것에 집착했다. 그로 인한 하루 4시간의 수면은 마치 알코올 농도 기준치 이상의 술을 마신 상태로 운전한 것 같이 위험하기만 하다.

빚의 고통은 피학에서 자학으로 전이되고 있었다. 인센티브를 받기 위하여 지난날의 교수이기도 한 사고 차량 운전자 조영우를 빈틈없이 압박한다. 고통을 말하는 상대방에게 들리지 않게 화자는 속으로 말한다. '말해질 수 있는 것은 고통이 아니다.' 아픔을 표현한다는 것은 참을 만하다는 것이고, 극심한 고통은 비명조차 지를 수 없는 상태라는 것이다.

병든 딸의 아버지인 화자는, 나을 수 있다는 보장도 없이 비용만 지출되는 카테터 교환을 포기하면서 아이러니하게도 삶이 스스로 완벽함을 깨닫는다. 살아있다는 것은 저 스스로 빛을 내는 경이로움이라는 것을 느낀다. 아빠가 사준 어린이날 선물인 반짝이 운동화를 신어 보지 못하고 죽음의 세계로 보내버린 딸이 죽은 것이 아니라 실상은 화자와 그의 아내가 죽은 것이다.

말로는 표현되지 않은 고통당하는 그리스도상에 내재한 고통은 이 세계의 존재상이 고통으로 응어리져 있다는 것을 말해준다. 고통을 겪는 인간은 지역과 연대를 뛰어넘는 숙명적인 기반으로 서로 얽혀 있다는 고통에 대한 세계인식이 〈성스런 봄〉에서 천착되었다고 하겠다.

북아프리카 튀니지의 유명한 문인 카페 '데나트'에서 정미경
벽에는 이곳을 자주 찾았던 앙드레 지드, 시몬느 보봐르, 알베르 카뮈 사진이 보인다

딸로 인한 화자의 고통은 보험 사정을 통하여 보험대상자에게 전이된다. 그러나 화자만이 느끼는 고통은 그 자체로서 극한의 경계를 넘어섰기에 동시에 자신의 테두리 안으로 침잠되는 폐쇄성을 지니고 있다. 〈밤이여, 나뉘어라〉에 등장하는 고통스러운 절규를 외치는 뭉크의 일그러진 얼굴이 모든 예술세계에서 어김없이 겹쳐지고 있다.

정미경 문학에 등장하는 주인공들에게서는 세계와 일상의 연대에 대한 인식의 냉철함이 있다. 생의 이면을 보는 작가적 시선이 고통의 끝에서 만나는 신성을 갈구하게 한다.

슬픔이나 고통은 어디까지나 실존적인 인간의 모습이다. 9·11테러 당시에 무역센터로 돌진해 가는 죽음의 비행에 속수무책으로 탑승하고 있는, 하필 왜 내가 제물이 되어야 하는지 납득할 수 없는 승객의 공포와 고통이 있다. 희생자가 된 승객의 공포와 고통은 사랑하는 이의 인생을 잃고 고통의 삶을 살아가는 가족에게 전이된다. 그 고통의 정체는 십자가 위에서 고통당하는 그리스도에게서 나오고 있으며 궁극적으로 그리스도에게로 귀환하는 것이라 할 수 있다. 그와 동시에 고통은 〈성스런 봄〉의 화자와 마찬가지로 폐쇄성을 갖고 한 개인에게만 무한대로 내재해 있는 것이다.

횔덜린은 신학과 문학을 섭렵한 후에 정신장애로 고통스러운 삶을 살았다. 그가 비교적 온전한 정신을 지니고 있을 때 〈반평생(半平生)〉이란 시를 남겼다. 두 연으로 묘사된 〈반평생〉의 전반은, 노오란 배 열매와 들장미가 가득한 육지가 호수 속에 매달려 있는 풍요로움을 그렸다. 나머지 후반은 봄과 여름은 사라지고 겨울을 맞게 되면서 어디에서 꽃들과 햇볕과 대지의 그늘을 찾을 수 있는지를 반문한다. 성벽은 말없이 차갑게 서 있고, 바람결에 풍향기는 덜걱거리는 인생의 끝을

정미경 작가가 세상을 뜨기 이십여 일 전에 수상한 행주 문학상 시상식

예감하며 인간존재의 고통을 서사하고 있다.

휠덜린의 인생이란 고통스런 삶이라는 시화된 주제는 성서의 욥과 도스토예프스키와 알베르 카뮈, 김은국, 정미경과 연대하고 있다. 고통의 문제는 동서고금의 지리적, 공간적, 시간적 제한을 뛰어넘는 세계적 연대성을 지니고 있다. 시와 소설, 회화와 조각, 오페라와 판소리의 경계를 넘나드는 고통의 세계인식과 세계연대가 정미경 문학의 모티브다.

정미경에게 인간의 삶은 아베 고모의 소설 〈모래의 연인〉과 같다. 한 남자가 일상 바로 곁에 있던 모래 구덩이에 우연히 빠지게 되면서 온몸의 구멍 속으로 모래가 달라붙는 장면처럼 인간의 삶도 털어내도 털어내도 털어낼 수 없는 고통이 달라붙는 것과 같다.

끝나지 않는 고통이 있기에 인간은 존재한다. 고통을 통하여 오히려 빛나는 것이 인간의 삶이다. 그러기에 인간의 삶은 누구든지 존재함으로 인하여 의미가 있는 것이다.


## 두 차원의 시공간에서 정미경

2017년 1월 18일, 작가 정미경이 이 땅에서 짧은 소풍을 마치고 떠났다. 《중앙일보》 신춘문예에 〈폭설〉이라는 희곡이 당선되어 세상에 나왔던 정미경은 서설(瑞雪)이 분분히 날리던 날 천국으로 가는 리무진을 탔다.

이보다 수년 전에 정미경 작가의 모친상이 설 연휴에 있어서 서울대병원 장례식장을 찾았었다. 영정 사진 속 모친은 정미경 작가를 닮았다. 무척 고우셨다. 이른 시간이라 정미경 작가는 집에서 오는 중이었고 빈소에는 그녀의 언니가 조문객을 맞고 있었다. 세 살 위인 언니와 정미경은 빼닮았다. 어린 시절, 정미경의 언니는 정미경에게 엄마의 지갑에서 동전을 꺼내게 하였다. 정미경의 최초 도둑질이었다. 그 돈으로 언니는 분홍빛 진주 목걸이를 사고 동생 정미경은 만화책을 샀다. 종아리에 사정없이 내리치는 회초리를 맞으면서도 정미경은 그리 후회하지는 않았다고 한다. 그만큼 책을 좋아했기에. 말수가 적은 아이는 놀이터였던 바닷가에 나가는 대신 다다미방 한구석에 놓여있던 책꽂이에서 책을 꺼내 읽었다. 한국위인전집, 세계위인전집으로 시작된 글 읽기는 부모님이 걱정할 만큼 유년의 놀이나 친구들과 멀어지게 했다. 사춘기가 되기 전에 정음사판 50권짜리 세계문학전집을 다 읽었다. 그녀는 평생 책 읽기를 했다. 방대한 독서량에 비하면 글쓰기는 오히려 짧았다.

정미경은 예전에 존재했던 것들, 동시대를 같이 숨 쉬는 것들, 우리가 사라진 후에도 존재할 것들은 역설적으로 오직 언어 안에서만 영원하다고 적었다. 태초에 말씀이 있었다는 선언이 신의 영원성에 대한 신언(神言)이듯 언어 외엔 도구가 없는 문학만이 영원과 겨룰 수 있다고 여겼다.


2007년 2월 22일 월드글로리아센터에서 개최된 제20회 기독교문화대상 문학 부문에 《발칸의 장미를 내게 주었네》로 정미경이 수상했다. 그보다 앞선 1998년에 김병종 화가가 미술 부문에 〈생명의 노래〉로 기독교문화대상을 수상하였다. 그리고 2011년에는 정미경의 문학적 재능을 이화여대 시절부터 알아보고 격려한 멘토 이어령이 제24회 기독교문화대상 문학 부문에 〈지성에서 영성으로〉로 수상했다.


정미경의 수상작 〈발칸의 장미를 내게 주었네〉에 수록된 〈무화과나무 아래〉의 화자는 진실과 허위의 간극에 대한 자의식 때문에 고통을 겪는다. 다큐 PD인 그는 인도에서 얻은 풍토병으로 신장이 망가져 병사의 갈림길에서 신장을 이식받게 된다. 전문 브로커의 도움을 받아 어느 사막 국가의 감옥에 갇힌 사형수의 신장을 얻어 목숨을 유지한다. 그 뒤로 그는 '삶과 죽음'이라는 아포리아를 벗어나고자 한다. 존재와 본질, 몸과 영혼의 불일치에 대한 성찰은 삶의 고통을 낳는 진원지이다. 정미경의 작품세계는 고통스러운 현실과 행복한 꿈이라는 두 가지 요소의 대위법적 구조를 갖는다. 서사구조의 고전적 안정감, 미묘한 정서를 옮겨 담는 섬세한 문체, 존재와 삶을 응시하는 강렬한 시선을 지닌 것이 정미경 소설이다. 〈발칸의 장미를 내게 주었네, 정미경, 무서운 일상, 허위와 진실 사이, 박철화, 생각의 나무 참조〉

정미경 작가는 소재주의적 기독교 작가였다기보다는 생활의 기독교 작가였다. 그는 김창곤 목사가 시무하는 서초순복음교회 새벽기도회에 출석하다가 한동안 주일학교 교사로도 봉사하였다. 필자가 2016년에 국회헌정기념관에서 연극평론 〈예술무대, 빛과 어둠〉으로 기독교문화대상 연극부문을 수상할 적에 정미경 작가가 축하차 참석했다. 행사가 다 끝났는데도 자리를 지켰던 정미경은 당시에 골절상을 입고 목발로 다니던 김창곤 목사에게 다가가 가방 속에서 뭔가를 꺼내 건네주었다. 국산 홍화씨였다. 갈아먹으면 뼈가 붙는 데 아주 도움이 될 거라며 홍화씨를 건넨 후 그녀는 비로소 발길을 돌렸다.

정미경은 두 차원의 시공간에서 모두 성실했다. 한 시공간에서는 《밤이여, 나뉘어라》《내 아들의 연인》《아프리카의 별》《새벽까지 희미하게》《이상한 슬픔의 원더랜드》를 쓰는 작가적 삶을 살았다. 정미경 작가는 방배동 카페 골목의 반지하 원룸을 빌려서 글을 썼다. 심지어 의자에 앉으면 긴장이 풀린다며 서서 쓰는 책상을 구해 그 위에서 대부분 글을  써냈다. 다른 한 시공간에서는 아이들을 돌보고 남편을

20회 기독교문화대상 문학 부문 수상작《발칸의 장미를 내게 주었네》낭독. 2009. 7. 22 글로리아아트센터

20년 동안을 쓰던 작가의 방배동 작은 지하 오피스텔. 습한 데다 난방이 잘 들어오지 않은 열악한 환경이었는데 한사코 이곳을 떠나려 하지 않았다. 정미경은 의자에 앉지 않고 일어서서 글을 썼다

위한 저녁상을 준비하는 여염집 여인의 삶을 살았다. 다니는 교회에서는 교사, 집사로 주님의 형제를 섬겼다. 삶 자체를 사랑했고 소홀함이 없었다. 같은 마산 사람이라는 이유 하나만으로 우연히 알게 된 팔십대 노파의 하루가 멀다고 거는 숨 가쁘게 긴 전화를 저녁 밥상의 국이 다 식도록 받아 주었다. 상대가 누구라도 자신에게 주어진 시간을 아낌없이 나누어 주었다. 정미경은 그녀에게 주어진 시간의 짧음을 알았던 것이 아닐까.

정미경 작가는 "인생을 일천 번이라도 살아보고 싶다."라는 자신의 소설 〈나의 피투성이 연인〉의 바람을 독자들 모두에게 유언처럼 남겨주고 천상의 작가가 되었다. 〈새벽까지 희미하게〉〈당신의 아주 먼길〉이 유작이 되어서 지상의 독자들에게 읽혀지고 있다. 고통의 공간과 사랑의 공간을 치열하게 살다간 정미경을 기억한다. ✻

순수와 저항의 시인 윤동주는 1917년 12월 30일, 만주 북간도 명동촌에서 명동중학교의 교원인 윤영석과 민족운동가이며 교육자였던 김약연 목사의 누이동생인 김용 사이에서 맏아들로 태어났다. 윤동주는 태어나자마자 유아세례를 받았다. 아명은 해환, 아동 잡지 《어린이》를 밤새워 읽으며 그림 그리기를 좋아했다.

1925년에 윤동주는 만주국 간도성 화룡현에 있는 명동소학교에 입학하였다. 명동소학교는 당시 동만주의 정신적 지주인 외삼촌 김약연이 설립하여 경영하던 규암서숙을 후에 신학문의 명동소학교와 명동중학교로 발전시켜 민족주의 교육을 시행하던 학교였다. 명동소학교 4학년 되던 1928년에 고종사촌 형 송몽규와 함께 서울에서 간행되던 《어린이》와 《아이생활》 등의 아동 잡지를 정기적으로 구독하였다. 그는 연극 활동을 통하여 문학적 재질과 정서를 닦았다. 1929년에는 급우요 형인 송몽규와 함께 《새 명동》이라는 등사판 문예지를 만들어 동요와 동시를 발표하였다.

# 순수와 저항의 민족시인 윤동주

# 순수와 저항의 민족시인 윤동주

## 윤동주의 삶, 스물일곱

순수와 저항의 시인 윤동주는 1917년 12월 30일, 만주 북간도 명동촌에서 명동중학교의 교원인 윤영석과 민족운동가이며 교육자였던 김약연 목사의 누이동생인 김용 사이에서 맏아들로 태어났다. 윤동주는 태어나자마자 유아세례를 받았다. 아명은 해환, 아동 잡지 《어린이》를 밤새워 읽으며 그림 그리기를 좋아했다.

1925년에 윤동주는 만주국 간도성 화룡현에 있는 명동소학교에 입학하였다. 명동소학교는 당시 동만주의 정신적 지주인 외삼촌 김약연이 설립하여 경영하던 규양서숙을 후에 신학문의 명동소학교와 명동중학교로 발전시켜 민족주의 교육을 시행하던 학교였다. 명동소학교 4학년 되던 1928년에 고종사촌 형 송몽규와 함께 서울에서 간행되던 《어린이》와 《아이생활》 등의 아동 잡지를 정기적으로 구독하였다. 그는 연극 활동을 통하여 문학적 재질과 정서를 닦았다. 1929년에는 급우요 형인 송몽규와 함께 《새 명동》이라는 등사판 문예지를 만들어 동요와 동시를 발표하였다.

명동소학교 6년간을 윤동주, 송몽규와 한 교실에서 배우며 뛰놀았던 문재린 목사의 아들 문익환이 있다. 문익환은 학생 자치회가 조직되어 초대신문사 사장이 되었다. 한 달에 한 번 내는 벽 신문에 윤동주가 시를 발표하였다. 그 후 은진중학교, 숭실학교, 광명학원 중학부를 다니면서 윤동주와 문익환은 함께 수학하면서 상호 영향을 받았다.

1931년, 명동소학교를 졸업한 윤동주는 중국인 소학교 6학년에 편입해 1년간 다녔는데, 이 시기에 시 〈별 헤는 밤〉에 나오는 패, 경, 옥 등의 이국 소녀와의 만남이 이루어졌다.

중국인 소학교를 졸업한 윤동주는 1932년에 캐나다 선교부가 경영하는 미션계 학교인 용정에 있는 은진중학교에 입학하였다. 윤동주는 그 시기에 축구 선수로 뛰기도 하고 웅변을 하기도 했다.

그 시절엔 웅변이 대유행이었다. 용정에서도 학생 웅변대회가 자주 열렸는데 1등은 동급생이던 강원용이 차지했다. 그 웅변대회에 윤동주도 참가하여 '땀 한 방울'이라는 웅변 제목으로 3등을 하였다. 강원용과 윤동주는 동갑이고, 젊은 시절 간도 용정에서 공부도 같이 했고, 같은 기독교 신자였다. 윤동주는 1934년 은진중학교 시절에 〈삶과 죽음〉〈초 한 대〉〈내일은 없다〉라는 세 편의 시를 썼다. 윤동주는 은진중학교 3학년이 되자 갑자기 1935년에 평양 숭실중학교로 유학을 하게 되었다. 그 시기에 윤동주는 〈남쪽 하늘〉〈창공〉〈거리에서〉〈조개껍질〉 등 시작을 발표하였다. 1936년에 신사참배 거부 문제로 숭실중학교가 폐교되자 윤동주는 다시 용정으로 돌아와 광명학원 중학부 4학년에 전입 수학하였다. 그 시기에 연길에서 발행하던 《카톨릭 소년》에 동시 〈병아리〉〈빗자루〉를 발표했다. 1937년에는 동시에 〈오줌싸개 지도〉〈무얼 먹고 사나〉〈거짓부리〉 등의 동시를 발표하였다.

윤동주는 1938년, 연희전문학교 문과에 고종사촌 형 송몽규와 함께 입학하여 기숙사 생활을 하며 〈새로운 길〉〈아우의 인상화〉 등 시와 동시 〈산울림〉〈고추밭〉을 썼다. 1939년에는 산문 〈달을 쏘다〉를 《조선일보》 학생란에, 동요 〈산울림〉을 《소년》에 각각 발표하였고, 〈자화상〉〈달같이〉〈소년〉 등의 시작품을 썼다. 1941년 25세 되던 해에 〈서시〉〈또 다른 고향〉〈십자가〉〈별 헤는 밤〉〈새벽이 올 때까지〉 등 불멸

숭실중학 시절, 뒷줄 왼쪽부터 장준하, 문익환, 윤동주

의 시를 발표하였다.

1942년 연희전문학교 문과를 졸업하고 일본에 유학하여 도쿄의 릿쿄대학 영문학과에 입학하였다가 그해 가을 교토의 도시샤대학으로 적을 옮겼다. 1943년 일제에 의해 징병제가 공표되고, 그 이듬해 1943년 7월에 사상범으로 체포되어 옥고를 치렀다.

그 무렵 필자의 장인 구호림은 도쿄 주오대 법학부에 재학 중 학술 연구 친목 단체로 위장한 비밀결사 '고문'(高文) 그룹을 조직해 항일독립운동을 펼쳤다. 1940년 6월부터 1942년 5월까지 11차례에 걸쳐 독립 쟁취 방법을 논의하였는데 방학 때 일시 귀국하였다가 일본 경찰에 체포되어 치안유지법 위반 등으로 징역 3년을 선고받아 서대문형무소에서 옥고를 치렀다. 구호림은 옥고를 치르던 중 1945년 해방을 맞아 해방 다음 날인 8월 16일에 출옥하였다. 그 시대 일본 유학생들은 비록 남의 나라 일본에서 신학문을 공부하고는 있지만, 이심전심으로 조국의 독립을 도모하였었다.

윤동주는 송몽규와 주도적으로 결사한 '교토 조선인 학생 민족주의 그룹 사건'에 연루되어 1944년 2월 22일에 기소되었다. 송몽규와 윤동주는 징역 2년을 선고받고 후쿠오카 형무소로 송치되었고 1945년 2월 16일, 민족 해방의 날을 6개월 앞두고 윤동주는 짧은 스물일곱 살에 숨을 거두었다.

매달 초순에 고향 집으로 배달되던 윤동주의 엽서가 2월 중순에 끊기고 대신 '2월 1일 동주 사망, 시체 가지러 오라'는 전보가 도착했다. 부친 윤영석과 윤동주의 오촌 당숙 윤영춘은 후쿠오카 교도소를 찾았다.

윤동주(뒷편 오른쪽)와 송몽규(앞줄 가운데)

윤영춘은 윤동주보다 다섯 살 위로서 가수 윤형주의 부친이다. 윤영춘은 1934년에 월간지 《신동아》 현상문예에 1등으로 당선된 적이 있는 시인이다. 필명 활빈으로 소설 〈간도의 어느 날〉, 시 〈무화과〉, 장편 서사시 〈하늘은 안다〉, 《백향목》 시집 등을 냈다. 윤영춘은 경교장의 백범 김구가 마지막 순간에 읽고 있었던 시집인 1947년 출판된 《현대중국시선》의 번역가이기도 하다.

　그들은 송몽규부터 면회했는데 매일 이름도 모르는 주사를 맞는다는 그는 매우 여위어 있었고, 윤동주도 마찬가지로 주사를 맞아 왔다고 하였다.

　일본인 간수의 말에 따르면 윤동주는 숨을 거두기 직전에 조선말로 외마디소리를 질렀다고 한다. 어쩌면 조국의 독립 만세를 울부짖으며 마지막 숨을 거두었는지도 모른다. 그의 사인은 확실히 알려지지 않았으나 그가 생체실험의 제물이 되었다는 주장도 상당한 근거가 있는 것이다. 그의 생체실험은 당시 일본의 태평양 전쟁의 막바지에서 전상자가 속출하는데 수혈용 피가 턱없이 부족하자 식염수를 혈액 대용으로 쓸 수 있는지를 연구하기 위한 것이었다고 한다.

　문학평론가 권영민은 윤동주를 민족 시인으로 부르는 까닭을 이렇게 말했다.

　"윤동주의 비극은 험악한 일제 말기와 우리 민족에 대한 탄압이 절정에 이르렀을 때, 민족의 긍지를 잃지 않고 순수와 아름다움으로 삶을 이어 나가려고 한 데 있었다. 우리말로 시를 쓴다는 행위가 단순히 시를 쓴다는 것 이상을 의미했던 그 시대에 있어서 그것은 반역을 의미했던 것이다. 자유와 인간 존엄과 순수를 용납하지 않던 시대적 조류 한가운데에서 윤동주는 여러 몸짓으로 고고하게 홀로 서 있으려 했지만, 일제는 무참하게 그의 목숨을 앗아가고 말았다.

단지 억압과 굴종의 큰 흐름에 합류하지 않는다는 이유로 시대의 물살은 그의 몸에 세차게 부닥쳐 왔고, 그는 생을 마감하면서 '저항'과 또 다른 차원의 '순수'라는 한국적 정서의 황금률을 세상에 남겼다.

일제는 그처럼 잔혹하게 스물일곱 살의 젊고 순결한 영혼의 시인 윤동주를 앗아 갔지만, 윤동주는 그 일제 말기 암흑기에 찬란하게 빛나는 문화유산을 남긴 마지막 한 사람의 시인으로 기억되고 있다."

윤동주 시인의 삶과 죽음은 일제강점기 우리 민족의 수난과 비극을 상징하고 있다. 그의 시는 민족의 아픈 상처와 한을 드러낸 세월의 강을 넘어 언제나 겨레의 가슴속 깊이 새겨진 숨결이고 맥박이다.

## 기독교적인 체험이 삶의 영성으로

윤동주의 유고 시집 《하늘과 바람과 별과 시》의 정음사 초판이 1948년 1월에 상재되었다. 그의 시는 기독교 정신을 담아내고 있으며, 기독교적 체험이 일상으로 젖어든 삶의 영성을 형상화하였다. 암울한 시대에 맞서는 시인의 기독교적 발상을 드러내는 그의 시에는 빛과 어둠, 낮과 밤의 심상을 매개로 하여 인성의 근본문제를 표상하였다.

초 한 대

초 한 대 -

내 방에 풍긴 향내를 맡는다.

광명의 제단이 무너지기 전
나는 깨끗한 제물을 보았다.

염소의 갈비뼈 같은 그의 몸,
그의 생명인 심지(心志)까지
백옥 같은 눈물과 피를 흘려
불살라 버린다.

그리고도 책상머리에 아롱거리며
선녀처럼 촛불은 춤을 춘다.

매를 본 꿩이 도망하듯이
암흑이 창구멍으로 도망한
나의 방에 풍긴
제물의 위대한 향내를 맛보노라.

이 시는 윤동주가 용정 은진중학교에 다닐 때인 1934년 12월 24일 성탄전야에 그의 나이 15세에 쓴 처녀작이다. 예수의 수난을 이미지로 한 의식의 기본구조는 어둠과 희생이다. 시인은 '춤추는 촛불'과 '도망치는 암흑'을 병치하였다. 암흑으로 표상되고 있는 절망상황에서 초월케 하는 구원의 빛으로 촛불이 드러난다. 그러한 촛불의 존재를 가능하게 하는 것은 '눈물'과 '피'를 통한 희생이다. 촛불은 자기희생으로써 암흑을 몰아내는 제물인 것이다. 이는 처절한 고독 속에서 이루어지는 시인 자신에 대한 성찰을 바탕으로, 또한 시인이 추구하는 삶의 태도를 투영하고 있다.

어느 하나 남김없이 '깨끗이 타 들어가는 촛불'의 이미지로서 윤동주는 어두운 현실을 극복해 가는 희생을 묘사하였다. 일제의 압제로 인해 처하게 된 암담한 조국의 현실에 대한 잠재적인 저항과 희생 의지를 표출하였다. 죄악의 어둠으로부터 광명으로 전환해내는 예수의 십자가 희생은 생명 회복으로 확대된다. 선녀처럼 춤을 추며 아름답게 타오르는 촛불은 어두움의 현실을 넘어서는 생명과 사랑과 평화가 가득한 나라 자체인 예수 그리스도를 추구하는 것이다.

'초 한 대'로 의인화된 예수가 깨끗한 제물로 제시되면서, 초는 염소의 갈비뼈 같이 타서 흘러내리는 그의 몸으로, 촛물은 백옥 같은 눈물과 피로, 흔들리는 촛불은 선녀의 형상으로 구체화 되고 있다. 궁극적으로는 '창구멍으로 도망간' 암흑과 대칭을 이룬다. 그러므로 시의 결구에서 시인의 의식은 초가 타오름으로 제물처럼 바쳐진 예수의 희생으로 고양된다. 그렇다면 시인의 방은 인류 세계 전체를 암시하며 '초 한 대'는 예수를, 암흑은 인간 세상에 자리 잡은 죄의 절망을 상징한다. 생명인 심지까지 백옥 같은 눈물과 피를 흘려 불태우는 예수의 대속을 의인화한 것이다. 시인은 빛을 남기고 나서 몸은 녹아 없어지는 초의 특성으로 역사적 인물 예수의 수난과 죽음을 연상하게 하였다. 동시에 윤동주는 자신을 어린양 예수처럼 민족의 제단, 인류의 제단 위에 오를 순결한 제물로 인식한 것이다. 〈한국근현대시와 평설 Ⅱ. 조신권, 아가페 문화사 2016 참조〉

기독교의 희생양을 통한 어둠에서 밝음에로의 존재 초월은 윤동주 시의 중요한 모티브이다. 윤동주는 1941년 5월 31일에 발표한 〈십자가〉에서 이러한 어둠 속에서의 희생을 보다 구체적으로 드러냈다.

십자가(十字架)

쫓아오던 햇빛인데
지금 교회당 꼭대기
십자가에 걸리었습니다.

첨탑(尖塔)이 저렇게도 높은데
어터게 올라갈 수 있을까요.

종소리도 들려 오지 않는데
휘파람이나 불며 서성거리다가,

괴로웠던 사나이,
행복한 예수 그리스도에게
처럼
십자가가 허락된다면

모가지를 드리우고
꽃처럼 피어 나는 피를
어두워 가는 하늘 밑에
조용히 흘리겠습니다.

윤동주는 〈십자가〉에서 기독교적 순교 의식을 고통과 행복을 병치하여 시인의 갈등으로 드러내고 있다. 화자가 첨탑에 올라갈 수 없기에 홀로 서성거리며 방황한다. '괴로웠던 사나이/ 행복한 예수 그리스도'라는 시어는 시인의 의식에서 고통과 행복이 동행하고 있음을 의미하고 있다. 예수 그리스도를 고통과 행복이란 상반된 시어로 접속하는 것은 시인이 예수를 고통의 수용을 통해 행복하게 되는 삶의 원형으로 인식하였기 때문이다.

예수 그리스도는 현실에서 인류의 모든 짐을 지고 괴로워했지만, 십자가에 못 박혀 희생하였기에 도리어 행복한 예수 그리스도라고 시인은 묘사하였다. 그래서 시인은 자신에게도 십자가가 허락된다면 '모가지를 드리우고/ 꽃처럼 피어나는 피를/ 어두워가는 하늘 밑에 조용히 흘리겠습니다' 라는 순교의식을 드러내고 있다.

윤동주의 〈십자가〉는 읽은 이들에게 번민과 회한을 느끼게 한다. 윤동주가 부대낀 그때 그 시절의 역사가 너무나 힘들고 벅차다. 그러나 지금 우리가 사는 이 시대는 매사가 쉬워 마치 십자가마저 조금도 괴로운 것이라 여기지 않게 되었다. 그러나 삶의 현장에서 고통을 느낄 수 있을 때 우리는 비로소 행복한 예수 그리스도를 볼 수 있을 것이다.


## 여리고 순수한 맑은 심상을 가진 윤동주

정지용이 윤동주의 아우되는 윤일주에게 묻고 그는 윤동주를 답했다.

"동주는 무슨 연애 같은 것이나 있었냐?"

"하도 말이 없어서 모릅니다."

"담배는?"

"집에 와서는 어른들 때문에 피우는 것 못 보았습니다."

"인색하지 않았나?"

"누가 달라면 책이나 셔츠나 거저 줍데다."

"공부는?"

"책을 보다가도 집에서나 남이 원하면 시간까지도 아끼지 않습데 다."

"심술(心術)은?"

"순하디 순하였습니다."

"몸은?"

"중학 때 축구 선수였습니다."

"주책(籌策)은?"

"남이 하자는 대로 하다가도 함부로 속을 주지는 않습데다."

윤동주의 동생 윤일주는 그 시절을 회고하면서 "축구 선수였던 형은 어머니의 손을 빌리지 않고 유니폼에 이름도 혼자 만들어 붙이고 기성 복도 손수 재봉틀로 적당히 고쳐 입었습니다."라고 말했다. 남성적인 운동인 축구 선수였던 윤동주가 당시 가부장적인 사회에서도 손수 재 봉틀로 옷을 지어 입은 것으로 보아 그의 내면에 자리한 섬세하고 여 성적인 정서를 엿볼 수 있다.

윤일주는 윤동주의 유고 시집 발문에 이렇게 적었다.

"그즈음에 백석(白石)의 시집 《사슴》이 출간되었는데, 100부 한정판 인 까닭에 그 책을 구할 수가 없어 도서관에서 온종일 걸려 정자(正字) 로 베껴 내고야 말았습니다. 그리고 그것을 퍽 소중하게 지니고 다녔 습니다."

윤일주의 회고는 윤동주의 성격을 보다 구체적으로 알게 해준다.

"문학 서적만 들고 다니던 형이었기에 성적 중에서 수학이 으뜸가는 것에 다들 놀랐습니다. 특히 기하학을 좋아했는데 아마 치밀한 성품 때문이 아니었을까 생각합니다."

윤동주는 연희전문학교 문과를 다니다가 방학이 되어 집에 돌아오 면 배바지, 배적삼에 밀짚모자를 쓰고 다니기를 즐겼다. 그는 그런 차림으로 황소를 몰고 나가기도 했는데, 그의 손에는 언제나 릴케나 발레리의 시집이 들려 있었다.

소를 몰고 가다가 일하는 시골 아낙네들을 보면 따뜻하게 말을 건네었고, 골목길에서 노는 아이들과 함께 씨름도 했으며, 들꽃을 꺾어 가슴에 꽂거나 책갈피 사이에 끼워 두기도 하였다.

집안일을 도와 소 꼴도 베고 물도 길었다. 때로는 할머니를 도와 맷돌질을 했다. 평소에는 과묵했지만, 할머니와 마주 앉아 맷돌질을 할 때면 서울 이야기를 재미나게 들려주기도 했다. 한편 체질적으로 허약했던 어머니를 간병하며 말동무가 되어 주기도 했다.

또 저녁이 되면 습관처럼 동생의 손을 잡고 산책길을 나섰다. 그 무렵 1938년 9월 15일에 쓴 시 〈아우의 인상화(印象畵)〉에 형제애의 뜨거운 정을 묘사했다.


붉은 이마에 싸늘한 달이 서리어
아우의 얼굴은 슬픈 그림이다.


발걸음을 멈추어
살그머니 애딘 손을 잡으며
"늬는 자라 무엇이 되려니"
"사람이 되지"
아우의 설은 진정코 설은 대답이다.


슬며-시 잡았던 손을 놓고
아우의 얼굴을 다시 들여다 본다.


싸늘한 달이 붉은 이마에 젖어

아우의 얼굴은 슬픈 그림이다.

윤동주는 아우의 '애딘' 손을 잡았다고 시어로 적었다. '애딘'이란 '앳된', '여리다'는 뜻으로, 아우의 '사람이 되지'라는 말에 대한 시인의 반응은 살아있는 시어이다.

1936년에 쓴 윤동주의 〈편지〉에는 이별한 누나에 대한 사모의 정이 눈처럼 수북하게 쌓여 있다.

누나!
이 겨울에도
눈이 가득히 왔습니다.

흰 봉투에
눈을 한 줌 옇고
글씨도 쓰지 말고
우표도 붙이지 말고
말쑥하게 그대로
편지를 부칠까요

누나 가신 나라엔
눈이 아니 온다기에.

윤동주의 착하고 여린 마음이 손에 잡힐 듯하다. 시인의 착하고 선한 심성은 어디든 갈 수 있고, 무엇이든 이을 수 있다. 윤동주의 동시 〈편지〉에는 지상과 천상으로 나누어진 두 세계의 화해를 갈망하고 있다. 흰 봉투에 눈을 한 줌 옇고 누나 가신 나라로 편지를 부치는 시인의 순백한 마음이 눈의 색깔처럼 하얗기만 한 것이다. 눈은 지상과 천상을 이어 주는 매개이다. 굳이 말하지 않아도 시인의 선한 마음을 다 알아들을 수 있다. 《하늘과 바람과 별과 시》, 권영민 편저 문학사상사 1995 참조〉


## 별을 헤아리고 별을 노래한 시성

윤동주 하면 누구나 떠오르는 시는 1941년 11월 5일에 쓴 〈별 헤는 밤〉이다.

계절이 지나가는 하늘에는
가을로 가득 차 있습니다.

나는 아무 걱정도 없이
가을 속의 별들을 다 헤일 듯합니다.

가슴속에 하나 둘 새겨지는 별을
이제 다 못 헤는 것은
쉬이 아침이 오는 까닭이요,
내일 밤이 남은 까닭이요,
아직 나의 청춘이 다하지 않은 까닭입니다.

별 하나에 추억과
별 하나에 사랑과
별 하나에 쓸쓸함과

별 하나에 동경과
별 하나에 시와
별 하나에 어머니, 어머니,

어머님, 나는 별 하나에 아름다운 말 한마디씩 불러 봅니다.
　소학교 때 책상을 같이 했던 아이들의 이름과, 패, 경, 옥 이런 이국
소녀들의 이름과 벌써 애기 어머니 된 계집애들의 이름과, 가난한 이
웃 사람들의 이름과, 비둘기, 강아지, 토끼, 노새, 노루, 프랑시스 잠,
라이너 마리아 릴케, 이런 시인의 이름을 불러봅니다.

이네들은 너무나 멀리 있습니다.
별이 아슬히 멀 듯이,

어머님,
그리고 당신은 멀리 북간도에 계십니다.

나는 무엇인지 그리워
이 많은 별빛이 내린 언덕 위에
내 이름자를 써보고,
흙으로 덮어 버리었습니다.

딴은 밤을 새워 우는 벌레는
부끄러운 이름을 슬퍼하는 까닭입니다.

그러나 겨울이 지나고 나의 별에도 봄이 오면
무덤 위에 파란 잔디가 피어나듯이

내 이름자 묻힌 언덕 우에도
자랑처럼 풀이 무성할게외다.


〈별 헤는 밤〉은 가을 속의 별과 가슴 속의 별이 대응하는 구조이다. 시인은 가을 속의 별을 헤아린다. 이런 헤아림은 곧 가슴 속의 별을 헤아리는 일인 것이다. 이 시에서 '별'은 추억, 사랑, 쓸쓸함, 동경, 시, 어머니, 아름다움을 표상하고 있다. 이런 상징에는 '서시'에 나오는 '죽어가는 것들을 사랑하는 마음'과 통한다. 그러나 이런 세계는 '별이 아슬히 멀 듯이' 너무나 먼 곳에 있다. 시인은 '별'을 바라보면서 자신의 삶에 부끄러움을 느낀다.

'나는 무엇인지 그리워/ 이 많은 별빛이 내린 언덕 우에/ 내 이름자를 써보고/ 흙으로 덮어 버리었습니다.'는 이런 부끄러움을 동기로 하는 화자의 상징적 죽음을 암시한다. 그는 자신의 죽음이 겨울을 지나 봄이 되면 새로운 삶, 곧 '파란 잔디'로 새롭게 피어나리라고 믿는다. 이는 부활을 의미하는 것이라고 이승훈은 해석하였다. 김윤식은 타향에서 시달린 화자가 고향으로 돌아왔지만, 고향에서도 죽어가는 자아를 느끼고 또 다른 고향을 갈망한다고 〈별 헤는 밤〉의 고향을 해석했다.

애뜻, 애잔, 애석, 외로움, 다정, 다감, 슬픈 얼굴들이 이 시 속에 다 살아있다. 많은 얼굴들을 지칭하는 '이네들'이란 시어는 정답기도 하고 슬프기도 하다.


윤동주의 또 다른 대표작 〈서시(序詩)〉는 1941년 11월 20일에 연희전문학교 교정에서 썼다.


죽는 날까지 하늘을 우러러

한 점 부끄럼이 없기를,

잎새에 이는 바람에도

나는 괴로워했다.

별을 노래하는 마음으로

모든 죽어가는 것을 사랑해야지

그리고 나한테 주어진 길을

걸어가야겠다.


오늘 밤에도 별이 바람에 스치운다.


　일제강점기 시대에 있어서 한 점 '부끄러움' 없이 사는 것은 지난했다. 시인이 '잎새에 이는 바람에도/ 나는 괴로워했다.'라고 한 것은 '잎새'를 흔들 정도의 미세하고 여린 바람의 세기에도 괴로워하는 시인의 심상을 드러낸 것이다. 아주 작은 허물과 잘못도 용인할 수 없다는 시인의 결벽증을 보여주고 있다고 할 것이다. '별을 노래하는 마음으로/ 모든 죽어가는 것을 사랑해야지/ 그리고 나에게 주어진 길을 걸어가야겠다.'는 시인의 다짐은 일제강점기에서 신음하는 민족을 기독교적 사랑으로 품고자 한 것이다. 나아가서는 그렇게 사는 것이 자신에게 주어진 소명이라는 것이다.

　'오늘 밤에도 별이 바람에 스치운다.'라는 결어는 시인의 삶을 바람이 이리저리 흔들어대도 순결을 지향하겠다는 고백이다.


　나는 1985년 무렵에 방송에서 조영남이 윤동주의 '서시'를 부르는 것을 듣게 되었다. 그 노래를 듣는 순간에 내가 하는 기독교문화상의 음악 부문에 윤동주의 '서시'를 수상작으로 세우는 것이 기독교 문화 형성과 창달에 이바지하는 일이라고 생각했다. 나는 윤동주의 6촌 되는 가수 윤형주에게 전화해서 '서시'의 작곡자에게 상을 주고자 하는데 그가 작곡하였느냐고 물었었다. 윤형주는 자신이 아니고 조영남이 작곡한 거라고 하였다. 사실 윤형주는 그의 6촌 형 되는 윤동주의 시에다 곡을 붙여 노래하고자 했었다. 그러나 그의 부친 되는 윤영춘이 윤동주의 시 자체가 완전체인데 다른 것으로 변환시키면 훼손할 수 있음을 경계하였다고 하였다. 나는 윤형주가 가르쳐 준 대로 조영남의 집으로 전화를 했다. 윤여정이 전화를 받았는데 조영남에 대한 반응이 별로 안 좋았다. "난 그 사람이 도대체 뭐 하고 다니는지 모릅니다. 지금 집에 없으니 다음에 전화해서 직접 알아보세요." 여러 차례 집에 전화해서 통화가 되어 조영남을 정동에 있는 난다랑에서 만나 그를 제3회 기독교문화상 음악 부문 수상자로 확정했었다. 그날, 조영남에 관하여 무관심하게 전화를 받았던 윤여정은 1987년에 그와 이혼하였다.

순수하고 순결한 윤동주의 〈서시〉를 조영남이 작곡하고 불러서 대중에게 알렸다는 것은 아이러니이기도 하다. 어떻게 보면 인간이란 누구나 죽는 날까지 하늘을 우러러 한 점 부끄럼이 없지 못하기에 윤동주의 〈서시〉는 누구에게나 괴로움을 주고 있다. 어떤 가식과 허풍이 없는 순백한 〈서시〉를 읊조리다 보면 내게도 부끄러움이 생긴다. 〈서시〉는 윤동주이고, 우리에게 주어진 길이다.


## 윤동주가 꿈꾸는 이상 세계

윤동주 탄생 100주년을 맞이하면서 소강석 시인은 《다시, 별 헤는 밤》이라는 시집을 냈다. 소강석 시인은 윤동주의 작품과 삶에 대한 메타 시를 썼다. 소강석은 윤동주의 내면으로 들어가기도 하고 그를 자

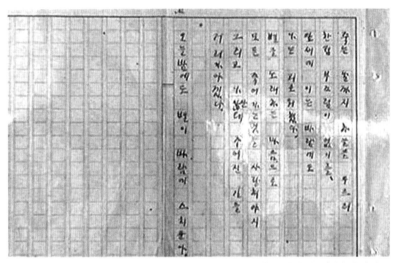

윤동주 자선 시집에 들어 있는 〈서시〉 육필 원고

신 안에 끌어들이기도 하면서 윤동주 평전 시를 냈다. 한국 문단사 최초의 윤동주 평전 시집이라는 문학사적 의미와 진정성, 시적 완성도를 평가 받아 윤동주 탄생 100주년을 맞아 시인 소강석은 윤동주문학상을 수상하였다. 소강석 시인은 윤동주라는 별을 찾아 떠난 그의 여정 《별빛 언덕 위에 쓴 이름》이란 에세이까지 연달아 샘터에서 출간하였다. 시인 소강석은 윤동주라는 시성을 추앙하는 문학세계를 형성하였다. 그는 윤동주가 1941년에 꿈꾸었던 이상 세계를 담아 쓴 〈간판(看板)없는 거리〉라는 시를 주목했다.

정거장 플랫폼에
내렸을 때 아무도 없어,

다들 손님들뿐,
손님 같은 사람들뿐,

집집마다 간판이 없어
집 찾을 근심이 없어

빨갛게
파랗게
불붙은 문자(文字)도 없이

모퉁이마다
자애로운 헌 와사등(瓦斯燈)에
불을 켜놓고,

손목을 잡으면
다들, 어진 사람들
다들, 어진 사람들

봄, 여름, 가을, 겨울
순서로 돌아들고.

　윤동주는 일제의 폭압과 압제에 시를 쓰며 저항하고 항거했지만, 그가 바라고 꿈꾸었던 이상향이 있었다. 그것은 세계열강의 야만적 폭력과 침탈이 사라지고 러시아, 중국, 일본, 대한제국이 함께 평화롭게 어우러져 사는 세계이기에, 윤동주의 내적 염원을 담아낸 시가 〈간판 없는 거리〉라는 시라고 소강석 시인은 지적했다.

　인간은 목적지에 도착하면 어김없이 정거장에 내리게 되어 있다. 다들 손님들이고 집집마다 간판이 없다는 것은 목적지엔 국가가 없다는 것이다. 서로가 손목을 잡으면 어진 사람들이 되고, 봄, 여름, 가을, 겨울의 계절이 순서대로 돌아가듯 자연스러운 세계를 맞이하자는 것이 시인의 지향점이다. 지금의 삶이 비록 자연스럽지 못하나 한반도를 에워싸고 있는 모든 나라가 평화 공생하자고 윤동주는 말한다. 윤동주는 항일정서를 넘어, 온 세상이 평화롭게 사는 세계를 희구하고 있다.

　윤동주는 1942년 4월에 도쿄의 릿쿄대에 입학하였다가 10월에 도시샤대 영문과로 옮겼다. 고종사촌 형 송몽규는 교토제대 서양학과에 입학하였다. 윤동주와 송몽규는 당시 도쿄에서 영문학 강사였던 5촌 당숙 윤영춘과 자주 어울렸다. 차디찬 육첩방 다다미 위에서 프랑시스 잠과 장 콕토와 나이두의 시로 긴 밤을 지새우기 일쑤였다.

윤동주는 1942년 6월 3일에 남의 나라 일본에서 다다미가 여섯 장 깔린 육첩 방에 엎드려 〈쉽게 씌여진 시〉를 쓰게 되었다.

창 밖에 밤비가 속살거려
육첩방(六疊房)은 남의 나라,

시인이란 슬픈 천명(天命)인 줄 알면서도
한 줄 시를 적어 볼까,

땀내와 사랑 내 포근히 품긴
보내 주신 학비 봉투를 받아

대학 노—트를 끼고
늙은 교수의 강의 들으러 간다.

생각해 보면 어린 때 동무를
하나, 둘, 죄다 잃어버리고

나는 무얼 바라
나는 다만, 홀로 침전(沈澱)하는 것일까?

인생은 살기 어렵다는데
시가 이렇게 쉽게 씌어지는 것은
부끄러운 일이다.

육첩방은 남의 나라

창 밖에 밤비가 속살거리는데,

등불을 밝혀 어둠을 조금 내몰고,
시대처럼 올 아침을 기다리는 최후의 나,

나는 나에게 작은 손을 내밀어
눈물과 위안으로 잡는 최초의 악수.

윤동주에게 있어서 시인이라는 '천명'은 시인은 하늘의 명령에 귀를 기울여야 하는 자라는 뜻이다. 시인은 하늘의 목소리에 따라 시를 써야 하는 존재임에도 불구하고, 곧 하늘의 목소리에 따른 시가 아닌 한 줄의 시를 적고 싶다고 한다. 생각해보면 어릴 때 동무를 죄다 잃고 홀로 가라앉는 삶에 대한 성찰이다. '시대처럼 올 아침'을 기다리는 '최후의 나'라는 시구에서 윤동주의 종말론적 세계관을 암시하고 있다. 윤동주의 시에 나타난 빛의 세계는 그의 삶과 시를 지탱하고 있는 원동력이고 보루이다. 어둠에 대한 고뇌를 자기희생으로써 마주 서면서 도래할 빛의 세계를 기다리는 윤동주 시의 기본구조를 보여준다.

잡을 손이라야 자신의 손이 전부였던 시인의 손은 그의 마음이다. 남의 나라 육첩방의 눅눅한 외로움에 시인의 뼈는 시리었을 것이다.

## 윤동주의 부끄러운 자화상, 참회록

윤동주는 1939년 9월에 우물에 비친 자신의 내면을 묘사한 〈자화상(自畵像)〉이란 시를 지어서 1941년 연희전문의 《문우》에 발표하였다

산모퉁이를 돌아 논 가 외딴 우물을 홀로 찾아가선
가만히 들여다 봅니다.

우물 속에는 달이 밝고 구름이 흐르고 하늘이
펼치고 파아란 바람이 불고 가을이 있습니다.

그리고 한 사나이가 있습니다.
어쩐지 그 사나이가 미워져 돌아갑니다.

돌아가다 생각하니 그 사나이가 가엾어집니다.
도로 가 들여다보니 사나이는 그대로 있습니다.

다시 그 사나이가 미워져 돌아갑니다.
돌아가다 생각하니 그 사나이가 그리워집니다.

우물 속에는 달이 밝고 구름이 흐르고 하늘이
펼치고 파아란 바람이 불고 가을이 있고
추억처럼 사나이가 있습니다.

윤동주는 우물을 통해서 자신의 모습을 들여다본다. 〈자화상〉은 일제강점기를 살아가는 시인이 직접 저항하지 못하는 자아에 대한 부끄러움이 드러난다. 우물에 비친 못난 자아가 미워져 돌아가지만 생각하니 가엾어져서 다시 돌아가 우물을 본다. 여전히 가엾은 자아는 다시 그 자리에 있어서 돌아가지만, 그 사내가 그리워진다는 부끄러운 내면을 다시 확인한다. 윤동주의 〈자화상〉은 나의 부끄러운 자화상이기도 하다.

윤동주는 1942년 1월 30일경에 쓴 시 〈참회록〉에서 '거울'이라는 시적 소재를 통해서 자신의 삶을 성찰한다. 인간의 마음속에는 저마다의 거울이 하나씩 숨겨져 있다. 시인은 양심, 자아, 내면이라는 거울로 자신을 닦아 보자는 것이다.

파란 녹이 낀 구리 거울 속에
내 얼굴이 남아 있는 것은
어느 왕조의 유물이기에
이다지도 욕될까

나는 나의 참회의 글을 한 줄에 줄이자
―만 이십사 년 일 개월을
무슨 기쁨을 바라 살아왔던가

내일이나 모레나 그 어느 즐거운 날에
나는 또 한 줄의 참회록을 써야 한다.
―그때 그 젊은 나이에
왜 그런 부끄런 고백을 했던가

밤이면 밤마다 나의 거울을
손바닥으로 발바닥으로 닦아 보자

그러면 어느 운석 밑으로 홀로 걸어가는
슬픈 사람의 뒷모양이
거울 속에 나타나 온다.

윤동주의 장례식

윤동주는 '파란 녹이 낀 구리 거울' 속에 보이는 자아를 성찰했다. 스스로를 욕된 자아로 인식하였다. 시인은 자기 성찰의 끝에서 떨어지는 운석을 보고 자신이 그 별 밑을 홀로 걸어가는 슬픈 사람이라고 인식하였다. 윤동주는 만 24년 1개월의 짧은 시간을 그렇게 통렬히 참회했으나, 나의 오랜 일기는 손바닥으로 발바닥으로 밤마다 닦은들 깨끗해질 것인가.

비록 지금은 구리 거울로 희미하게 모습을 비춰 보지만 그날이 오면 얼굴과 얼굴을 맞대고 분명히 볼 것이다. 내 비록 지금은 알고 있는 것이 모두 다 몽롱하고 흐리나 주 앞에 서게 되면 하나님께서 내 마음을 꿰뚫어 보시듯 나도 모든 것을 분명히 알 수 있을 것이다.

나의 지난날은 말하는 것이나 생각하는 것이나 판단하는 것이 모두 다 어렸으니 예수님을 마주하게 되면 어렸을 적 말이나 생각이나 판단을 모두 다 내버리게 될 것이다.


스물일곱 살의 짧은 생애를 살았던 윤동주는 희미하게 보이는 우리의 구리 거울이다. 윤동주라는 변함없는 시대의 거울은 우리가 행한 부끄러움을 깨우쳐 주고 있다. 윤동주가 이 땅에 온 지 105년, 그리고 그가 민족의 제단에 순혈로 바쳐진 지 77년이 흘렀다. 우리는 윤동주가 걸어간 스물일곱 성상에 쓴 그의 시에서 우리 각자에게 주어진 길을 찾아가야 할 것이다. 윤동주가 회의와 주저함을 넘어서 희생양 예수처럼 시대의 소명을 따른 것 같이 우리도 우리의 소명의 길을 따를 수 있어야 할 것이다. ✤

# 김현승 시 세계, 사라짐과 영원성

다형(茶兄) 김현승은 1913년 4월 4일 평양에서 아버지 김창국, 어머니 양응도의 차남으로 출생하였다. 그는 부친 김창국 목사를 따라 7세에 전라남도 광주로 이주하였다. 광주 양림동에서 살면서 숭실중학교와 숭실전문학교 문과를 졸업하였다.

# 김현승 시 세계, 사라짐과 영원성

## 쓸쓸한 겨울 저녁이 올 때 당신들은

쓸쓸한 겨울 저녁이 올 때 당신들은

아침해의 축복과 사랑을 받지 못하는 크고 작은 유리창들이
순간의 영광답게 최후의 찬란답게 빛이 어리었음은
저기 저 찬 하늘과 추운 지평선 위에 붉은 해가 피를 뿌리고 있습니다.
날이 저물어 그들의 황홀한 심사가 멀리 바라보이는
광활한 하늘과 대지와 더불어 황혼의 묵상을 모으는 곳에서
해는 날마다 그의 마지막 정열만을 세상에 붓는다 합니다.
여보세요. 저렇게 붉은 정열만은 아마 식을 날이 없겠지요.
아니 우랄산 골짜기에 쏟아뜨린 젊은 사내들의 피를 모으면 저만할까?

그렇지요. 동방으로 귀양간 젊은이들의 정열의 회합이 있는 날
아! 저 하늘을 바라보세요.
황금창을 단 검은 기차가
어둡고 두려운 밤을 피하여 여명의 나라로 화살같이 달아납니다.
그늘진 산을 넘어와 광야의 시인―검은 까마귀가 성읍을 지나간 후
어두움이 대지에 스며들기 전에
열차는 안전지대의 휘황한 메트로폴리스를 향하여
암흑이 절박한 북부의 설원을 탈출한다 하였습니다.
그러면 여보! 이날 저녁에도 또한 밤을 피하지 못하는 사람들이 있
지 않습니까?

숭실전문학교 시절 김현승 시인

적막한 몇 가지 일을 남기고 해는 졌습니다그려!

참새는 소박한 깃을 찾고,

산속의 토끼는 털을 뽑아 둥지에 찬바람을 막고 있겠지요.

어찌 회색의 포플러인들 오월의 무성을 회상하지 않겠습니까?

불려가는 바람과 나려오는 서리에 한평생 늙어버린 전신주가

더욱 가늘고 뾰죽해질 때입니다.

저녁 배달부가 돌아다닐 때입니다.

여보세요. 쓸쓸한 겨울 저녁이 올 때 허다한 사람들에게

행복한 시간을 프레젠트하는 우편물입니까?


해를 쫓아버린 검은 광풍이 눈보라를 날리며 개선행진을 하고 있습니다그려!

불빛 어린 창마다 구슬피 흘러나오는 비련의 송가를 듣습니까?

쓸쓸한 저녁이 이를 때 이 땅의 거주민이 부르는 유전의 노래입니다.

지금은 먼 이야기, 여기는 동방

그러나 우렁차고 빛나던 해가 서쪽으로 기울어지던 날

오직 한마디의 비가를 이땅에 남기고 선인의 발자취가

어두움 속으로 영원히 사라졌다 합니다.

그리하여 눈물과 한숨, 또한 내어버린 웃음 위에

표랑의 역사는 흐르는 세월과 함께 쓰여져왔다 합니다.


그러면 여보, 이러한 이야기를 가진 당신들!

쓸쓸한 저녁이 올 때 창 밖에 안타까운 집시의 노래를 방송하기엔

―당신들의 정열은 너무도 크지 않습니까?

표랑의 역사를 그대로 흘려보내기엔

—당신들의 마음은 너무도 비분하지 않습니까?

너무도 오랫동안 차고 어두운 이 땅,

울분의 덩어리가 수천 수백 강렬히 불타고 있었었습니다그려!


마침내 비연의 감정을 발끝까지 찍어버리고

금붕어 같은 삶의 기나긴 페이지 위에 검은 먹칠을 하고

하고서, 강하고 튼튼한 역사를 또다시 쌓아올리고

캄캄하던 동방산 마루에 빛나는 해를 불쑥 올리려고.

밤의 험로를 천리나 만리를 달려나갈 젊은 당신들—

정서를 가진 이, 일만 사람이 쓸쓸하다는 겨울 저녁이 올 때

구슬픈 저녁을 더더 장식하는 가냘픈 선율 끝에 매어달린 곡조와

당신의 작은 깃을 찾는 가엾은 마음일랑 작은 산새에게 내어주고

녹색 등잔 아래 붉은 회화를 그렇게 할 이웃에게 맡기고

여보! 당신들은 맹렬한 바람이 부는 추운 거리로 나아가야 하지 않겠습니까?

소름 찬 당신들의 일을 하여야 하지 않겠습니까?


김현승의 〈쓸쓸한 겨울 저녁이 올 때 당신들은〉은 1930년대 모더니즘, 이미지즘의 영향을 받고 있다. 그의 이미지즘 기법은 릴케, 엘리엇, 발레리의 상징주의의 영향을 받았으며 김기림, 정지용의 모더니즘, 니힐리즘 기법을 이어받았다.

다형 김현승이 숭실전문학교 문과 2년에 재학하면서 1934년 상기 시를 당시 숭실전문학교 양주동 교수의 추천으로 《동아일보》에 발표하였다. 그의 시는 88년이 지난 지금 읽어도 감상을 배격한 지성적인 모더니즘 시의 전형을 구축하였음을 알 수 있다. 그는 릴케적 수법인 관념의 사물화라라는 한국시 사상의 시적 자산을 이루어냈다.

다형의 시가 발표되자 당시 《동아일보》 문화부장 서항석, 《조선일보》 문화부장 이태준과 김기림, 임화, 양주동 등으로부터 앞다투어 깊은 관심을 받았다.

김현승은 일제강점기에 비관적 현실 인식의 태도를 보이면서 사물의 의인화 경향을 나타냈다. 시대적 불행을 극복하고자 하는 민족의 희원을 자연으로 시적 대상화하는 그의 자연에 대한 시적 해석은 암울한 시대 극복에 대한 갈망을 드러냈다.

김현승의 시, 첫 단계는 데뷔작 〈쓸쓸한 겨울 저녁이 올 때 당신들은〉〈어린 새벽은 우리를 찾아온다 합니다〉〈새벽은 당신을 부르고 있습니다〉 등이 초기 단계이다. 두 번째는 한국전쟁 이후 〈옹호자의 노래〉 속의 가을 주제와 〈플라타너스〉 등의 단계이다. 세 번째는 〈견고한 고독〉〈절대 고독〉으로 표상되는 마지막 단계이다.

김현승은 기독교 집안에서 목사의 아들로 태어나 기독교 신앙에 충실하였다.

그는 "나와 목사였던 나의 형은 전문학교에 다닐 때까지도 방학 때 집에 내려가면 목사님이시던 아버님이 사랑채에 우리를 불러 꿇어앉게 하시고 객지에서 공부할 때 십계명을 어긴 일이 있느냐고 조목조목이 물으셨다. 그러나 형과 나는 양심의 가책을 느끼지 않고 어기지 않았다고 떳떳이 대답하곤 하였다."라고 하였다. 김현승은 그 신앙에 회의하여 신을 떠나 고독의 세계로 깊게 침잠하여 인간 중심주의의 강렬한 도덕의식을 시화하기도 했다.


## 사라짐과 영원성

김현승의 시 세계는 사라짐과 영원성을 묘사하고 있다. 〈옹호자의 노래〉에 실려 있는 〈지상의 시〉에서 다형(茶兄)은 이렇게 노래하고 있다.

보다 아름다운 눈을 위하여
보다 아름다운 눈물을 위하여
나의 마음은 지금, 상실의 마지막 잔이라면,
시는 거기 반쯤 담긴
가을의 향기와 같은 술……

사라지는 것들을 위하여
사라지는 것만이, 남을 만한 진리임을 위하여
나의 마음은 지금 저무는 일곱시라면,
시는 그곳에 멀리 비추이는
입 다문 창들……

곽광수 평론가는 '김현승의 시 세계의 원초에는 사라짐이 있어서 지상적인 것이라는 표현으로 지침 된다.'라고 하였다. 즉 사라지고 있는 것은, 시인이 그의 지상적인 삶을 통해 경험한 모든 것들이다. 지나간 것들, 추억을 노래함은 가장 보편적인 시적 주제이다. 시간적인 거리감은 가장 중요한 미적 계기이다. 시간적인 거리감이 미적 계기가 되는 것은 인간의 이중적인 심미적 태도에서 기인한다. 먼 시각적 거리의 여과에 의해 과거의 이미지들은 추함과 미움을 잃어버림으로서 우리는 그것들을 사랑하지 않을 수 없게 된다. 그 이미지들이 그렇게 흐릿해졌기에 인간의 상상력은 그것을 자유롭고 아름답게 꾸미려고 하는 것이다. '사라진 것들이 내 마음에/ 다스운 보금자리를 남게' 하고, '내 마음은 사라지는 것들의/ 푸리즘을 버리지 아니하는 보석상자'인 것은 이 때문이다.

김현승의 시 세계의 생성적 움직임에 의하면, 가을은 사라지는 지상적인 것과의 관계에서 일어나는 시인의 심리적인 갈등과 추이를 모두 나타낼 수 있는 이미지이다. 모든 것이 사라져가는 가을에 시인은 우선 그 사라져가는 것들을 아쉬워한다고 곽광수는 진단하였다.

남쪽에선
과수원의 임금(林檎)이 익는 냄새,
서쪽에선 노을이 타는 내음……

산 위엔 마른 풀의 향기,
들가엔 장미들이 시드는 향기

당신에겐 떠나는 향기,
내게는 눈물과 같은 술의 향기

모든 육체는 가고 말아도,
풍성한 향기의 이름으로 남는
상하고 아름다운 것들이여,
높고 깊은 하늘과 같은 것들이여……

김현승의 〈가을의 향기〉에서 모든 육체로 상징되고 있는 일체의 지상적인 것은 가을이 오면, 마르고 시들고, 떠나간다. 가을의 이미지들인 낙엽, 마른 풀이 김현승의 대부분 가을의 시련에서 사라짐의 이미지로 나타난다. 김현승의 상상력 가운데서는 가을 자체가 계절적으로 육체적인 것이 끝나는 때로 여겨진다.

김현승 시인

강의실에서 김현승 시인

김현승의 〈가을의 소묘〉에서 '참회하는 이스라엘의 여인처럼/ 누리는 이윽고 재를 무릅쓸 때……'라고 하여 재의 이미지가 나타난다. 가을은 그 모든 육체적인 지상적인 것들을 사라지게 하는 만큼 시인에게 그것들의 헛됨을 깨닫게도 하는 계절이다. 시인의 '재'의 이미지가 가지고 있는 사라지게 함은 그의 내재적인 기능과 과거를 불태워 없애려는 시인의 의지이다.

김현승의 〈산까마귀 울음소리〉에서 까마귀는 '주검의 빛깔을 두르고 주검을 노래하는 새'이다. 김현승의 까마귀 이미지에 사라짐이 가지고 있는 처연함이 있다.

아무리 아름답게 지저귀어도
아무리 구슬프게 울어예어도
아침에서 저녁까지
모든 소리는 소리로만 끝나는데,

겨울 까마귀 찬 하늘에
너만은 말하며 울고 간다!

목에서 맺다
살에서 터지다
뼈에서 우려낸 말,
중에서도 재가 남은 말소리로
울고 간다.

저녁하늘이 다 타버려도

내 사랑 하나 남김없이
너에게 고하지 못한
내 뼛속의 언어로 너는 울고 간다.


시인과 까마귀는 동일성의 관계이다. 전통적으로 불길하게만 여겨지는 까마귀의 검은색이 신적인 가치를 지니고 있다. 기독교적 상상력의 관점에서 어둠, 밤, 그늘, 검은색, 재, 까마귀 등, 어둠과 검은색은 동류의 이미지이다. 이는 사라짐과 근원 회귀를 동시에 나타낸다. 김현승의 시 세계에 있어서 사라짐 다음에 나타나는 것은, 견고성, 근원회귀, 상승, 공간적 문학으로 표현되는 영원성이다. 〈김현승 시 논평집, 곽광수, 사라짐과 영원성- 김현승의 시 세계 숭실대학교 출판부 2007 참조〉


김현승의 시 300편에는 고독이라는 시어가 여기저기에 드러난다. 다형은 견고한 고독, 절대 고독이란 제목으로 그의 고독을 노래하고 있다. 김현승은 사람들과 좀처럼 어울리고자 하지 않았다. 사람을 사귀는 일도 내켜 하지 않았다. 다른 사람과 함께 쓰는 교수 연구실에서도 누군가 말을 걸지 않는 한 홀로 생각에 잠겨 있었다. 얼굴을 마주하고 강의하는 일이 거의 없고, 시선은 아래를 보며 강의했다. 걸을 때도 시선이 땅을 향하고 있어서 동료 교수들은 눈인사도 나눠보지 못했다고 했다. 김현승은 술, 담배는 전혀 못했다. 커피, 냉면, 설렁탕을 좋아했는데 단골집만 다녔다. 단골 찻집은 광주에서는 제일극장 옆 '신성다방', 서울에서는 무교동에 있었던 '맘모스다방'이다. 냉면집은 《중앙일보》 뒤에 있는 '황수면옥'의 육수 맛이 좋다고 단골로 다녔다.

문단에도 좀처럼 얼굴을 내보이지 않았다. 조지훈, 박목월이 주도하는 한국시인협회 제1회 시인상 수상자로 다형을 선정하고 통보하였는데, 무슨 이유인지는 모르나 그는 수상을 거부하였다. 그래서 다형과 가까운 김수영이 제1회 시인상을 수상하였다.

　그래도 김현승은 제자 사랑만은 각별했다. 김현승은 선교사 집에 드나들며 커피를 배웠는데 처음에는 커피를 사발로 마셨다고 했다. 제자들이 집에 방문하면 손수 커피를 타주었다. 제자들이 하겠다고 하면 "자네가 타면 맛이 없어, 내가 커피 타는 법을 알려 줄 테니, 봐."라고 하였다. 물을 끓이는 것부터, 커피의 빛깔이 진한 황토색이 나야 한다는 것과 한꺼번에 마시는 것이 아니라 한 모금씩 커피가 식을 때까지 천천히 마셔야 한다고 제자들에게 전수하였다.

　김현승은 제자와 커피를 사랑하는 것 외에는 늘 혼자였다. 기질적인 고독, 사회적인 고독, 존재론적 고독, 신을 잃은 고독으로 절대고독을 추구하였다. 〈김현승 시 논평집, 스승 김현승 선생 회고담, 권영진, 숭실대학교 출판부 2007 참조〉

## 성과 속의 갈등

　김현승의 40년 시작 기간에서 모두 300편의 시를 낳았다. 김현승의 시가 한국 시문학사의 새로운 지경을 열게 된 것은 1946년 이후이다. 제2기에 들어선 김현승의 시는 기독교 신앙을 중심으로 하는 청결한 퓨리탄과 고독하고 메마른 신앙인이라는 대조적인 두 페르소나를 보이던 끝에 끝내는 기독교 신앙을 부인하는 '절대 고독'에 사로잡힌 인간 실존의 모습을 보여준다. 1946년부터 1972년까지 27년이라는 시간 속에서 김현승의 시는 신의 존재에 의문을 거는 회의론적인 자세에서 끝난다. 그러나 3기 때 김현승의 시는 신의 존재에 대한 회의론적인 자세에서 다시 급격하게 선회하면서 젊은 시절 정통 신앙의 자세로

회귀한다.

김현승의 제1기 시 세계는 시집 《새벽 교실》에 있는 시편들로, 시대적 불행에 대한 인식과 이를 민족적 센티멘털리즘으로 묘사하였다

제2기는 해방 이후 《김현승시초》와 《옹호자의 노래》에 묶은 시편들로, 신을 통해 인간의 존재론적 한계와 인간의 삶의 정의를 노래하였다. 이어서 〈견고한 고독〉과 〈절대 고독〉은 천상보다는 인간에 의한 인간적 삶의 본질을 추구했다.


플라타너스


꿈을 아느냐 네게 물으면,
플라타너스,
너의 머리는 어느덧 파아란 하늘에 젖어 있다.


너는 사모할 줄을 모르나,
플라타너스,
너는 네게 있는 것으로 그늘을 늘인다.


먼 길에 올 제,
홀로 되어 외로울 제,
플라타너스,
너는 그 길을 나와 같이 걸었다.


이제 너의 뿌리 깊이
나의 영혼을 불어넣고 가도 좋으려만,
플라타너스,

나는 너와 함께 신이 아니다!

수고론 우리의 길이 다하는 어느 날,
플라타너스,
너를 맞아줄 검은 흙이 먼 곳에 따로이 있느냐?
나는 오직 너를 지켜 네 이웃이 되고 싶을 뿐,
그곳은 아름다운 별과 나의 사랑하는 창이 열린 길이다.

김현승의 자연은 한쪽으로 역사적 현실과 관계를 맺고 있고, 다른 한쪽에서는 초월자와의 관계로 피조물로서의 자연이라고 평론가 문덕수는 김현승의 시를 분석했다. 플라타너스를 '너'라고 지칭하여 '나'와 대등한 생명체로 인식하고 있으나 사실은 신, 인간, 수목의 상호관계를 규명하지 않는다. 인간과 나무를 신이 아니라고 말한 것은 반범신론적이다. 영혼을 가진 인격체인 '나'와 영혼을 갖지 않은 나무인 '너'와의 차이를 드러낸다. 이처럼 이 시에서 플라타너스는 나에게 신앙의 동반자이긴 하나, 영혼의 존재 여부에서 명백히 구별되고 있다고 문덕수는 지적하고 있다. 〈김현승의 시세계, 문덕수, 김현승 시 연구. 숭실대학교 출판부 2007 참조〉

평론가 권오민은 김현승이 〈절대 고독〉 〈고독의 끝〉 등에서 그가 50대에 이르기까지 믿었던 정통적 기독교 신앙과 어떻게 결별하게 되는가를 보여주고 있다고 해석했다.

절대 고독

나는 이제야 내가 생각하던

다형 탄생 100주년을 맞아 세운 〈절대 고독〉 시비, 호남신학대학교 정문 아래에 있다

영원의 먼 끝을 만지게 되었다.

그 끝에서 나는 눈을 비비고
비로소 나의 오랜 잠을 깬다.

내가 만지는 손 끝에서
영원의 별들은 흩어져 빛을 잃지만,
내가 만지는 손 끝에서
나는 내게로 오히려 더 가까이 다가오는
따뜻한 체온을 새로이 느낀다.
이 체온으로 나는 내게서 끝나는
나의 영원을 외로이 내 가슴에 품어준다.

김현승이 이제까지 신의 세계에 속하는 것으로 관념하던 영원, 곧 사후의 세계가 유한한 목숨과 함께 끝난다는 사고를 보여주고 있다. 신에의 기쁜 숙명과 확고한 기독교적 세계관 위에서 시작된 시의 제2기가 정통적인 기독교적 세계관의 거부로 끝난 것이다.

김현승은 박두진과 함께 한국의 대표적인 기독교 시인이다. 그러나 그의 시에 형상된 기독교 신앙이 한결같이 정통적인 신앙의 권내에만 있었던 것은 아니다. 그의 기독교 신앙은 이성을 중심으로 한 합리적 사고와의 마주침에서 고뇌하며 동요하였다. 여기서 역설적으로 '확신이 없는 시대'의 시인으로서 김현승의 시문학이 크게 부각되었다. 김현승의 시에서 고독은, 그의 시에서 추상적으로 형상되는 것이 아니라 그것의 외부적 표상으로 견고한 이미지를 구축하고 있다.

김현승의 시는 기독교적 세계인식에 뿌리를 두고 노래하는 데에 그 특징이 있다. 그의 시는 기독교 신앙과 현실적 사고 사이의 갈등을 드러낸다. 김현승의 일련의 작품이 보여주는 인간 내면의 연쇄적 드라마를 통해 한국 문학사는 기독교적인 '성과 속의 갈등'이라는 새로운 체험을 축적하였다. 김현승의 시에서 '절대 고독'이라 지칭된 가치로서의 고독은 국문학사상 유례없는 정서적 체험이다. 이 '절대 고독'의 세계가 시인의 인간적 기질을 극명하게 보여준다. 다형의 시 기법으로서, 시집《옹호자의 노래》에서부터 비롯된 관념의 사물화가 그의 견고한 이미지를 구축하였다. 〈김현승 시 논평집, 권오민, 김현승과 성 속의 갈등 숭실대학교 출판부 2007 참조〉

## 절대고독에서 절대신앙으로

김현승의 제자 권영민이 다형에게 "선생님이 좋아하는 시인이 있으십니까?"라고 물었다. "예수야, 예수님이야말로 나의 유일한 스승이고, 가장 위대한 시인이야."

그래서 "예수님 말고 또 좋아하는 시인이 누구십니까?"라고 물었더니 T.S 엘리엇, 릴케, 발레리, 워즈워스를 꼽았고, 국내 시인으로는 정지용, 김기림을 손꼽았다.

1973년 2월, 다형은 둘째 아들의 결혼식 때 고혈압으로 쓰러졌다. 환갑을 며칠 앞둔 시점이었다. 그 뒤부터는 위장병을 얻을 정도로 좋아하던 커피도 입맛이 변해서 못 마셨다. 그리고 하는 말이 "내가 그동안 교만했던가 봐, 하나님이 내 뒤통수를 쇠망치로 내리치신 거야."라고 말하면서 참회하였다. 다형은 육십에 가까워진 그때에서야 그 순진했던 정년 시절에 비해 얼마나 신앙과 멀어지고 있었던가를 돌이키게 되었다. 다형은 세상의 문학으로 썩어질 이름을 얻은 것 같았으나 그만큼 신앙을 잃고 천국을 향하는 길에서 까마득히 멀어져가고 있었음을 깨달았다. 다형 김현승은 "이 나의 신앙적 배반을 오래 참고 보시다 못하여 나를 주관하시는 하나님 아버지께서 나를 치셨던 것이다."라고 1974년 참회록을 썼다.

신으로부터 멀어져 간 대가로 시인은 쓰러졌다고 하였다. 신이 '썩어질 문학의 이름'의 대가로 시인을 쓰러뜨렸던 것이고, 그 '썩어질 이름'이 바로 '절대 고독'을 가리킨다. 신앙과 시의 분리문제에 매달림으로써 시인은 문학적 성과를 얻었다. 감각적 민감성의 정지용, 문명의 모습을 원시적 이미지로 포착한 김기림, 〈오감도〉에 나타난 쉬르리얼리즘의 이상 등과도 선을 긋는 김현승 문학의 성과는 단연 문학사적인 사건이었다. 견고성, 절대고독 등의 관념성을 시로 순화하는 것은 김현승의 시에서 비로소 이루어졌다.

김현승의 신은 그를 버리지 않았다고 시인은 스스로 말했다.

"이러던 중에 나는 지금으로부터 3년 전(1973년), 어느 겨울에 갑자기 쓰러지고 말았다. 나의 느낌으로는 죽었던 것이다. 그러나 며칠만인가, 얼마 만에 나는 다시 의식을 회복하고 살아나게 되었다. 죽음 가운데서 누가 과연 나를 살렸을까? 나는 확신한다. 그분은 나의 하나님이시다. 나의 부모와 나의 형제들, 나의 온 집안이 모두 믿고 지금도 믿고 있는 우리의 신이, 하나님이 나에게 회개의 마지막 기회를 주시려고 이 어리석은 나를 살려놓으신 것이다. 개인적인 신념치고 나의 이 신념과 이 신앙처럼 더 확실하고 더 굳센 신념은 지금 이 지상에는 더는 없다고 생각한다." 〈김현승 시 세계, 김윤식 인류적 보편성과 개인적 기질의 분리문제-김현승의 경우 숭실대학교 출판부 2007 참조〉

김현승의 고독은 하나님을 만나기 위한 회로였다. 그의 시는 하나님을 찾기 위한 통로였다. 절대신앙으로 귀의한 다형은 신앙시를 지었

자녀 3남 2녀와 함께 한 김현승 장은순 부부. 좌측부터 김문배, 김옥배, 김선배
앞줄 4남 청배와 막내 순배

다. 신에 대한 회의와 비판을 통해 추구하던 고독의 가치가 일시에 허물어진 다음에 쓴 〈마지막 지상에서〉라는 시는 경건함과 구원을 찾게 되는 상징시이다.

산까마귀
긴 울음을 남기고
지평선을 넘어갔다.

사방은 고요하다!
오늘 하루 아무 일도 일어나지 않았다.

넋이여, 그 나라의 무덤은 평안한가.

김현승은 〈절대신앙〉〈홀 예배당〉〈나무〉〈생물〉〈부활절에〉 등 신앙시를 지었다. 비로소 그의 시가 신중심주의로 전환되었다. 다형은 1975년 4월 11일 숭전대학교 채플 시간에 기도하다가 쓰러져 서대문구 수색동 자택에서 오후 7시 20분에 소천하였다.

이제 가을이다. 우리 모두 다형의 〈가을의 기도〉를 읊조려보자.

가을에는
기도하게 하소서……
낙엽들이 지는 때를 기다려 내게 주신
겸허한 모국어로 나를 채우소서.

가을에는

사랑하게 하소서……

오직 한 사람을 택하게 하소서,
가장 아름다운 열매를 위하여 이 비옥한
시간을 가꾸게 하소서.

가을에는
호올로 있게 하소서……
나의 영혼,
굽이치는 바다와
백합의 골짜기를 지나,
마른 나뭇가지 위에 다다른 까마귀같이.

박이도 시인은 '20세기 최고의 서정시인 라이너 마리아 릴케는 독일어를 쓰는 시인이다. 그와 비견할 수 있는 김현승은 한국어를 모국어로 쓰는 동방의 위대한 서정시인'이라고 논하였다. 그는 '이 두 시인이 각기 쓴 〈가을날〉과 〈가을의 기도〉는 가을을 소재로 한 신의 자연 섭리에 감사와 경외의 정서를 자신의 혼이 담긴 모국어로 바친 헌사이다.'며, 시인에게 모국어가 있다는 것은 큰 축복이다.라고 하였다.
다형의 '겸허한 모국어' '호올로'라는 독창적인 시어는 다른 이들이 차용할 수 없게 했다. 다형의 시는 그 자체가 특허이다. 김현승의 시어로 우리 모국어는 한층 고운 아우라를 내고 있다고 할 것이다.

조태일 시인은 김현승의 일관된 정직, 청결, 고독, 견고, 엄격하고 시적인 삶과 인간적 삶은 한국 현대시사에 값진 열매를 남겼다고 하였다. 광주 무등산에는 〈눈물〉이라는 다형의 시비가 세워져 있다.

다형 김현승 시인

더러는
옥토에 떨어지는 작은 생명이고저……

흠도 티도,
금가지 않은
나의 전체는 오직 이뿐!

더욱 값진 것으로
드리라 하올 제,

나의 가장 나아종 지니인 것도 오직 이뿐!
아름다운 나무의 꽃이 시듦을 보시고
열매를 맺게 하신 당신은,

나의 웃음을 만드신 후에
새로이 나의 눈물을 지어 주시다.

　　김현승 시 〈눈물〉의 4연 "나의 가장 나아종 지니인 것"이란 대목은
1994년 동인문학상을 받은 소설가 박완서의 〈나의 가장 나종 지니인
것〉이라는 단편소설 제목이 되었다. 이렇게 다형의 시는 소설과 예술
계에 수많은 작품을 잉태시켰다. 김현승 시의 기본 정신은 인간중심이
었으나 이의 확대와 심화는 기독교 정신과의 상호연계 속에 드러낸 것
이다. ✻

지리산과 남원의 예술적 토양에서 자란 소강석의 시 세계는 〈동편제〉의 장엄한 서사를 이루고 있다. 지리산 자락 남원의 밤하늘을 총총대는 별 무리는 동시에 소강석의 시에 〈서편제〉의 섬세한 감성을 배어 놓았으니 서정적이기도 하다.

꽃과 바람, 별을 헤아리며
외로운 선율을 찾아가는 시인 소강석

# 꽃과 바람, 별을 헤아리며 외로운 선율을 찾아가는 시인 소강석

## 판소리 동편제와 시인의 고향, 남원

소강석 시인은 1962년 2월 22일에 남원에서 출생하였다. 남원은 동편제 판소리의 예향이다. 섬진강 서쪽 지역인 광주 나주 담양 화순 보성은 여성적 서편제가 발달하였다. 서편제 소리의 고향은 보성의 강산이다. 남도의 야산을 닮은 여인의 허리처럼 부드럽고 애절한 소리가 서편제이다. 서편제의 시조 박유전은 헌종, 철종, 고종 3대에 걸친 어전 명창이다. 그는 전북 순창에서 1835년에 태어나 1906년 보성읍 강산리에서 세상을 뜬 것으로 보성군 공보실 자료가 남아있다. 박유전의 소리 계보로는 이날치, 박동실, 김소희, 한애순, 정응민, 조상현, 성창순이 있다.

동편제는 섬진강 동쪽 지역인 남원 순창 곡성 구례 등지에 전승된 소리이다. 판소리 동편제의 시조 송흥록은 순조에서 철종시대에 이른 명창이다. 그가 태어난 곳은 남원군 운봉면 화수3구 비전마을이다. 지리산 자락이 주름치마처럼 흘러내리다가 멈춘 덕두봉과 황산 사이에 자리 잡고 있다. 가왕 송흥록은 춘향가의 귀곡성을 잘 내었다. 진주 촉석루에서 춘향이의 옥중가 중에 나오는 대목인 귀곡성을 아장터에서 비 오는 날에 우장과 삿갓 쓰고 3년 동안 연마하여 득음하였다. "천음우습. 깊은 밤 모진 광풍 불고 바람은 우르르, 궂은비는 퍼붓는데 형장 맞아 죽은 귀신, 난장 맞아 죽은 귀신들이 짝을 지어 등장하여 울음을 우는" 감옥의 음산한 분위기를 실감 나게 재현하였다. 진주 촉석루 공연에서 송흥록이 이 대목을 부르니 음산한 바람이 불며 촛불이 일시에 꺼지고 귀신의 울음소리가 들렸다는 전설 같은 이야기가 전해지고 있다.

송흥록의 〈흥보가〉 전승 계보는 송광록, 송우룡, 송만갑, 박봉술, 김정문, 박녹주, 강도근, 김소희, 박귀희, 한애순, 박초선, 성우향, 조상현으로 이어지고 있다. 〈수궁가〉 계보는 유성준, 김연수, 임방울, 정광수, 오정숙, 박초월이니 가히 동편제 시조답다. 금세기 최고의 명창 안숙선은 남원군 산동면 대상리에서 태어나 외당숙 강도근과 김소희의 동편제 소리를 받았다. 이어서 박귀희에게서 가야금 병창을 이어받아 가야금 산조 및 병창 보유자가 되었다. 안숙선은 2022년 국가무형문화재 판소리 〈춘향가〉 보유자가 되면서 앞서 받은 가야금 병창 보유자는 해제되었다.

동편제는 운봉 출신의 송흥록의 씩씩한 우조가락에 중점을 두고 감정을 절제하며 부른다. 장단은 '대마디 대장단'을 사용하여 기교를 부리지 않는다. 발성은 통성으로 엄하게 하여 구절 끝마침을 되게 끊어내는 표현양식이다.

지리산과 남원의 예술적 토양에서 자란 소강석의 시 세계는 〈동편제〉의 장엄한 서사를 이루고 있다. 지리산 자락 남원의 밤하늘을 총총대는 별 무리는 동시에 소강석의 시에 〈서편제〉의 섬세한 감성을 배어 놓았으니 서정적이기도 하다.

## 꽃은 바람이 있어야

시인 소강석은 어릴 때 사람이 죽으면 상여를 메고 가는 모습을 많이 보았다. 어린 시절 죽음에 대한 경험이 소강석 시편에서 꽃과 바람, 그리고 별을 헤아린다. 그의 시를 대표하는 〈꽃씨〉에서 죽음과 천국을 여섯째 연에서 묘사하고 있다.

　그리고
　이 세상을 떠나는 날
　나는 이 꽃씨들을 천국에 가져가렵니다.

　시인은 이젠 꽃을 꺾어 선물하지 않고 꽃씨를 나누어 주겠다고 한다. 마음에 꽃씨를 뿌려주겠다는 것이다. 한 아름 안겨줄 때 퍼지는 코끝에 물씬 풍기는 향기나 화사함이 덜할지라도 더디지만, 꽃씨를 뿌리겠다는 것이다. 꽃을 꺾는 것은 죽이는 것이다. 그러기에 시인은 마음의 밭을 일구어 사랑하는 이들 안에서 가득해지는 꽃씨가 생명이고 천국의 본질이라는 것이다.

　시인은 어린 시절 상여 앞에서 공포를 들고 가는 일을 도맡았었다. 그래서 지금도 삼베 쪼가리를 장대에 달고 장지로 가는 상여 행렬에서 듣던 만가 소리가 시인의 귀에 쟁쟁하게 들리곤 한다고 한다.

　가네 가네 나는 가네 정든 집을 두고 가네
　어제 밤에는 안방에서 잤건만 오늘 저녁은 북망산천
　산천초목은 변함이 없건만 우리네 인생은 어디로 가는고

　상여의 선두에서 공포를 들고 나간 날 밤에 시인은 궁극적인 질문을 하였다.
　"인생이란 무엇인가? 어디로부터 와서 어디로 갈 것인가, 저 맑은 하늘 찬란하게 반짝이는 별들 너머에는 누가 살고 있을 것인가, 사람이 죽으면 땅에만 묻히는가? 아니면 우리의 영혼이 저 반짝이는 별들 너머로 날아가서 또 산단 말인가, 언젠가는 우리 아버지, 어머니도 돌아가시겠지…… 그리고 나도 죽겠지."

시인은 어린 시절 만가 행렬 속에서 인생과 죽음에 대한 허무와 덧없음을 느꼈다. 기독교인이 되어서야 영혼의 고향을 알고는 그 아름다운 본향을 사모하는 시편 기자가 되었다. 그는 호주, 미국, 유럽과 한국 교회 도시와 농촌의 부흥회에서 상여 소리꾼이 되어 만가를 부르며 꽃씨들을 천국에 가져가련다고 설교한다. 이민 생활, 낯선 타향에서 듣는 이런 메시지와 노래는 듣는이마다 천국 소망을 갖게 한다.

꽃과 바람의 관계를 묘사한 소강석 시인의 〈꽃잎과 바람〉이란 시가 있다.

꽃잎은
바람에 흔들려도
바람을 사랑합니다

꽃잎은
찢기고 허리가 구부러져도
바람을 사랑합니다

누구도 손 내밀지 않고
아무도 다가오지 않은 적막의 시간

바람은
꽃잎을 찾아왔습니다.
별들의 이야기를 속삭이고
나뭇잎 노래를 들려주고

애틋이 어루만져 주었습니다

밤은 길어도
아침이 밝아도
꽃잎이 모두 져버려도

꽃잎은
바람을 사랑합니다
그래서 바람이 불면 꽃잎이 떨어집니다

꽃잎은 청춘이다. 아름답게 피어나는 삶의 중심인 것이다. 바람은 세월이다. 괴로움이고 갈등인 거다. 그러기에 윤동주의 서시는 '잎새에 이는 바람에도 나는 괴로워했다/ 별을 노래하는 마음으로 모든 죽어 가는 것을 사랑해야지/ 그리고 나한테 주어진 길을 걸어가야겠다/ 오늘 밤에도 별이 바람에 스치운다'고 하여 바람이 있어서 시인의 내면을 성찰할 수 있다는 것이다. 윤동주에게 이는 바람이나 소강석을 흔드는 바람은 아프고 고통스러우나 인간 삶에 필연적이라고 묘사된다.

소강석 시인은 집안 환경이나 학벌, 외모나 체형 등 무엇하나 남들에게 내세울 것이 없었다. 짤막한 키에 소박한 얼굴, 지리산 자락 촌노의 아들로 태어나 예수 믿는다고 아버지로부터 매를 맞고 집에서 쫓겨난 못난 야생화였다. 누구도 인정하지 않는 변방의 떠돌이였다.
그러나 소강석 시인은 모진 바람에 흔들려도 바람을 사랑했다. 청운의 꽃이 찢기고 허리가 구부러져도 세찬 바람을 사랑했다. 밤새 부는 사나운 바람에 아침이 되어보니 꽃잎이 모두 져버린 현실을 맞이하였다. 그래도 시인은 바람을 사랑한다는 것이다. 시련의 나날은 견디면

지나가게 되어 있다. 지난밤의 추위와 배고픔은 아침을 향해 가는 도정이었지, 결코 끝이 아니라고 시인은 나지막하게 일러준다. 이 시대의 아픈 꽃잎에게 바람이야말로 희망가라고 〈꽃잎과 바람〉은 들려주고 있다.


## 별을 헤아리며 별들의 고향을 찾아서

소강석 시인은 1974년 2월 남원에서 오동초등학교를, 1977년 2월에 용성중학교를 졸업하였다. 이어서 1977년부터 1980년까지 군산제일고등학교에서 수학하면서 문학소녀를 만나고자 문학의 밤에 참가하러 간 명석교회(현 군산사랑의교회)에 입교하였다.

김소월의 〈진달래꽃〉〈산유화〉〈예전엔 미처 몰랐어요〉〈못잊어〉〈개여울〉〈실버들〉〈부모〉〈엄마야 누나야〉는 작곡가가 곡을 붙이면 노래가 되었다. 이는 소월의 시가 음률이 있기 때문이다. 소강석의 서정시에도 음률과 장단이 있어서 읊조리다 보면 가곡이 되고 성가가 된다.

소강석 시인은 사물에 대한 흡수력이 남다르다. 그는 문학을 정식으로 공부하지 않았는데도 시는 문학적이며, 악보를 보지 못하는데도 청중의 심금을 울리는 하모니카를 연주한다. 그는 〈꽃씨〉〈꽃잎과 바람〉〈촛불〉〈물망초〉〈가을연가〉〈내 마음 강물되어〉〈청포도〉 등 가곡과 〈사명의 길〉과 같은 찬송시를 작시하고 때로는 작곡까지 한다. 그의 예술적 감각은 가히 천재적이라 할 수 있다.

소강석 시의 서정성은 남원, 군산 그리고 화순의 백암까지 그의 가슴속에 무수히 떠오르는 별에게서 그 해답을 찾을 수 있을 것이다. 1917년 12월 30일 용정 명동촌에서 민족 시인이 태어났으니 그가 윤동주이다. 1945년 2월 16일 후쿠오카 감옥에서 순국한 윤동주의 스물여덟 성상은 별의 이야기이다. 윤동주는 연희전문학교 시절에 〈별 헤는 밤〉을 시작하였다.

별 하나에 추억과
별 하나에 사랑과
별 하나에 쓸쓸함과
별 하나에 동경과
별 하나에 시와
별 하나에 어머니, 어머니

윤동주 시인은 별 하나에 아름다운 말 한마디를 불러본다. 소학교 때 책상을 같이 했던 패, 경, 옥 이국 소녀의 이름, 가난한 이웃 사람들의 이름, 프란시스 잠, 라이너 마리아 릴케와 같은 시인의 이름은 윤동주가 불러보는 별군상이다.

소강석 시인의 〈어느 모자의 초상〉에도 별군상이 떠오른다.

깊은 저녁, 찜질방 한 구석
어린 아이와 함께 잠을 청하는
아주머니 한 분이 있다
(중략)
아, 나는 오늘 푸른 지구별에서 떨어져 나온
작고 외로운 두 떠돌이별을 만났나보다

윤동주 생가에서의 소강석 시인

두 모자의 초상은 내게 끝없는 환영을 이루고

나는 또다시 떠돌이별이 된다.


2006년도 소강석 시인의 두 번째 시집《그대 지친 옷깃을 여미며》에 수록된 시로, 2015년 개작하여 2015 천상병문학대상을 받은 〈어느 모자의 초상〉에서 떠돌이별을 보게 된다. 이 시에서 소강석 시인은 무슨 사연으로 남편은 어디 가고 모자는 찜질방에서 외로운 별로 떠돌고 있는지를 윤동주의 시심으로 묘사하였다. 윤동주가 〈별 헤는 밤〉에서 불러보던 가난한 이웃 사람들을 시인 소강석은 찜질방에서 머물고 떠도는 별로 노래하였다.


70년대 문학을 선도한 최인호가 1972년 9월 5일부터 1973년 9월 9일까지 《조선일보》에 연재한 〈별들의 고향〉을 통하여 경아를 대중 앞에 내놓았다. 그때 최인호는 스물일곱 살의 청년이었다. 최인호는 한국판 테스를, 예쁘고 착한 환상적 여인상을 그려 내려 하였다.

사실 주인공 호스티스 경아가 버림받아 거리의 눈 속에서 죽는 이야기는 별같이 흔한 이야기였다. 그러나 이장호 감독이 연출하여 신성일과 안인숙 주연으로 영화화되어 당시 국도극장에서 46만 5천 명의 최대의 관객을 모았다. 작가는 1970년대 한국 사회가 지닌 산업화과정의 병폐를 〈별들의 고향〉에서 드러냈다. 참된 사랑이 결여된 인간의 소외를 경아를 통해 표출하였다. 최인호는 개인의 행복만을 향하여 줄달음치는 현대적 상황을 신선한 문장과 날카로운 감성으로 형상화했다는 평단의 지지를 받았다. 최인호의 소설 〈별들의 고향〉은 청년문화의 지표로서 경아의 사랑과 이별이 70년대를 사는 이들에게 공감을 주었다.

윤동주, 소강석의 시와 최인호 소설의 별군상은 마음이 깨끗해야 볼 수 있다. 〈서시〉〈십자가〉〈자화상〉〈참회록〉〈별 헤는 밤〉에서 구축된 윤동주의 시 세계에 나타난 청렴성은 산상수훈 마태복음 5장 8절 "마음이 청결한 자는 복이 있나니 그들이 하나님을 볼 것이라"에서 찾아낼 수 있다. 밤하늘에 구름이 끼어있지 않아야 별을 볼 수 있듯이 마음의 때가 벗겨지고 깨끗해야 하나님을 볼 수 있다. 마찬가지로 마음이 깨끗할 때 비로소 윤동주의 시에서도, 그리고 소강석의 시에서도 마침내 별을 볼 수 있게 된다.

떠돌다 흘러가는 이름 없는 별이지만 마음이 깨끗해야 볼 수 있는 그 별이 바로 우리들의 어머니 위안부 피해자 김복동, 길원옥 할머니이다.

세계성령운동중앙협의회는 2017년 10월 8일에 올림픽공원 올림픽홀에서 종교개혁500주년성령대회를 가졌다. 그날 들어온 헌금을 위안부할머니쉼터, 한국기독교화해중재원과 아프리카 에스와티니 기독대학교, 대만 에스라문서선교회에 전달하였다.

대회 관계자들은 2017년 12월 22일, 마포구 연남동의 김복동, 길원옥 할머니가 기거하는 위안부 피해자 할머니 쉼터를 방문하였다. 대회장 소강석 목사는 개혁실천헌금과는 별도로 위로금을 준비하여 전달하였다. 그날 소강석 목사는 준비해 간 금액이 너무 적다고 안타까워하였다. 소강석 시인에게는 상처받아 신음하는 작은 떠돌이별을 헤아리는 서정이 있다. 별에 대한 시인의 사랑은 시간과 공간에 제한이 없다. 시인의 시선이 머무는 곳은 어김없이 별이 떠오른다.

지난날 소강석 목사는 유스노 사할린 교회 집회 때 위안부 할머니를 만난 적이 있다. 그는 이국땅에서 고국으로 귀환하지 못하고 늙어가는 위안부 할머니들을 생각하며 〈저희가 대신 울겠습니다〉라는 시를 지

위안부 피해자 할머니 쉼터에서. 윤미향, 길원옥, 김복동, 소강석, 안준배, 김창곤

었다.

　고국에도 돌아오지 못하고
　여태껏 사할린에 남아
　모진 세월을 속가슴으로 삭이고 계시는
　우리의 어머니들이여
　이제야 찾아와
　엎드려 절함을 용서하세요

　소강석 시인은 정신대 위안부 피해자 할머니들의 피해가 자신에게 책임이 있는 것으로 인식하였다. 그는 지금부터 저희가 대신 울겠다고 한다. 이국땅에서나 고국에서나 시인의 시선이 이십여 명 남짓 남은 외로운 별들에게 머무는 것을 볼 수 있다.
　위안부피해자 김복동 할머니가 2019년 1월 28일 병상에서 마지막 남긴 말은 "엄마 아빠"였다. 세계가 주목하고 인정한 인권지킴이 김복동 할머니도 전쟁폭력에 고통받고 신음하는 작고 외로운 별이었다. 21대 총선이 끝나자 위안부 피해자 할머니의 영화 〈아이 캔 스피크〉의 실제 주인공 이용수 할머니가 윤미향 의원의 정의연 회계 부정 의혹을 제기하였다. 그로 인해 윤미향 의원은 형사 기소되어 재판받고 있다.
　연남동 쉼터에서 보았던 손영미 소장도 길원옥 할머니의 통장관리를 잘못하여 2017년 성탄절을 사흘 앞두고 아침에 스스로 세상을 등졌다. 그로 인해 길원옥 할머니도 마포쉼터를 떠나 인천에 있는 아들 목사의 교회로 이사하였다. 이제 연남동에는 더이상 별들이 떠오르지 않게 되었다.

소강석 시인이 가장 오랫동안 머무는 곳이 새에덴교회 내의 집무실 서재이다. 소강석 목사의 초청을 받는 이들은 비서실을 통해서 접견실로 가게 된다. 접견실의 또 다른 문으로 들어서면 서재가 있다. 그 넓은 서재 내부에 글을 쓰는 책상도 있고 누울 수 있는 쉴만한 공간도 있다. 중요 내방자와 대화할 수 있는 응접 공간도 자리 잡고 있다. 그러나 그곳의 주인은 밤하늘의 별을 헤아려보는 것과 비교되리 만치 많은, 일일이 세기조차 힘든 무수한 책들이다.

소강석 시인은 가난한 신학생일 때, 120원짜리 식권을 살 수 없어서 수돗물로 배를 채울 때가 많았다고 했다. 그러면서도 그는 밥은 포기해도 책을 포기하지 못했다. 그는 돈만 생기면 어김없이 서점으로 달려갔다. 소강석 시인은 이 책, 저 책을 뽑아 고를 때가 가장 행복했다고 한다. 그의 손길이 닿는 곳은 언제나 책이 놓여있다.

시인 소강석은 가끔 늦은 저녁 홀로 교회 서재에 있을 때면 창문 너머로 빛나는 밤하늘의 별을 헤아려본다. 그때마다 시인은 저 수많은 별 중에서 자신을 택하여 주신 하나님의 사랑에 눈물을 흘리곤 한다. 지리산 자락에서 태어난 무명의 반딧불과 같은 자신을 택해주셔서 목회자로 세워 주시고 민족과 역사를 위해 일하게 하시는 하나님께 하염없이 눈물을 쏟는다고 한다.


## 이선희와 엘비스 프레슬리의 별, 워싱턴과 지리산의 별

2017년 늦가을의 어느 날, 소강석 목사와 대만의 남단 까오슝 성회를 마치고 열차를 타고 타이페이로 가게 되었다. 나 역시 책을 가까이 하는 습성이 있어서 장거리를 여행하게 되면 가방 속에 책을 두어 권 담고 다닌다. 나는 가방 속에서 장제가 쓴 덩리쥔의 전기 《등려군》을

집무실 서재에서 책을 보는 소강석 시인

꺼내 보았다. 옆자리에 있던 소강석 시인이 책의 주인공 덩리쥔에 관심을 보이더니 이런 질문을 던졌다.

"안 목사님은 이선희가 뛰어나다고 여깁니까? 덩리쥔이 앞선다고 여깁니까?"

"나는 중화권이 가장 사랑하고 애창하는 '위에량 따이비아오 워디신-달빛이 내 마음을 대신 보여주네요'를 부른 덩리쥔이죠."

"나는 이선희이에요. '별처럼 수많은 사람들 그 중에 그대를 만나/ 꿈을 꾸듯 서롤 알아보고/ 주는 것만으로 벅찼던 내가 또 사랑을 받고 / 그 모든 건 기적이었음을'을 부른 이선희가 최고예요."

나는 달빛을 노래한 덩리쥔을 좋아했고, 소강석 시인은 별을 노래한 이선희가 가장 좋다고 했다. 2018년도 연말에 이선희의 송년 콘서트에 소강석 시인의 초대로 가게 되었다. 이선희의 노래를 사랑하고 기뻐하는 관객들 속에서 나 역시 그들과 마찬가지로 감정이 동화되었다. 최근에는 황학동 레코드 가게에서 이선희의 1990년 10월 26일의 세종문화회관 공연실황 LP판을 찾아냈다. 몬트리얼 챔버 오케스트라의 연주로 〈J에게〉〈나 항상 그대를〉〈아름다운 강산〉을 턴테이블로 듣게 되었다. 이선희의 노래는 나지막하게 저음으로 시작하지만, 차츰 고음의 절정으로 치닫는다. 별을 노래하는 가수 이선희는 한국가요사에서 이미 불멸의 별이라고 할 수 있겠다.

1973년 1월에 인공위성을 통하여 전 세계 43개국에 10억여 명이 시청한 생방송으로 중계된 'Aloha From Hawaii'의 공연이 있었다. 그날의 하이라이트는 단연코 'What Now My Love'이다. 엘비스 프레슬리가 1977년 타계하기 전, 사실상 마지막 공연이 된 하와이 공연에서 부른 절창이다.

What now My Love
Now that it's over
I feel the world closing in on me
Here Comes the stars
Tumbling around me

내 사랑 이제 어떡해?
이제 사랑은 끝났어
세상이 다 끝난 느낌이야
여기 별들이 쏟아져
내 주변에 뒹굴고 있어

'What Now My Love'의 노랫말은 사랑하는 사람이 떠나가고 별들이 자신의 발 언저리에 떨어져 뒹굴어 다니게 되었으니 세상은 다 끝난 것이라고 한다. 엘비스 프레슬리의 별이 더이상 하늘에서 빛나지 않고 낙엽처럼 땅에 떨어져 발밑에 뒹구는 사랑이라면, 이선희의 별이야기는 운명처럼 만나고 멀어지는 반복을 통해 미완성일 수밖에 없는 인간 사랑의 속성을 들려준다. 그러나 소강석 시인의 별은 하나님의 사랑의 절대성을 보여준다.

소강석 시인은 〈수많은 별들 중에 나를 택한 당신〉에서 자신을 어느 떠돌이 소행성이라고 고백한다.

별이 꽃처럼 피어나는 워싱턴의 밤하늘
저는
아브라함의 손목을 끌어

밤하늘의 별을 보여 주셨을 당신을 생각합니다.

(중략)

저 지리산 산자락

폭설이 내리면 숨소리도 들리지 않았던

그 자그만 움막 같은 곳에서

가난하였던 한 촌로의 막내아들로 태어나

검정고무신 신고 산동네를 뛰어다니던 어느 떠돌이 소행성을

시인은 워싱턴과 뉴욕, 보스턴, 서울과 동경, 북경, 런던, 프라하에 이르기까지 세계 곳곳에 빛나는 별들이 많건만 당신이 (하나님이) 택하지 않았다면 자신은 떠돌이 소행성에 지나지 않는다는 것이다. 시인은 수많은 세상의 별이 있지만, 그중에 자신을 택해 당신의 별이 되게 하심을 드높이고 있다.

동편제의 장엄한 우조에다 서편제의 섬세한 계면조가 어울려진 소강석의 시 세계는 가곡이 되기도 하고 찬송이 되기도 한다. 꽃이 피어나면서 세월의 바람을 마주하게 된다. 세월의 강물이 흘러가듯 인간의 삶도 멀어져 간다. 그 모든 인간의 시간은 밤하늘의 별로 떠 있다. 시인 소강석은 선교를 갔던 아마존의 강가에서나 이과수폭포 아래서나 용인의 서재 창가에서나, 그 어디에서든지 수없이 스쳐 가는 별들을 헤아린다.

소강석 시인은 코로나 19가 세계 곳곳에 만연한 시기에 〈꽃으로 만나 갈대로 헤어지다〉를 발표하였다.

우린 꽃으로 만나 갈대로 헤어지나니

풀잎으로 만나 낙엽 되어 이별하나니

산은 눈을 감고

강물은 귀를 막고

달은 소리없이 걷고 있나니

새 한 마리 울어 청산이 울리고

꽃송이 하나로 봄이 오고

별 하나 떠서 온 밤이 환해지나니

바람이 스쳐가는 갈대 사이로

내가 서 있어요

갈대로 헤어진 우리

다시 꽃으로 만날 순 없을까.

　

소강석 시인은 우리는 모두 꽃으로 만났지만 2020년 봄 길에서 예기치 않은 코로나 19라는 전염병으로 인하여 갈대로 헤어지게 되었다는 것이다. 어쩔 수 없이 만나더라도 서로를 불신하게 되고 사회적 거리 두기를 해야만 했다. 꽃으로 만났던 사람들이 갈대처럼 헤어진다. 그러나 새 한 마리 울어 청산이 울리고 꽃송이 하나로 봄이 오고 별 하나 떠서 온 밤이 환해지는 것처럼 시인은 희망을 포기하지 않는다. 그래서 바람이 스쳐 가는 갈대 사이에 서서 다시 희망의 봄을 기다리고 있다는 것이다. 소강석의 시는 우리가 갈대로 헤어졌지만, 봄이 되면 다시 꽃으로 만날 수 있다는 희망가이다. 그의 시는 꽃과 바람, 별을 헤아리는 우리 시대의 서사이고 서정이다.

　

**외로운 선율을 찾아가는 서정시인 소강석**

소강석 시인은 2021년도에 시집 《외로운 선율을 찾아서》를 출간했다. 소강석 시인에게 있어서 시는 아침마다 인간의 삶을 열게 하는 창문이다. 그는 아침에 일어나서 창문을 열면 신선한 아침 공기와 들려오는 새 소리에 머리는 청량하고 가슴은 시리다고 한다.

무엇이 한 인간의 생애에 있어서 정서적 환기를 시켜 영혼이 깨끗해지게 한다는 것일까. 소강석 시편에서 어제 겪었던 소용돌이를 해갈하는 청량제를 찾을 수 있다. 그의 열한 번째 시집의 제목이 된 시, 〈외로운 선율을 찾아서 I 〉에는 창문을 두드리는 빗줄기가 인간의 기나긴 여정을 헤아리게 한다.

비가 내리면 빗줄기들이 자꾸 말을 건넨다
잠도 못 자게 창문을 두드린다
이불을 뒤집어쓰고 눈을 감아도
빗줄기들이 창밖에서 기다린다
소리 하나
불빛 하나
비는 셀 수 없이 내려도
빗줄기는 하나다
나는 얼마나 많은 사람들 사이를 지나쳐 왔을까
이름도 모른 채
말 한 마디 건네지 못한 채 스쳐 지나간
헤아릴 수 없는 이름들이
창밖에 쏟아져 내린다

시인은 창밖에 쏟아지는 셀 수 없이 내리는 비의 소리를 듣고 빗줄기는 하나라고 한다. 그 빗줄기 속에서 시인은 수많은 사람 사이를 지나쳤음을 회상한다. 그들의 이름도 모르고 말 한마디 건네지 못한 그

저 스쳐 지나간 헤아릴 수 없는 인생들이 빗줄기가 되어 창밖에 쏟아져 내린다는 시어는 인간의 무심함을 묘사하고 있다.

소강석 시인의 〈외로운 선율을 찾아서〉를 읊조리다가 나는 2016년 노벨문학상을 수상한 시인, 싱어송라이터 밥 딜런의 '바람만이 아는 대답(Blowing in the Wind)'이 떠올랐다.

'얼마나 먼 길을 헤매야 아이들은 어른이 되나/ 얼마나 먼 바다 건너야 하얀 새는 쉴 수 있나/ 얼마나 긴 세월 흘러야 사람들은 자유 얻나/ 오 내 친구야 묻지를 마라 바람만이 아는 대답을'

이 노래는 1962년 베트남 전쟁에 대한 저항의 표상으로, 반전운동의 시대를 온몸으로 표현하는 시적 서정성이 가득한 시가곡이다. 시인 밥 딜런은 노래를 듣는 이들에게 얼마나 많은 길을 걸어봐야 진정한 인생을 깨닫게 되느냐고 물어본다. 새벽녘에 수탉이 울어 창문 밖을 보면 자신은 이미 떠난 후일 거라고 한다.

시 〈지는 꽃에게〉에서 소강석 시인은 인간의 만남과 헤어짐을 애심이 듬뿍 담긴 꽃으로 의인화하였다.

너무 서러워 마라
지지 않으면 꽃이 아니지
너무 붙잡지 마라
떠나지 않으면 사람이 아니지

꽃은 져야 진짜 꽃이고
사람은 떠나야 진짜 사람이니

꽃이 져야 다음 계절이 오고
사람은 떠나야 역사가 된다.

꽃은 져야 시를 쓰고
사람은 떠나야 역사를 쓴다.

꽃은 아무리 곱고 화려하고 피어나도 결국은 지게 된다. 이처럼 시인의 시간에도 만나서 함께 웃고 울었던 이들이 결국에는 떠나게 된다. 행사장이나 장례식장에 세워져 있는 화환이나 조화를 가만히 다가가서 들여다보면 생화보다는 조화가 더 많다. 시들지 않는 조화는 꽃집에서 다시 거두어다가 또 다른 잔칫집이나 초상집에 시치미 떼고 세워두기 마련이다. 조화는 결코 시들어 버려지진 않는다.

그렇지만 살아있는 꽃은 시들기 마련이다. 꽃이 시간이 지나면 시들게 되듯이 사람 또한 조금 있으면 떠나게 된다. 소강석 시인은 꽃이 져야 다음 계절로 부활하고 사람은 떠나야 역사가 된다고 인생을 노래한다.

나는 시인 소강석 목사가 아무리 바빠도 그가 좋아했던 분만이 아니라 그저 스쳐 지나가는 사이였을지라도 빈소를 찾아가 조문하는 것을 보았다. 외로운 선율, 위안부 피해자 김복동 할머니의 신촌 세브란스 장례식장 빈소에서 그리고 한국교회장으로 치른 조용기 목사의 여의도순복음교회 빈소에서 장례위원장으로서 영적인 상주가 되어 날마다 빈소를 지키고 있는 그를 보았다. 소강석 목사가 그렇게 한 것은 그분들이 써 내려간 외로운 선율을 알기 때문일 것이다.

문학평론가 이어령은 소강석 시인의 《외로운 선율을 찾아서》에서 이렇게 발문의 요지를 적었다.

소강석 목사는 예향(藝鄕)의 마을 남원 출신으로서 목회자이면서 동시에 시문(詩文)에 능하고 풍류와 흥이 있으며 거친 남도 사내의 야성도 있다. 그의 특유의 친화력과 열정, 사람을 웃게 하고 행복하게 하는 풍모를 잊을 수가 없다. 그래서 그에게 나의 언어를 마지막 선물처럼 주는 이 시집의 추천사가 어쩌면 나의 마지막 도움이 될지 모른다.

소강석 목사의 이번 시집은 외로운 선율을 찾고 있는 사람들을 만나기 위한 한 시인의 발자국이요, 목회자의 연가다. 그의 시들이 코로나의 대기에 갇혀 외롭고 우울한 정서와 상처와 증오, 분노에 휩싸여 있는 많은 이들의 내면을 치유하는 언어의 정화작용으로 일어나기를 바란다.

이 시집을 읽고 원형의 사랑으로 위로와 힐링을 받는 사람들이 많아짐으로써 소강석 시인은 헬퍼스 하이(정서적, 영적 황홀감)를 느끼기를 바란다. 나는 그가 그리울 것이다. 그의 시가 그리울 것이다. 그와 나누었던 추억과 순간들이 그리울 것이다. 소년 같은 그의 웃음과 미소도……

이어령은 2021년에 소강석 시집 발문에 자신의 시간이 얼마 남지 않았다는 것을 예상하고 밝힌 것처럼 2022년 2월 26일에 별세하여 역사가 되었다.

소강석의 사군자 시 〈매화가 국화에게〉는 매화와 국화의 상관성을 이렇게 묘사한다.

내가 그토록 그리워한 만큼
그대도 나를 그리워하나요
기다리다가 지쳐 져야하는 슬픈 마음을

이어령 교수와 함께한 소강석 시인. 2019. 3. 18.

당신도 가슴에 품고 있나요
만날 수 없고 이루어질 수 없는 애처로운 사랑이
더 아름답다는 말이 정말 맞는 건가요
겨울을 이겨내고 피어난 나는
여름을 견뎌내고 피어난 당신을
연모하는 마음 가득한데
함께 지고지순한 마음을 나눌 수 없을까요
그대가 나를 그리워하신다면.

매화와 국화는 만나려야 만날 수 없는 군자이다. 매화는 겨울 끝자락에 피어나고 국화는 가을이 오는 길목에서 피어나니 시간상으로 도저히 만날래야 만날 수가 없다. 그렇지만 시인 소강석의 시심은 만날 수 없는 만남을 시를 통하여 초연결을 시켜 주고 있다. 〈매화가 국화에게〉를 비롯한 소강석 시인의 사군자 연가에 대하여 이어령 교수는 사군자라는 이미지와 언어를 사용하여 하나님을 향한 순백의 사랑과 인간을 향한 따스한 연정을 마치 한 폭의 수묵화처럼 그려 놓았다고 평하였다.

소강석 시인은 지금도 꽃과 바람, 별을 헤아리며 외로운 선율을 찾아가고 있다. 한국 교회가 고산준령일지라도 그의 시편을 통해 희망을 보게 된다.


## 너의 이름을 사랑이라 부른다

소강석 시인은 매주 오만여 명의 새에덴교회 교인들과 방송, 유튜브를 통하여 수많은 시청자에게 설교를 한다. 그의 메시지는 성경과 문학, 그리고 노래가 하모니를 이루고 있다. 한번은 주일 저녁 예배를 마치고 그가 내게 아직 미발표된 유튜브 영상을 보내주었다. 열어보니 그가 작사하고 작곡한 〈가을 연가〉를 직접 부르는 영상이었다.

코스모스 향기가 코 끝 스치면
어느새 들녘엔 갈대꽃들이 피고
산에는 그대 입술 같은 붉은 단풍
석양노을 빛 비추는 가을길을 걷노라면
문득 곁에 있어준 그대(주님) 생각

내 마음의 나뭇잎이 떨어질 때까지
내 마음의 갈대들이 다 잠들 때까지
그대(주님)만을 헤아리겠어요

사랑은 가을처럼
그리움은 갈대처럼
오직 그대(주님), 내 마음의 별이여
아무리 흔들어도 내 사랑 꺼지 않으리
비바람에 어쩔 수 없이 꺼인다 해도
그대(주님)향한 촛불은 끄지 않겠어요

기나긴 가을빛 밤새워 노래하다가
그대(주님)와 함께 겨울을 맞고 싶네요

나는 언제나 소강석 시에서 음률이 느껴졌다. 산악지대 남원의 산기

늪에서 발아된 동편제의 남성다운 우조의 기세와 섬진강을 끼고 흐르는 서편제의 여성적인 계면조가 어우러진 그의 노래는 감동을 배어낸다. 소강석의 노래는 주님을 향한 애가이기에 듣는 이들은 눈물을 흘리고 전율한다. 그는 타고나길 지리산에서 호흡하며 섬진강의 물을 먹고 자라났다.


　지리산과 섬진강


　지리산 기슭에 묻힌 엄니의 젖이 흘러내린다
　갓난이 때 다 빨아 먹지도 못했는데
　다른 엄니들의 젖물까지 방울방울 모여
　요천수를 이루고 푸른 섬진강으로 흐른다
　그래서인가
　요천수를 바라 보노라면
　엄니와 누이와 다시 강변에 살고 싶어
　엄니가 묻혀있는 지리산은
　내 마음의 영산(靈山)이 되고
　엄니의 젖이 흐르는 섬진강은
　내 안에 그리움의 생명으로 흐른다
　지리산과 섬진강을 생각하면
　엄니 탯속까지 그리워 눈물이 나는 이유.


　지리산은 시인에게 있어 엄니의 젖이다. 지리산 엄니의 젖이 섬진강으로 흘러 생명을 이어간다. 그의 엄니는 지리산이고 섬진강인 것이다.

소강석 시인은 문학의 밤에서 그에게 다가온 예수님을 만났다. 예수 믿고 신학교에 가겠다는 소강석에게 아버지는 모진 매를 들었고 집에서 쫓아냈다. 그는 풍운아처럼 밑바닥을 떠돌며 절대고독의 광야에서 자신을 소명한 예수님을 쫓았다.

소강석은 그의 아버지와 집에서 파문당했지만 그 누구도 원망하지 않았다. 그것은 그의 본성이 여리고 착했기에 그렇다. 소강석이 기억하는 유년 시절 아버지를 그린 〈눈 내리는 날의 아버지〉는 그가 부르는 사부곡이다.

아버지를 생각하는 나의 유년의 뜰엔
항상 함박눈이 내리고 있습니다
어린 시절 술만 드시면 포악해지는 아버지
어머니를 향한 무서운 호통소리가
어린 가슴을 조여들게 하였지만
어머니를 지켜주고 싶었지요
아버지의 손을 잡고 별 아양을 다 떨어도
내심으론 아버지를 증오하였습니다
그토록 증오하면서도 어머니를 위해
밤새 아버지 옆에서 거친 손을 잡고 잠들어야 했던
어리고 슬픈 소년
그러다가 함박눈이 내리던 새벽녘
소년의 몸이 불덩이가 되었을 때
아버지는 아들을 등에 업고
눈길을 단숨에 달려
이웃 마을의 간이 약방에 도착해서야
아들을 내려놓고 급한 숨을 몰아 쉬셨지요

소년은 지금 그 아버지의 나이를 지내면서
눈 내리는 날의 아버지와 시선을 마주합니다
허리가 휘도록 키우고 애끓는 심정으로
뒷바라지를 해 주어도
부부싸움을 하면 언제나 엄마 편이 되어 버리는
내 아이들을 바라보며
나는 이제야 아버지 편이 되어 봅니다
오늘도 나의 눈앞에는
아버지께서 함박눈을 맞은 모습으로
말없이 서 계십니다.

이청준의 〈남도사랑〉 연작 전편에 흐르는 〈서편제〉 소리는 곡진한 한의 가락이다. "사는 것이 한을 쌓는 일이고 한을 쌓는 것이 바로 사는 것"이라는 작중 소리꾼 사내의 의붓아들의 한(恨)에 대한 정의이다. 소리꾼인 아비는 소리에 대한 공포 때문에 의붓아들이 떠나자 딸마저 도망칠까봐 두려워 딸 눈에 청강수를 넣어 눈을 멀게 만들었다. 아비로 인하여 맹인이 된 딸은 아비를 원망하거나 저주하지 않는다. 아비를 용서하므로 딸은 아비라는 타인의 세계를 넉넉히 받아들이는 것으로서 자기의 영혼의 자리를 넓히고 깊게 한다. 아비와 딸이 진정한 한의 소통을 이룰 수 있었던 것은 이해와 용서라는 넉넉한 통로가 있었기 때문이다. 〈이청준, 서편제, 해설 한(恨)의 역설, 우찬제, 열림원, 1998 참조〉

소강석 시엔 누구를 탓하거나 원망하지 않는다. 시인은 아버지로부터 매를 맞고 집에서 내쫓겨 가을 잠바로 겨울을 나고 수도꼭지 물을 받아 마셔 굶주림을 달랬던 세월이 있었다. 소강석 시인은 그가 좋아하는 대상으로부터 대부분 거부되었었다. 그래도 소강석 시인은 자신을 찌르는 가시를 받아들이므로 포한의 시세계를 이루어낸 것이다. 소강석 시 〈낙엽〉은 포한의 미학을 '서럽게 밟히는 행복'이란 시적 감수성으로 드러냈다.

당신을 기다리지 못하고
낙엽이 되어 떨어졌어요
낙엽이 되어 당신을 기다리고 싶었어요
당신에게 보여드리는 행복보다
서럽게 밟히는 행복이 더 좋아서
낙엽이 되어 기다렸지요.

소강석 시의 주제가는 사랑이다. 그의 2022년 시집 《너의 이름을 사랑이라 부른다》에서 그대가 내뱉는 가시에 찔린다 해도 '그래도 사랑이라 부른다'며 노래한다.

그대는 사랑의 사람이었는데
왜 지금은 증오를 심고 있는가
그대가 내뱉는 가시 박힌 말 한마디 한마디가
에덴의 동쪽에서 분노의 찔레와 가시덤불을
무성하게 자라게 하는 걸 모르는가
그래도 나는 그대 이름을 사랑이라 부른다
그대의 증오의 눈에 아직 사랑이 어려 있길 바라고
그대가 내뱉은 가시 찔린 말에
아직도 아카시아 향기가 어려 있기를 기도한다
사랑아, 어서 가서 그에게 꽃으로 피어나려무나

나의 눈물이 증오의 가시를 적셔 꽃으로 피고
나의 상처가 분노의 심장을 적셔 별이 되어 뜰 때까지
그래도 사랑이라 부르며 너에게 가련다.

그가 받은 예수님의 사랑이 넓고 깊어서 시인은 그 누구에게서 어떠한 아픔을 겪어도 사랑으로 다가가리라며 노래하고 있다. 그를 찌르는 가시가 뾰족할수록 시인은 사랑을 연주한다는 것이다.

사랑이 1

너 역시 사랑받기 위해 태어났단다
그러나 사랑은 이별을 전제로 하는 거지
홀로 있다 서러워 마라
우리 모두 만나고 헤어지는 삶을 살고 있거니
어차피 너나 나나
비처럼 바람처럼 눈송이처럼 사는 게 아니겠니
아무리 내가 너를 사랑한들
너 역시 갈증을 느끼고
우울함을 떠날 수는 없을 테니까
그래도 사랑으로 만나고
사랑 속에서 이별한다면
우린 사랑 안에서 충만할 수 있기에
너의 이름을 사랑이라 부른다.

시인에겐 사랑이라는 반려견이 있다. 언젠가는 무지개 다리를 건너가야 할 사랑이지만 사랑으로 만나고 사랑 속에서 이별하기에 너의 이름을 사랑이라고 부른다고 한다. 사랑의 대상은 무한하다. 그게 바로 하나님 사랑의 아이덴티티일 것이다.

정호승 시인은 소강석 시편을 "사랑의 향기로 가득 차 있다. 시를 쓰는 그의 마음이 이미 사랑이기 때문이다. 우리는 사랑에 의해서 탄생하고 존재한다. 사랑은 바로 생명이다. 그러나 우리는 삶의 순간순간 사랑의 가치를 잊고 산다. 소강석 시집은 사랑이야말로 인간 존재의 본질적 가치라는 것을 일깨워준다. 그리고 그 사랑이 절대적 사랑에 의해 완성됨을 깨닫게 한다."라고 소강석 시세계의 본질을 찾아냈다.

나비 1

그대가 불러주지 않았으면
나는 날아갈 수 없습니다.
사람들은 나비가 꽃을 선택한다 하지만
꽃이 나비를 선택한다는 것을 아는 이는 누구일까요
누구도 나를 불러주지 않았을 때
나를 불러준 당신
그 이름
그 빛깔
그 향기
어찌 잊겠어요
당신이라는 꽃이 있어서
나는 나비가 되었고
그대의 꽃잎에 내려앉아
봄밤의 꽃을 피웠지요.

소강석 시인은 인간에게 멀리 있는 호랑이, 사자만이 아니라 가까이 있어서 무심하게 지나칠 수 있는 나비, 풀벌레, 종달새와 대화하고 있다. 그의 시가는 낭만과 순수를 잃고 살아가는 콘크리트 도시 속 현대인들에게 사랑과 희망으로 연결되어질 것이다. 소강석 시인의 시가 고천자(종달새)의 노래가 되어 누구라도 잠든 가슴을 뛰게 할 것이다. ✤

이어령. 그의 88년 생애는 지성과 영성의 집을 건축하는 데 사용하였다. 그의 시 〈내가 살 집을 짓게 하소서〉는 영혼의 건축가로서의 소원을 담아내고 있다.

내가 살 집을 짓게 하소서
다만 숟가락 두 개만 놓을 수 있는
식탁만 한 집이면 족합니다
밤중에는 별이 보이고 낮에는 구름이 보이는
구멍만 한 창문이 있으면 족합니다

지성에서 영성으로, 이어령

# 지성에서 영성으로, 이어령

이어령은 누구인가? 문학평론가, 소설가, 에세이스트, 극작가, 저술가, 언론인, 잡지사 주간, 교육자 등 그를 가리키는 수식어는 무척 많다. 그는 초대 문화부장관을 역임한 한국문화의 기획자이며 집행자였다.

이어령은 1933년 12월 29일에 충청남도 아산군 온양읍 좌부리(현 아산시 좌부동)에서 아버지 이병승, 어머니 원용숙의 5남 2녀 중의 막내 아들로 태어났다.

그의 나이 7세에 일제가 조선어를 못 쓰게 하는 정책으로 명륜소학교에서 일어를 국어로 배우게 되었다. 마을 서당에서 한문을 배우고 막내로서 형들의 책을 다독하여 인문학 소양과 창작활동을 하였다. 여섯 살 무렵 동화를 처음 창작할 정도로 창의적이었다.

이어령이 17세가 되었을 때 6·25 한국전쟁이 일어났다. 그는 학도의용군에 입대하였고 1952년에 부여고등학교를 졸업하였다. 대학에 진학할 때 6·25전쟁으로 인하여 집안 형편이 크게 어려워지자 형님한 분이 서울대 의대나 법대를 가면 등록금을 대주겠다고 제안해 왔다. 이어령은 본래 국문과를 가고 싶었기에 의예과가 문리대에 속해 있어 가족 몰래 국문과에 원서를 내고 문리대라고 얼버무렸다. 이후 실제로 이어령은 서울대 국문과에 합격했다. 나중에 집안 어른들에게 의예과가 아닌 국문과에 입학한 것을 사실대로 말하였다. 형님과 집안 어른들은 "아니 언문 배우러 대학 가는 놈이 있냐."며 몹시 낙담하였다고 한다.

이어령은 문리대 교지 편집 등 동아리 활동하며 같은 과 동기 강인숙을 만나서 결혼하게 되었다. 강인숙은 문학평론가이며 영인문학관

관장으로 이어령의 평생 동지가 되었다.


## 이어령과 이상

이어령은 서울대 문리대 학보 창간호에 평론 〈이상론(李箱論)〉을 기재하여 '가공할 아이'라는 '앙팡 테리블'로 알려지게 되었다. 이어령은 이규보(1168-1241), 황진이(조선 중종 때 사람), 이상(1910-1937)에게서 문학적 영향을 받았다. 그런 그가 1972년에 문학 월간지 《문학사상》의 창간 주간이 되어 한국문학 전체의 활성화에 앞장섰다. 그리고 1977년에 '이상문학상'을 제정하였다. 1962년에 데뷔한 김승옥의 〈무진기행〉을 감수성의 혁명이라고 한 바 있는 이어령은 그에게 이상문학상을 수여하였다. 제1회 수상자는 김승옥 〈서울의 달빛 0장〉이고 이어서 이청준 〈잔인한 도시〉, 오정희 〈저녁의 게임〉, 유재용 〈관계〉, 박완서 〈엄마의 말뚝〉, 최인호 〈깊고 푸른 밤〉, 서영은 〈먼 그대〉, 이균영 〈어두운 기억의 저편〉, 이제하 〈나그네는 길에서도 쉬지 않는다〉, 최일남 〈흐르는 북〉, 이문열 〈우리들의 일그러진 영웅〉이 뒤를 이었다. 임철우, 한승원, 김채원, 김원일, 조성기, 양귀자, 최수철, 최윤, 윤후명, 윤대녕, 김지원, 은희경, 박상우, 이인화, 신경숙, 권지예, 김인숙, 김훈, 한강, 정미경, 전경린, 권여선, 김연수, 박민규, 공지영, 김영하, 김애란, 편혜영, 김숨, 김경욱, 구효서, 손홍규, 윤이형, 이승우 등 한국 문단을 대표하는 실험정신과 독창성을 지닌 작가들이 이상문학상을 수상하였다. 상금은 대상 5,000만 원이고 우수상은 500만 원이다. 당선된 수상작은 문학성과 작품성을 인정받아 매년 작품집 발간과 함께 베스트셀러가 되고 있다.

## 우상의 파괴, 이어령의 문학비평

1953년 7월, 한국전쟁이 휴전되고서 전쟁의 심한 상흔으로 한국문학은 제대로 방향을 찾지 못하였다. 당시 문단의 중심에 있던 작가, 시인, 평론가들이 월북하거나 납북되었다. 홍명희, 이태준, 박태원, 정지용, 김기림, 김동인 등의 월북, 피납은 질적으로나 양적으로 문학적 대응력을 떨어지게 하였다. 반면에 남아있는 문단 중진들은 권위의식에 빠져 문학발전에 정체를 가져오게 하였다.

1956년에 이어령이 서울대 문리대 국문과를 졸업하였다.《한국일보》문화부장 한운사의 청탁으로 이어령은 '우상의 파괴'를 게재하였다. 이어령은 문학계의 신적인 거두 김동리를 '미몽의 우상'이라고 질타하였다. 모더니즘의 기수를 자처하는 시인 조향을 '사기사의 우상', 농민문학의 작가 이무영을 '우매의 우상' 최일수 평론가를 '영아의 우상'이라고 질타하였다. 황순원, 염상섭, 조연현, 서정주를 '현대의 신 라인들'로 묶어 신랄한 비평을 가했다.

이병주는 1966년에 그의 나이 44세 때 소설 〈알렉산드리아〉로 데뷔하였다. 그는 〈지성채집〉에서 "한국의 문예평론은 이어령의 비평 활동으로 비로소 문학이 되었다."고 지적했다.

이어령이 〈우상의 파괴〉를 들고 문학계에 등장하자 적지 않은 저항감을 불러일으켰다. 우상으로 받쳐진 문단의 대가들에 대한 비판은 이어령에 대한 반감이나 경계심을 불렀다. 이어령에게 자격논쟁이 일자 그는《문학예술》에 〈비유법 논고〉를 발표하여 합리적 절차를 밟았다. 1958년에 경기고등학교에서 국어 과목을 가르치며 김재순 주간에 의하여 이어령은 시사잡지《새벽》최연소 편집위원이 되었다. 1958년에 첫 저서《저항의 문학》을 경지사에서 출간하였다.

그가 1960년 서울대 대학원을 졸업하자마자 4·19 학생혁명으로 이승만 대통령이 하야했다. 관제언론으로 지목된 《서울신문》은 시위대에 의하여 불타게 되었다. 《서울신문》의 오종식 사장이 개혁하고자 젊은 이어령을 논설위원으로 영입하였다. 27세의 젊은 논설위원 이어령은 '삼각주' 칼럼을 연재하였다. 그는 문학 평론집 《지성의 오솔길》을 출간, 《새벽》의 편집위원으로서 최인훈의 문제작 〈광장〉을 발표하는 데 앞장섰다. 이때 평론집 《전후문학의 새물결》을 출간하였다. 〈창조의 아이콘, 이어령 평전 호영송, 문학세계사 참조〉

## 에세이스트 이어령

이어령의 문장은 누구나 공감하게 하는 설득력이 있다. 수많은 저서 중에 이어령 자신이나 독자들에게 가장 애착이 가는 책을 들라고 하면 한 권은 《흙 속에 저 바람 속에》이고 또 한 권은 《축소지향의 일본인》이다.

1963년에 이어령은 《경향신문》에 연재된 에세이를 모아 현암사에서 《흙 속에 저 바람 속에》를 출간하였다. 그의 나이 서른 살이었다. 그는 '한국의 문화풍토'에 대해 연재형식의 글을 써달라는 편집국의 요청을 받았다. 이어령은 풍토(風土)라는 말을 세 살 때 배운 우리말로 풀었다. '풍(風)'을 바람으로 '토(土)'를 흙으로 바꿔보니 진짜 우리가 살아온 한국의 흙냄새 바람결이 몸에 와닿는 것 같은 말이 되었다. 그리고 '바람 속에 흙 속에'의 순서를 뒤집고, 눈에 보이지 않는 바람에 '저'라는 지시대명사를 넣었더니 한국의 풍토들이 시적 감각어로 변하면서 전혀 느낌이 다르게 되었다. 낡은 개념어를 우리 토착어로 바꾸고 순서를 바꾼 것뿐인데 전혀 새 감각의 언어들이 탄생하게 된 거라고 이어령은 술회하였다. 모국어로 생각하기는 이어령의 창조력의 씨앗인 것이다. 이어령의 토착어는 세 살 때, 어머니의 품 안에서 옹알이를 할 때부터 몸에 익힌 것이다. 이어령은 자신의 "내 인생의 첫 책은 어머니의 모습"이라며 그는 어머니의 말, 어머니가 읽어주셨던 그 많은 모음과 자음에서 상상력을 길렀다. 그는 모국어로 생각하는 것이 어떻게 창조력과 영감의 원천이 되는지를 설명했다.

"세 살 먹은 어린아이도 알아들어야 하는 말이어야 해요. '맘마' '지지' 같은 이가 나오면서 배우기 시작하는 '근지러운 말' 어머니의 육체성이 있는 말, 학교에서 암기한 말이 아니라 맨몸으로 어머니로부터 배운 말이야, 그래야 피와 살이 있는 거지."

에세이스트 이어령의 《흙 속에 저 바람 속에》 중 '누구의 노래냐'의 서두 부분이다.

한국인의 유흥은 곧 노래를 부르는 것이다. 술집이고 잔칫집이고 어디에서든 사람들이 모여서 논다 싶으면 으레 노랫소리가 흘러나온다. 겉으로 보기에 조금도 이상할 것이 없다. 그러나 자세히 관찰하면 한국이 아니고는 도저히 찾아보기 힘든 진경이다. 노래라고 하는 것은 직업 가수가 아닌 이상 즉흥적으로 부르기 마련이다. 더구나 여러 사람이 모여 놀 때 흥에 겨우면 절로 합창이 터져 나오는 것이 보통이다.

그런 면에서 인간은 개구리와 닮은 데가 있다. 그런데 우리의 경우에는 그렇지를 못하다. 이상스럽게도 노래를 권유한다. 남에게 노래를 시키는 것이 유흥석상의 한 에티켓으로 되어 있는 것이다. 시키지도 않는데 노래를 부른다는 것은 멋쩍은 짓에 속한다. 노래를 부르는 수속과 절차가 그렇게 간단하지 않은 것이다.

이어령은 한국인의 유흥 문화에서 꼭 누군가 동석자에게 노래를 권하는 식의 풍속을 짚어내고 있다. 그는 한국인의 유흥 문화를 이야기하며 한국인의 해학을 드러내고 있다. 이어령은 1966년에 소설 〈장군의 수염〉〈무익조〉〈전쟁 데카메론〉〈환각의 다리〉 등을 잇달아 발표하였다. 그의 소설은 영화와 연극으로 크게 주목받으며 상영되었다. 내친김에 그는 〈세 번은 짧게 세 번은 길게〉〈춘향전〉 등 창작 시나리오를 지어 영화로 만들었다. 이어령이 내놓은 희곡 〈기적을 파는 백화점〉〈당신들은 내리지 않는 역〉 등은 지금까지도 대학로 연극계에서 공연되고 있다.

이어령은 자신의 언어를 육체 위에 인쇄하리라는 생각 끝에 희곡을 쓰게 되었다. 그는 "배고픈 사람들은 식당으로 모인다. 새 옷을 입고 싶은 사람은 양복점이나 양장점으로 모인다. 병든 사람은 병원으로 모이고 나그네들은 호텔로 모여든다. 사람은 목적 따라 모여들기 마련이다. 모든 공간은 시장의 원리에 따라 채워진다."는 것이다.

그러나 이어령은 단 한 가지 예외로 사람들이 연극을 보고자 모여드는 극장이라는 공간에다 문자를 육체의 언어와 동작으로 새기고자 희곡을 쓰게 된 것이라고 말한다. 그는 이 세상에 시장이 아닌 장소로서의 극장이 있다는 기적을 표현하고자 했다. 그가 세 살 때 배운 우리말로 베케트, 이오네스코, 페터 한트케를 넘어서고자 한 것이며, 창작극의 불모지에서 우리말로 한 송이 꽃을 피우고자 극장 관객을 모여들게 하고자 한 것이다.


이어령은 1982년에 《축소지향의 일본인》을 일본에서 일어로 출간하였다. 그는 일본문화에 대한 깊이 있는 분석을 제시하며, '축소'라는 핵심어를 통해서 일본 정신을 진단하였다. 이어령은 일본문화에 대해 비판하면서도 유머를 갖고 일본인에게 우정 어린 격려와 충고를 하였다. 일본의 국민작가 시바 료타로(1923-1996)는 《축소지향의 일본인》을 읽고 이어령에 대하여 이렇게 말했다.

2014년, 전북도립미술관 김병종 교수 전시회 개막식에서의 이어령 교수
(좌로부터 당시 전북지사, 정미경 작가, 김병종 교수, 명창 안숙선, 이어령 교수, 한승헌 변호사)

"이어령 교수는 자기를 객관화시킬 수 있는 유일한 한국의 문화 영웅이다."

이어령의 문학적 직관력과 재치가 응축된 핵심어 '축소(縮小)'의 일본어 'ス'이라는 단어는 일본어가 아닌 말로는 제대로 표현되기 어렵다. 그는 한국어 번역판을 낼 때 가장 근접한 의미를 담고 있는 '축소'라는 단어를 사용할 수밖에 없었다고 했다.

일본인은 커다란 무엇인가를 작게 줄여놓고 즐긴다. 일상생활 속에서 쉽게 보는 나무 도시락, 분재, 트랜지스터, 전자계산기, 핸드백에 쏙 들어가는 3단 접이 우산, 쥘 부채 등 이루 헤아릴 수 없다. 내가 일본에 가서 놀란 것은 숙소의 목욕실이었다. 좁은 공간에 탕, 세면대, 변기 등과 욕실 부품들이 빈틈없이 들어서 있어서이다. 무엇이건 작게 만들어 편리를 누리는 일본인들의 재주는 능률과 이득을 올려 왔다. 독일이 지배하던 카메라와 트랜지스터, 오디오 제품, 가전제품을 일본인은 작고 세밀하게 만들어 세계 시장을 석권하였다.

일본 고급 시사 평론지《인사이더》의 편집장 다카소 하지메는 이렇게 말했다.

"이어령 교수의《축소지향의 일본인》을 별 기대 없이 대강 보다가 어느새 자세를 고치고 다음날 아침이 될 때까지 단숨에 다 읽어 내렸다. 그 책에는 수많은 기존의 일본인론이 재미없고 별 감흥을 주지 못했는가에 대한 이유가 단칼로 금을 긋듯, 분명하게 지적되어 있기 때문이었다."

《축소지향의 일본인》는 일본의 많은 지식인이 자신들이 미처 생각하지 못한 일본을 심려하며 충고하는 이어령의 일본론이라는 것을 느꼈다. 이어령은 일어 집필의 여러 가지 힘든 과정을 넘어섰다. 그는 어린 시절 모국어를 빼앗기고 일어를 배우면서 익힌 일어의 구사력과 일본문화에 대한 감수성으로 이성적으로 책을 저술하였다. 그는《축소지향의 일본인》을 쓰기 위해 일본에 관한 수많은 자료를 분석하고 한국인에게 깔려있는 일본에 대한 한과 분노를 넘어서는 냉철한 이성으로 상기 저서를 집필한 것이다.

이어령은 일본에 대한 깊이 있는 연구를 바탕으로 유려하며 호소력 있는 일본어를 구사하였다. 일본에서 일본인의 유력한 출판 시스템을 이용하여 출판하므로 지식인과 영향력 있는 일본인들에게 읽도록 하였다. 일본인들에게 받은 문화적 부채를 이성적이고 평화롭게 문화적인 부드러운 방식으로 대응하였기에 이어령의 《축소지향의 일본인》은 일본 언론과 지식인 사회의 뜨거운 반응을 일으켰다.

이어령의 《축소지향의 일본인》은 1983년 한국어판, 영문판, 1988년 불문판이 출간되어 세계인의 책이 되었다. 〈창조의 아이콘 이어령 평전, 호영송 문학세계사 참조〉


## 문화의 아이콘, 이어령

이어령은 1966년부터 이화여자대학교 국문과 전임강사가 되어서 학생들을 가르쳤다. 1988년에는 88서울올림픽의 개막과 폐회식 식전 행사를 기획하고 연출하였다. 1988년 9월 16일 오후 6시, 같은 시간대에 세계 200개국 사람들이 서울올림픽의 개막식을 TV 앞에서 지켜보고 있었다.

IOC의 사마란치 위원장의 인사말 등의 순서가 진행되고 나서 개막식의 하이라이트 시간이다. 잠실 메인 스타디움에 모인 10만 관중이 한국이 준비한 비장의 카드를 보기 위해 숨죽이고 운동장의 한가운데를 주목했다.

한 작은 소년이 우리 앞에 서 있었네.

그의 손에 하얀 쇠바퀴 하나 쥐어져 있었네.

굴렁쇠라 이름 붙은 그것이

영원을 열어 가는 기호라고는

아무도 생각하지 않겠지만,

그 아이는 굴렁쇠라는 이름의 바퀴를 들고 있었다네.

가난하여서인가,

친구도 없이

놀잇감도 없이,

한 아이가 홀로 거기 서 있었네.

그 아이에게 다만

꿈이 있었다네

외로움과 단조로움의

시간을 던져버리고

꿈을 몰며, 꿈을 따라,

꿈과 같이 달려간다네.

좁은 동네 길을 달리고 들판을 달리고

신작로 길을 달린다네.

아이 하나와 하나의 굴렁쇠와

꿈의 언어가 거기 있었다네.

꿈의 기호가 굴러간다네.


1988년 서울올림픽 개막식 식전행사, 그 침묵의 공간에 나타난 굴렁쇠 굴리는 어린 소년은 이어령의 시에서 세계의 문화가 되었다. 문화평론가 김문환 교수가 쓰고 코리아나가 부른 88올림픽의 주제가 '벽을 넘어서'가 세계인의 가슴을 활짝 열었다.

88서울올림픽 개막식 식전행사, 굴렁쇠 굴리는 어린 소년

하늘 높이 솟는 불
우리의 가슴 고동치게 하네
이제 모두 다 일어나
영원히 함께 살아야 할 길
나서자

손에 손잡고 벽을 넘어서
우리 사는 세상 더욱 살기 좋도록
손에 손잡고 벽을 넘어서
서로서로 사랑하는 한마음 되자
손잡고

이어령은 1990년에 노태우 정부 초대 문화부장관이 되었다. 이어령 장관은 취임사에서 "황무지나 다름없는 벌판에 신축 가옥을 짓는 목수가 되었습니다."라고 밝혔다. 이어령은 교육부 학제에서 벗어난 한국종합예술학교를 문화부에 소속하여 창설하였다. 이후 한국종합예술학교 졸업생들이 세계의 유명한 콩쿠르에서 상을 휩쓸면서 한국인의 문화예술성을 세계에 각인시켰다.

이어령은 문화부장관 24개월의 재임 동안 모든 국민의 문화 인식을 높이는데 기여하였다.

## 지성에서 영성으로, 이어령

이어령의 이름만 들어도 떠오르는 단어가 있으니 바로 '지성'이다. 이 나라에서 지성이란 단어를 단 한 사람에게 붙인다면 이어령이 아닐까. 이러한 이어령이 딸 이민아의 실명 위기를 앞에 두고 그간 쌓아온 지성이 송두리째 붕괴되고 있었다.

이어령은 젊은 시절부터 성경을 통독하였다. 프랑스의 지성, 작가 앙드레 지드가 기독교인은 아니었지만, 기독교적인 발상의 〈좁은 문〉을 쓸 수 있었던 것과 마찬가지로 이어령은 그의 저서 곳곳에서 성경을 인용하였다. 이어령 신작 전집 《나그네의 세계 문학》에서 욥기를 말하고 기독교 문학의 역설을 논하였다.

그에게는 젊은 시절부터 가깝게 지낸 강원용 목사가 있었지만, 강원용 목사는 단 한 번도 기독교 신앙을 권면하지 않았다. 딸 이민아가 평소에 알고 지내고 한국에 오면 다니던 온누리교회의 담임 하용조 목사는 이어령을 만나서 단도직입적으로 전도하였다.

"이 교수님, 따님이 눈을 떴는데, 그저 가만히 계시렵니까? 아직도 믿지 못하시겠어요?"

딸 민아는 결혼하고 미국에 가서 문학 전공을 바꾸어 법을 공부했다. 그런 과정에서 이혼하고 젊은 아들을 잃었다. 이민아는 미국 변호사, 검사로 지냈지만, 정신적인 위기를 겪으며 병을 얻게 되었다, 하지만 하나님을 믿었다. 이어령은 딸을 위해서 아무것도 해줄 수 없다는 무능함에 대한 자책감이 있었다.

"민아가 이 세상에서 자기 눈으로 어제 보던 그것들을 오늘에도 보게 된다면, 그것만으로도 다행이고, 내가 더 바랄 게 무엇이겠는가?"

그러한 2007년의 어느 초여름날 새벽에, 딸 민아가 교회에 가고자 계단을 내려가다가, 잠깐 잊은 게 있는 것처럼 뒤를 돌아보았다. 딸 이민아와 아버지 이어령의 시선이 마주쳤다. 그런 가운데 민아는 오랫동안 마음에 담아온 말을 했다.

"아빠, 세례 안 받으실 거예요?"

그 순간 그 질문에 대한 대답을 마침내 이어령이 했다.

"그래! 내가 세례 받으마, 목사님에게 말해라!"

이어령은 그의 시집 《어느 무신론자의 기도》에서 '지성에서 영성으로' 자리를 옮겨 기도하였다.

하나님
당신의 제단에
꽃 한 송이 바친 적이 없으니
절 기억하지 못하실 겁니다.

그러나 하나님
모든 사람이 잠든 깊은 밤에는
당신의 낮은 숨소리를 듣습니다.
그리고 너무 적절할 때 아주 가끔
당신 앞에 무릎을 꿇고 기도를 드립니다.

2007년 7월 4일, 이어령은 온누리교회에서 하용조 목사를 통해 기독교 세례를 받았다. 2012년 3월 5일 이어령 교수를 예수님께 이끄는 길을 열어준 딸 이민아 목사가 한국, 미국, 아프리카 등에서 선교하다가 하나님의 부름을 받았다.

이어령은 한국문화의 아이콘이다. 1979년 대한민국문화예술상, 2003년 제48회 대한민국예술원상(문학 부문), 2009년 미사오카시키 국제하이쿠상, 2011년 제24회 기독교문화대상(문학 《지성에서 영성으로》 작가) 수상, 1989년 체육훈장맹호장, 2021년 금관문화훈장 등을 수훈하였다. 이어령을 빛낸 수많은 저서, 상훈, 업적을 교수받은 제자들을

기독교문화대상 문학 부문 상패 전달하는 소강석 목사와 수상하는 이어령 교수
2011. 2. 24. CTS아트홀

꼽자면 끝이 없다.

이어령은 《지성에서 영성으로》에서 제5부에 '지성에서 영성으로 넘어가는' 문지방 위의 대화편을 두었다.

그중 '인생이란 15분 늦게 들어선 영화관'이란 글에서 이어령은 "로맹 롤랑은 인생이란 15분 늦게 들어간 영화관과 같은 것이라고 했습니다. 뭐가 어떻게 돌아갈지 알 수 없는 것이라고." 운을 뗀다. 실제로 나는 영화나 연극을 볼 적에 늦게 들어가지 않는다. 앞부분을 놓치고 보게 되면 영화나 연극이 끝나도 뭐가 뭔지 알 수 없기 때문이다. 이러한 로맹 롤랑의 인생에 대한 견해에 이어령은 사람들이 놓쳐버린 15분의 줄거리를 찾기 위해 신앙을 가지고 철학에 매달리는지도 모른다는 글을 통해 그가 문지방을 넘기 전 지성에 거할 때의 모습을 담담하게 썼다.

그랬던 그가 그 문지방을 넘어섰음을 딸 민아에게 쓴 한 통의 편지에서 고백하고 있다. "시력을 잃어가던 너의 어둠으로 나를 영성의 세계로 이끌어주었다. 네가 애통하고 서러워할 때 내 머릿속의 지식은 건불에 지나지 않았고, 내 손에 쥔 지폐는 가랑잎보다 못하다는 걸 알았다. 70평생 살아온 내 삶이 잿불과도 같은 것이라는 것을 가르쳐 준 것이다."

딸 민아의 기도는 아버지 이어령을 '지성에서 영성으로'의 높은 문지방을 넘게 했다. 하루에도 몇 번 밤에 자다가도 불현듯 회의와 참회를 되풀이하면서 살아간다며 이어령은 자신처럼 먹물에 찌든 사람은 백 퍼센트 신사는 못 된다고 히였다. 그러나 그가 고백한 끊임없는 회의와 참회가 그가 지성에서 영성으로의 높은 문지방을 넘었음을 반증하는 것이리라.

## 문화와 영성의 건축가 이어령

한 시대 문화의 아이콘 이어령이 2022년 2월 26일 우리 곁을 떠났다. 이어령은 임종을 하루 앞두고 자신의 제자인 《조선일보》 김지수 문화전문기자를 평창동 자택으로 불렀다. 그가 말했다.

"더이상은 아무 것도 할 수가 없네. 자네가 글로 내 사회적 죽음을 공표해 주게."

이즈음 이어령은 잠옷을 입고 서재와 거실에 누워 찾아오는 이들을 맞이했다. 아무런 의료장치에 기대지 않고 때가 되면 링거로 최소의 영양만 취하고 있었다. 골상의 윤곽이 다 드러난 채로 그는 해야 할 일과 말을 명료하게 지휘하였다.

"캄캄한 밤중이었네. 내가 가장 외롭고 괴로운 순간이지. 문을 두드리는 노크 소리가 들렸어. 누군가하고 봤더니 노래하는 장사익이야. 그이가 집에서 쓰던 기계를 다 챙겨와서 내 앞에서 노래를 불러줬다네. 1인 콘서트를 한 거야.

이 풍진 세상을 만났으니 너의 소원이 무엇이냐…… 한 곡이 끝나고 또 한 곡…… 당신은 찔레꽃, 찔레꽃처럼 울었지…… 너무나 애절했어. 너무나 아름다웠지.(침묵) 이런 아름다운 세상이 계속 됐으면 좋겠어.

글로 써주게. 사람들에게, 너무 아름다웠다고, 정말 고마웠다고."

이어령은 병원 중환자실에 갇혀 있지 않고 생명이 다하는 순간까지 집에서 해를 쬐며 삶 쪽의 문을 활짝 열어놓았다.

그가 마지막까지 손을 놓지 않은 것은 책이었다. 세 줄 일기 〈눈물한 방울〉, 딸 이민아 목사에게 쓴 시와 여러 편을 모은 시집 〈헌팅턴비치에 가면 네가 있을까〉〈이어령 대화록〉〈한국인 이야기〉 등이 차례로 출간을 기다리고 있었다.

이어령은 임종 하루 전, 2022년 2월 25일, 출판사 열림원 김현정 주간에게 전화를 걸어 시집 〈헌팅턴 비치에 가면 네가 있을까〉의 서문을 불러주었다. 헌팅턴 비치는 살아생전 이민아 목사가 살던 미국의 바닷가였다.

헌팅턴 비치에 가면 네가 있을까

헌팅턴 비치에 가면 네가 살던 집이 있을까
네가 돌아와 차고 문을 열던 소리를
들을 수 있을까
네가 운전하며 달리던 가로수 길이
거기 있을까

네가 없어도 바다로 내려가던
하얀 언덕길이 거기 있을까
바람처럼 스쳐간 흑인 소년의
자전거 바퀴살이 아침 햇살에 빛나고 있을까

헌팅턴 비치에 가면 네가 있을까
아침마다 작은 갯벌에 오던
바닷새들이 거기 있을까

네가 간 길을 내가 간다. 그곳은 아마도 너도 나도 모르는 영혼의 길일 것이다. 그것은 하나님의 것이지 우리 것이 아니다.

  ─ 2022년 3월 이어령.

《이어령의 마지막 수업》의 저자인 김지수 기자의 표현처럼 3월을 며칠 앞두고, 그렇게 가장 자기다운 방식으로 3월을 명명한 후 마침내 이어령은 떠났다.

이어령의 시집 《어느 무신론자의 기도》에 수록된 그의 시 '메멘토 모리'는 그의 삶과 죽음을 압축했다.

목숨은 태어날 때부터
죽음의 기저귀를 차고 나온다.
아무리 부드러운 포대기로 감싸도
수의壽衣의 까칠한 촉감은 감출 수가 없어
잠투정을 하는 아이의 이유를 아는가.

한밤에 눈을 뜨면
어머니 숨소리를 엿듣던
긴 겨울밤
어머니 손 움켜잡던
내 작은 다섯 손가락.

애들은 미꾸라지 잡으러 냇가로 가고
애들은 새둥지 따러 산으로 가고
나 혼자 굴렁쇠를 굴리던 보리밭 길

여섯 살배기 아이의 뺨에 무슨 연유로
눈물이 흘렀는가.
너무 대낮이 눈부셨는가.
너무 조용해 귀가 멍멍했는가.

굴렁쇠를 굴리다 흐르던 눈물
무엇을 보았는가.
메멘토 모리
훗날에야 알았네.
메멘토 모리

메멘토 모리memento mori는 m자 세 개가 겹쳐져 있는 아름다운 라틴어 '너는 언제나 죽는다는 것을 생각하라' 는 뜻이다. 향락적 찰나주의의 경구이기보다 오만하지 말고 성실하게 경건하게 인생을 보람있게 살아야 한다는 엄숙함을 담고 있다.

이어령, 그의 88년 생애는 지성과 영성의 집을 건축하는 데 사용하였다. 그의 시 〈내가 살 집을 짓게 하소서〉는 영혼의 건축가로서의 소원을 담아내고 있다.

내가 살 집을 짓게 하소서
다만 숟가락 두 개만 놓을 수 있는
식탁만 한 집이면 족합니다
밤중에는 별이 보이고 낮에는 구름이 보이는
구멍만 한 창문이 있으면 족합니다

비가 오면 작은 우산만 한 지붕을
바람이 불면 외투자락만 한 벽을
저녁에 돌아와 신발을 벗어 놓을 때
작은 댓돌 하나만 있으면 족합니다

내가 살 집을 짓게 하소서
다만 당신을 맞이할 때 부끄럽지 않을
정갈한 집 한 채를 짓게 하소서
그리고 또 오래오래
당신이 머무실 수 있도록
작지만 흔들리지 않는
집을 짓게 하소서

기울지도
쓰러지지도 않는 집을
지진이 나도 흔들리지 않는 집을
내 영혼의 집을 짓게 하소서

　강인숙 관장의 오빠가 되는 강철종 교수의 장남인 여의도순복음교회 강태욱 목사는 2022년 2월 19일, 그가 소천하기 한 주일 전 앞서 평창동 자택에서 이어령 교수의 임종을 준비하기 위해 천국 소망의 말씀을 전했다. 그날의 예배에는 이어령 선생, 강인숙 관장, 장남 이승무, 김경희 부부, 차남 이강무, 이유미 부부, 손주 이다인, 이지인, 이수범, 이정범, 이어령 선생의 동생들과 조카 되는 강태욱 가족이 함께했다.
　그 후 우리 시대의 스승 이어령은 2022년 2월 26일 낮 1시 30분, 큰아들 이승무 한국예술종합학교 영상원 교수의 품 안에서 그가 늘 바라던 대로 평화롭고 평안하게 마지막 가벼운 숨을 내고 임종하였다. 그는 정신이 흐린 상태에서 세상을 떠나고 싶지 않았다. 그래서 진통제도 맞지 아니했는데 마지막까지 의식이 또렷했다. 그는 죽음이 어떻게 생겼는지 한번 봐야겠다는 표정으로 허공을 아주 또렷하게 30분 정도 응시했다. '아주 재미있는 것을 지켜보는 듯한 표정은 어떻게 보면 황홀한 얼굴이었다.'라고 하였다.

이보다 앞선 26일 낮 12시 30분쯤 숨을 거두기 한 시간 전에는 미국에 있는 이민아 목사의 자녀가 되는 에단, 루키, 크리스티와 영상 통화도 했다. 말을 뱉을 기운이 없었던 이어령은 손을 낮게 들어 흔들며 기뻐하는 모습으로 손주들과 작별인사를 하였다. 웃는 얼굴로 정말 기뻐하는 모습으로. 영상 통화 후 그의 아내 강인숙 영인문학관장, 이승무 한예종 교수, 이강무 백석대 교수 등 가족들이 임종예배를 드렸다.

"산다는 게 뭔가. 내 이야기 하나 보태고 가는 것이 아닌가." 2020년 이어령 선생이 남긴 말이다. 평생을 바쳐 세상에 이야기를 보탠, 한국 지성의 대들보인 그가 하나님의 부름을 받았다.

2022년 2월 28일 서울대병원 장례식장에서 이어령 선생과 이민아 목사와 친분이 두터운, 사랑의 교회 오정현 목사의 집례로 입관예배를 드렸다. 오정현 목사는 "천국에서 해와 같이 빛난 얼굴로 만날 것을 기대한다."라고 말씀을 전하고 김병종 서울대 명예교수가 추모사로 "이어령 교수는 나를 생명의 동지로 부르며 기독교 진리에 파고들게 하였다."라고 전하였다.

천안공원 묘역에서 진행된 하관예배를 그가 하용조 목사로부터 세례를 받은 온누리교회의 이재훈 목사가 인도했다. 빈소에는 유족에게 기도와 위로를 전한 여의도순복음교회 이영훈 목사, 기하성 총회장 이태근 목사, 새에덴교회 소강석 목사, 명성교회 김삼환 목사, 기독교문

서울대병원 장례식장 조문하는 소강석 목사

화예술원 안준배 목사, 세계성령운종중앙협의회 김창곤 목사 등 교계 인사들의 조문이 줄을 이었다.

이어령 선생의 장례는 황희 문체부장관을 장례위원장, 김현환·오영우 차관을 부위원장으로, 역대 문화체육관광부 장관 이민섭, 주돈식, 김영수, 송태호, 신낙균, 박지원, 김한길, 남궁진, 김성재, 이창동, 정동채, 김명곤, 김종민, 유인촌, 정병국, 최광식, 유진룡, 김종덕, 조윤선, 도종환, 박양우 및 유희영 대한민국예술원 회장, 김대진 한국예술종합학교 교장, 민병찬 국립중앙박물관장, 김현모 문화재청장, 서혜란 국립중앙도서관장, 김은미 이화여자대학교 총장, 최규학 문화회 회장 등 문화예술기관장들을 위원으로 하는 장례위원회를 구성했다. 서울대학교병원 장례식장에는 문재인 대통령, 김부겸 국무총리, 대선후보 윤석열, 이재명, 안철수, 시인 이근배 전 대한민국예술원 회장, 곽효환 한국문학번역원장, 조정래, 이문열, 김홍신, 윤후명, 박범신, 유현종 소설가, 김남조, 오세영, 김후란, 김종원 시인 등 문화예술계 인사들이 찾았다.

이에 앞서 이날 오전 8시 이어령 선생의 발인식은 강태욱 목사가 집례하여 서울대병원 장례식장에서 유족과 문화예술계 인사들의 애도 속에 진행됐다. 운구차는 이어령, 강인숙 부부가 설립한 종로구 평창동 영인문학관을 거쳐 옛 문화부청 청사 자리인 대한민국역사문화박물관에 들렀다. 대한민국역사문화박물관 외벽에 마련된 초대형 미디어 캔버스 '광화 벽화'에는 고인의 생전 메시지가 띄워졌다.

"내가 받았던 빛나는 선물을 나는 돌려주려고 해요. 애초에 있던 그 자리로, 나는 돌아갑니다."

이어령 초대 문화부장관의 영결식은 지성의 상징 국립중앙도서관에서 문화계 인사 유족, 문화예술공공기관장과 문화예술계 250명이 참석한 가운데 거행되었다. 황희 문화체육관광부 장관은 "꺼져가는 잿더미의 불씨를 살리는, 시대의 부지깽이를 잃었다며 받은 모든 것이 선물이었다는 말에 늦었지만, 같은 말로 화답 드리고 싶다."고 조사하였다. 이근배 시인은 그가 직접 지은 시, '한 시대의 새벽을 깨운 빛의 붓, 그 생각과 말씀 천상에서 밝히소서.'를 읊었다. 이어령과 1972년 월간《문학사상》을 함께 창간한 이근배 시인은 "이어령 선생은 20세기 한국의 뉴 르네상스를 떠받친 메디치로 영원히 새겨질 것"이라고 추도사를 하였다. 이어 김화영 고려대 명예교수는 "8자를 옆으로 눕히면 무한대의 기호 뫼비우스의 띠가 된다던 선생님이기에 90을 문턱에 두고 영원을 보려고 그리 서둘러 떠나셨습니까"라며 "죽음을 기억하는 일이 삶을 진중하게 사는 것임을 가르쳐 주신 선생님, 메멘토 모리."라고 추도사를 하였다. 추도사에 이어 고인이 문화부장관 재직시 설립한 한국예술종합학교 교수와 학생들의 추모 공연으로 영결식을 마무리하였다.

이어령은 자신은 지성과 영성의 문지방 위에 서 있었다고 했다. 마침내 그는 영성의 빛을 향해 저 높은 곳으로 길을 떠났다. 지금은 앞서 간 사랑하는 이민아 목사와 얼싸안고 예수님 주변에서 춤과 노래를 하고 있을 것이다.


## 이어령의 추모전, 장예전長藝展

시대의 지성이자 문화예술의 스승, 크리에이터 이어령 선생의 추모 전시회〈이어령 장예전〉이 2022년 4월 15일부터 5월 14일까지 영인문학관에서 열렸다. 평창동에 있는 영인문학관은 이어령 선생과 부인 강인숙 선생의 이름을 한 자씩 따서 지었으며, 그분들의 원고료와 인

이어령 교수의 장례전. 종로구 평창동 영인문학관

세 수입으로 지은 문화박물관이다.

이영혜 디자인하우스 대표가 전시 총감독을 맡아 장례식이 아닌 장예전을 보여주었다. 장례식장의 만장처럼 한땀 한땀 손으로 꿰어 만든 광목으로 공간을 구분하였다. 곳곳에 보이는 닭은 우리 문화의 새벽을 깨운 이어령을 상징하는 김병종 화가의 작품이다. 바느질로 만든 거대한 원고지에 새겨진 이어령의 자필 문구, 이어령의 생애마다 솟아오른 문화예술이 산봉우리가 되어 차례로 전시되어 있었다.

'장례(葬禮)'가 아니라 '장예(長藝)'인 것은 전시회가 이어령 선생의 '긴(長) 예술(藝) 이야기'이며, 동시에 문화예술의 '큰 어른(長)'을 '예술(藝)'로 보낸다는 뜻을 담고자 했기 때문이다. 전시회에는 이어령 선생의 어린 시절, 청년 시절, 일본 생활 시절, 서울올림픽과 문화부장관 시절, 노년에 이르기까지 그가 아끼고 사용한 일상용품과 사진들이 연대기로 확인할 수 있게 배치되었다.

그의 〈축소지향의 일본인〉의 육필 원고, 이화여대 강의 시절 사용한 갈색 가죽 가방과 일정표가 눈에 띈다. 서울올림픽의 원래의 구호는 '장벽을 허물고'였지만 이어령의 강한 의지로 주제가인 '손에 손잡고 벽을 넘어서'로 바뀌었다. 그리고 온 세계가 숨을 죽이고 지켜보던 굴렁쇠 퍼포먼스는 전쟁의 이미지가 강했던 한국에 평화의 이미지를 부각시켰고, 동서 진영의 화합과 평화를 소망하게 하였다.

전시장에는 서울올림픽 때 처음 만난 김덕수 사물놀이패의 수장 김덕수의 징, 안숙선 명창이 신인 시절에 사용했던 그의 손때 묻은 부채, 백남준 작가가 이어령 교수에게 선물한 드로잉 2점, 화가 박고석의 캐리커처와 현대 미술의 거장, 철학자, 문인 이우환의 원고, 소설가이자 시인이자 화가인 이제하 작가의 병풍, 이어령의 팔순 때 사용한 도시

락통에 그림을 그려서 이어령 선생께 선물한 윤후명 소설가의 그림, 한국 청년 문학의 상징 1세대 작가로 1967년《조선일보》신춘문예 소설 당선자와 심사위원으로 처음 만나 교류를 이어갔다는 최인호의 육필 원고가 전시되어 있었다. 또한 1977년 이어령 선생이 이상문학상을 제정하고 〈서울의 달빛 0장〉으로 제1회 이상문학상을 수상한 작가 김승옥이 그린 이어령의 캐리커처도 있었다. 오정희 소설가 등 이어령과 인연을 맺은 작가들의 '고 이어령 추모전: 장예전(長藝展)'은 전시장을 찾는 이들의 마음에 떠나간 사람이나 남아서 여전히 그리워하는 이들 모두에게 아름다운 기억을 간직할 수 있는 '아카이브'가 되어 주었다.

문화와 영성의 건축가 이어령, 그가 88년간 하나하나 쌓아 올린 돌들이 그와 함께 시대를 공유한 이들과 미지의 사람들의 문화 속에 영원한 '모퉁이 돌'이 될 것이다. ✶

# 독창성으로 시대를 움직인 극작가 이보라

극작가 이보라는 1918년 11월 16일에 행주산성에서 초기 기독교 가정에서 출생하였다. 생후 15개월 만에 어머니를 잃은 이보라는 조부모 손에 자라 자수성가하였다. 언더우드 Ⅱ세 원한경은 갓 태어난 아이에게 이름을 이보라(李保羅)라고 지어 주었다. 원한경 선교사가 지어 준 '보라(保羅)'는 '바울'의 한자 음역이다. 이보라는 언더우드(Horace Grant Underwood. 한국명 원도우)의 아들인 원한경으로부터 1922년에 유아세례를 받았다.

# 독창성으로 시대를 움직인 극작가 이보라

극작가 이보라는 1918년 11월 16일에 행주산성에서 초기 기독교 가정에서 출생하였다. 생후 15개월 만에 어머니를 잃은 이보라는 조부모 손에 자라 자수성가하였다. 언더우드 Ⅱ세 원한경은 갓 태어난 아이에게 이름을 이보라(李保羅)라고 지어 주었다. 원한경 선교사가 지어 준 '보라(保羅)'는 '바울'의 한자 음역이다. 이보라는 언더우드(Horace Grant Underwood. 한국명 원도우)의 아들인 원한경으로부터 1922년에 유아세례를 받았다.

## 동양극장 홍해성의 문하생, 이보라

이보라는 일산공립보통학교를 졸업하고 1946년에 한국신학대학에 입학하였다가 1973년에 한국신학대학을 졸업하였다. 그는 평양 출신인 홍순언이 그의 아내이자 무용가인 배구자와 함께 서대문 충정로에 설립한 우리나라 최초의 연극 전용 극장인 동양극장, 홍해성의 문하에서 연극 연기를 6년간 하였다.

연출가 홍해성은 1920년 봄, 김우진, 조명희 등과 극예술협회를 조직하였다. 그는 1921년에는 극예술협회 회원이 주동이 된 동우회 순회연극단의 일원으로서 조명희가 쓴 〈김영일(金英一)의 사(死)〉의 연출을 맡았다. 홍해성은 극예술연구회에서는 무대 수련을 쌓은 유일한 연출가로서 창립공연인 〈검찰관〉으로부터 제7회 공연까지 계속 연출을 맡았다. 이 시기에 유치진, 서항석, 허남실, 이서향 등이 그에게서 연출을 배웠다. 1935년 11월에 동양극장이 설립되자 홍해성이 이 극장의 전속 연출가가 되었고, 여기서 개량신파극을 리얼리즘 기법으로 연출하였다. 그는 배우로 출발하여 연출가로 우리나라 근대극 발전에 기여하였다. 특히 극예술연구회를 통해서 스타니슬랍스키의 사실주의적 연출기법을 정리했고 동양극장 시대에는 신파극에 리얼리즘 연출기법을 토착화시키는 데 지대한 역할을 한 선구적 연출가이다.

이보라는 동양극장 연극 연구생 지원자 218명 중에 김윤봉, 송억, 명진, 배숙자 등과 함께 최종 23명의 합격자가 되었다. 이보라는 홍해성의 연기론 프린트물을 받는 것을 시작으로 6년간 그의 문하생으로 연기를 배웠다. 이보라는 홍해성의 문하가 되어 제주도에서 봉천, 신경, 두만강을 건너기를 몇 번이나 하면서 극단을 유랑했다. 그는 〈대추나무〉의 동욱이 역을 마감으로 해방이 오자 연출가로 입문하였다.

이보라는 동양극장의 최우석 기획실 사업부장에게 발탁되어 동양극장의 전속극단 〈호화선〉의 서북선 및 만주 순회공연 길에 나서게 되었다. 그는 장진, 지계숙, 강노석, 송재로, 태을민 등과 함께 장도에 올랐다. 당시 한 극장에 자리를 잡으면 단체가 왔다는 것을 그 지방에 알려야 했기에 지방에 단체가 들면 거리를 다니며 예고를 하였다. 이 예고는 인력거를 이용한 길고 긴 행렬이었다. 그는 태을민 인력거 다음 차였는데 인력거에는 거기 탄 배우의 이름 깃발이 나부끼게 마련이었다. 그때 신의주, 봉천, 신경, 하얼빈의 '거리예고' 추억은 이보라에게 유난히 애련하였다.

〈호화선〉의 서북선 만주 순회공연 길에서 40일 만에 돌아오게 된 이보라는 최우석으로부터 전국 순회공연 일정을 하게 되었다. 최우석은 서울에 앉아서 전화와 전보로 전국 일정을 잡았다. 그것은 동양극장의 또 하나의 전속극단 〈청춘좌〉가 지방 공연을 다녀온 다음번 일정이었다. 전화 한 통으로 스케줄을 잡아 나간다는 것은 그만큼 신용이 뒤따라야 하는 일이다.

이보라의 스승 홍해성은 1957년 12월 6일 하오, 신촌 자택에서 예순넷의 일기로 세상을 떠났다. 복혜숙, 모윤숙 등 조객이 참석한 가운데 이보라의 아내와 세 상제가 왼편에 서 있고 악기들이 조가를 읊었는데 박진, 이헌구, 유치진, 이원경의 메마른 음성의 조사가 서러웠다고 이보라는 홍해성의 발인을 회고했다. 〈한국신극사연구 이두현, 서울대학교 출판부 유민영 집필 〈예술무대〉 창단의 주역, 이보라, 윤금성 1966 참조〉

연출가 홍해성으로부터 연기를 배운 이보라는 1945년에 '예술무대'를 창단하였다. 그는 1945년 8월 18일 조선신학교를 졸업한 윤금성과 함께 평소에 꿈꾸던 극단을 창립하기 위해 모임을 갖고 창립 고문으로 최윤관 목사를 추대했다. 이보라와 윤금성은 고문 최윤관 목사의 의견을 받아 '예술무대'를 창단하고 처음에는 제작이 가능한 방송극부터 시작하였다. 극단을 창단하고 9개월이 지난 1946년 7월 8일에 윤금성 작, 이보라 지도로 방송극 〈비오는 밤〉이 방송되었다.

'예술무대'의 처음 연극 작품은 최윤관 고증, 이보라 작, 연출의 〈에스더〉 전 5막으로 공연하였다. 성사극 〈에스더〉는 김포 기독교청년회(회장 정준)의 초청으로 1946년 7월 25일과 26일에 김포에서 공연하였다. 지방 공연이 끝난 후 10월 29일부터 11월 2일까지 5일간은 서울 YMCA 강단에서 본 공연했다. 출연자는 민구, 홍석관, 황광은, 문기성, 김순배, 김선희, 이종정, 임창규, 신현신 등이었다. 〈에스더〉의 관객수가 김포 1,032명 능곡 1,200명, 개성 2,500명, 서울 5,603명이었다.

'예술무대'의 두 번째 작품은 윤금성 작 이보라 연출로 〈모세〉(전4막)였다. 민구, 홍석관, 차조웅, 황광은, 최선애, 장민호 등이 팔팔 앳된 정열로 연기하였다. 아직 해방의 감동이 남아있던 시기였기에 이집트 파라오의 학정 밑에서 신음하고 있던 이스라엘 민족을 젖과 꿀이 흐르는 가나안으로 이끌고 가는 모세의 출애굽 행위는 그대로 우리나라 관객들에게 감동을 안겨 주었다.

서울 명동에 있는 국제극장(당시 국립극장) 4일간 7,982명, 성남극장 3일간 2,540명 정읍, 안동, 원주, 대전, 춘천 등 열아홉 개 지역에서 35일간 관객 31,179명이 극장을 찾았다. 당시의 사회적 반응은 하나밖에 없던 국립방송국 HLKA가 서울 국제극장의 공연 전체를 전국에 중계하기까지 폭발적이었다. 〈모세〉의 작가 윤금성은 가난과 연극에 대한 정열로 자신의 몸을 돌보지 않아 지병인 폐결핵의 악화로 〈모세〉의 초연을 보지 못하고 지금의 부천인 소사 집에서 방송을 듣는 것으로 만족해야만 했다. 그는 방송극 몇 편과 희곡 〈모세〉를 남기고 1947년 2월 21일에 서른두 살이라는 이른 나이에 타계하였다.


'예술무대'의 세 번째 작품은 이종환의 〈여와〉이다. 1948년 10월 12일부터 3일간 국제극장에서 막을 연 〈여와〉는 이종환, 장민호, 나소운 등이 출연하였다. 한국 최초의 기독교 사회극이었다. 기독의 뜻을 교회 안에서만 행동하려는 목사, 기독교의 뜻과 상반되면 무조건 적대시하는 장로, 특히 이 작품의 중심적 인물인 기생 여와만 하더라도 낡은 관념에 빠져 있는 기독교를 매질하는 사회적 사명을 띠고 나온 인물이지만 거리에서 볼 수 있는 천박한 성격이 간혹 나타난 것, 또 신생 기독교를 거머쥐고 나갈 철이의 성격만 하더라도 기존 목사나 장로와 큰 차이가 없는 듯하다는 것이 1948년 10월 15일 당시 《경향신문》에 실린 평이다.

한국 최초의 기독교 사회극 〈여와〉, 1948. 10. 12 ～15 국제극장

'예술무대' 제4회 작품으로 여수순천반란사건을 취재하고 돌아온 《홍국시보》의 주태익 기자가 쓴 희곡 〈피묻은 십자가〉를 공연하였다. 서울 수포교회에서 첫 낭독회를 가진 후 제목을 〈향〉으로 게재하고, 이보라 연출로 1949년 6월 21일에 1일 3회씩 5일간 중앙극장에서 공연했다. 주태익, 최무룡, 주동진이 전 3막 〈향〉을 통해 연극계에 첫 데뷔를 하였다.

1950년 봄 희곡《향》이 출판되고 손양원 목사의 일대기가《사랑의 원자탄》이란 제명으로 안용준 목사에 의해 출판되었다. '예술무대'의 연출가 이보라가 두 개의 작품을 하나로 각색한 〈향〉을 제5회 공연으로 1950년 3월 27일부터 서울 동양극장, 명보극장, 한성극장, 성남극장, 중앙극장 등에서 21일간 공연하였다. 이어서 사건의 현장인 여수를 비롯하여 삼남 지방의 순회공연을 준비하고 6월 27일을 출발 예정일로 정하였으나 이틀 앞서 터진 6·25사변으로 중단되었다. 당시 기독교 연극임에도 이보라, 윤금성, 주태익, 황광은, 장민호, 최무룡, 이종환 등 젊은 연극인들이 나서서 사회적 관심과 주목을 받았으나 한국전쟁은 이 모든 것을 수포가 되게 하였다.

9·28 수도 서울 탈환 이후 '예술무대'는 서울 YMCA에서 신사훈, 김갑순, 이해랑, 이진순 등을 강사로 연극 강좌를 개최하거나 '아침 연극' 운동 등으로 맥을 이어갔으나 한국전쟁 전만 못하였다. 다만 '예술무대' 이보라는 1969년 영락교회에서 제1차 전국교회극경연대회를 열었다. 예대는 기독교신문사와 공동주최하여 성탄절 연극으로 매해 연말에 종교교회, 성남교회, 승동교회, 초동교회, 새문안교회, 남대문교회, 정동교회 등 전국의 대표적인 교회를 순회하며 경연대회를 하였다.

1975년 11월 24일부터 28일까지 연극인회관 소극장에서 〈극단청동〉이 니코스 카잔차키스 원작, 백도기 각색, 나광삼 연출로 〈최후의 유혹〉을 김성일, 신설영, 최명우, 김여호수아, 문숙, 김숙자 출연으로 상연하였다. 스물세 살, 갓 신학교를 졸업한 필자가 제작하여 공연은 성공하였지만 상당한 빚을 안게 되었고, '극단청동'은 그 한 편을 끝으로 막을 내려야 했다. 그러나 그 공연이 언론지상에 널리 보도되어 그 무렵 나는 유명인사가 되었다. 1976년 봄에 이보라 선생이 퇴계로에서 명동으로 들어가는 도로변 빌딩에 있는 '늘봄'이란 다방에서 만나자고 전화를 주었다. 그때 이보라 선생은 자신도 연극을 하다가 빚을 져서 원효로 집을 팔아 빚잔치를 하였다고 했다. 그러다가 연말이 되어 이보라 극작가의 요청을 받고 필자가 지도교역자로 관여한 부천순복음교회 청년들이 출연한 이범선 원작, 주태익 각색, 나광삼 연출의 〈천당 간 사나이〉가 1976년 한강교회에서 개최된 전국교회극경연대회에 참가하게 되었다. 각 교회에서 했던 성탄연극을 가지고 연말 교회극 경연을 하게 되었는데 참가교회의 연극 기량이 수준급이었다. 부천순복음교회는 2등 상에 해당하는 우수상을 받았다. 〈한국기독교와 예술, 제4장 한국기독교 연극의 역사와 방향, 이반, 숭실대학교 한국기독교 문화연구소, 1987 참조〉

## 박남옥, 한국 첫 여성 영화감독의 〈미망인〉

이보라를 검색하다 보면 그의 아내였던 박남옥이 더 많이 화면에 떠오른다. 한국 최초의 여성 영화감독 박남옥(1923~2017)은 1923년 경상북도 하양에서 아버지 박태선, 어머니 이두리 사이에서 열 남매 중 셋째딸로 태어났다. 당시 서울에서는 경기여고, 평양에서는 평양여고, 대구에서는 경북여고 등 이 세 여학교를 명문으로 꼽았었는데 그녀는 그중에 경북여고에 입학하였다. 그녀는 입학 즉시 육상부에 들어가 운동을 했다. 가을에 서울에서 열린 조선신궁봉찬체육대회(지금의 전국체전)에 참가해 높이뛰기에서 4등을 했다. 이듬해인 2학년부터는 투포환 선수가 되어 4학년까지 3년 계속 우승을 하였다.

그러던 중 대구 공회당에서 최승희 무용 발표가 있다는 광고를 보고 혼자 구경을 갔다. 어른들 가운데 끼어 앉아 숨을 죽이며 박남옥은 무대를 바라보았다. 캄캄한 무대에서 갑자기 은은한 불빛이 비치더니 국악 소리가 들려왔다. 〈에헤라 노아라〉〈승무〉〈초립동〉〈인도의 춤〉〈보살춤〉…… 최승희의 그 체격, 아름다운 미모, 화려한 의상, 손짓과 발짓에 박남옥은 넋을 잃었다.

그 감동적인 무용 예술 관람경험으로 이틀 후 박남옥은 교무실로 불려 갔다. 극장 출입 금지라는 학교 규칙에 걸려 반성문을 쓰게 되었다. 그런데 그녀는 반성은커녕 "세계적인 우리나라의 무희를 내 눈으로 똑똑히 보았으니 정말 유감없다. 잘 갔다고 본다."라고 써내어 아버지가 학교로부터 호출을 당하였다. 다행히 모범생 두 언니로 인해 정학을 면하였다.

동네 아저씨 구멍가게에서 영화 포스터를 수집하랴, 배우들의 브로마이드 사진을 모으랴, 영화잡지에서 신일선, 복혜숙, 김소연, 김신재, 문예봉 등의 사진을 스크랩하랴, 박남옥은 이런 일로 희희낙락하였다.

박남옥은 1943년 이화여전 가정과에 입학하였다. 기숙사 생활을 하면서 일요일이면 숙명여대로 진학한 단짝 친구와 종로 거리를 걷다가 영화배우 김신재를 보았다. 김신재와 그녀와 동행한 40대 여인의 뒤를 따라갔더니 화신백화점 5층의 식당으로 들어가는 것이었다. 양식을 시켜놓고 재미있게 웃으면서 식사를 하는 김신재와 동행한 중년 여성이 부러웠다. 박남옥은 여학교 때 초상화도 그려 보내고 팬레터도 자주 띄우고 하여도 답장 한 장 없었던 스타 김신재와 즐겁게 담소하는 그 중년 여인이 부러웠던 것이다.

　기숙사를 말없이 나왔던 것이 계기가 되어 적성에 안 맞는 이화여전 가사과를 중퇴한 박남옥은 김신재를 연모하다가 서서히 영화계로 들어서게 되었다. 그녀는 친구 남편인 윤용규 감독 소개로 조선영화사 광희동 촬영소에 들어가게 됐다. 이 시기에 박남옥은 돈암동의 예술인촌이라 불린 마을에 살았는데 이웃에 김신재 최인규 부부, 김소영과 무용가 조택원 커플, 문예봉, 전창근, 독윤기, 윤용규, 한형모 등 예술인들이 살았다. 그녀가 살던 돈암동은 박완서의 자전소설 〈그 산이 정말 거기 있었을까〉에서 좌익 지식인들이 모여 사는 곳으로도 묘사되었다. 최인규 감독, 윤용규 감독 등 그곳에 살던 대다수가 월북하였다.

　박남옥은 전시(戰時)인 관계로 뉴스 제작과 〈개척하자, 대륙을!〉과 같은 문화영화를 만드는데 종사하였다. 그러다가 지인의 소개로 《대구일일신문》 문화부에 입사하였다. 그곳에서 독일 영화 〈지배자〉, 우리나라 영화 〈갈매기〉에 대한 평을 썼다.

　해방되자 박남옥은 1946년 4월부터 다시 광희동 촬영소로 돌아갔다. 이규환 감독의 〈똘똘이의 모험〉, 최인규 감독의 〈자유만세〉 편집과 랏슈(rush, 편집 전의 필름이나 테이프)가 지시대로 촬영됐는지를 확인하는 작업에 참여하였다. 그녀는 여배우 최은희가 첫 출연한 신경균 감독의 〈새로운 맹세〉에 스크립터로 촬영현장에 참여하였다. 중국 우창대학을 마치고 고국에 들어와 〈복지만리〉라는 영화를 만든 전창근 감독이 이때부터 박남옥을 여러모로 이끌어주게 되었다.

　8·15해방이 되고 1년 반이 지난 1947년, 삼일절이 오면 광희동 촬영소는 뉴스 찍기에 바빠진다. 우익이 하는 삼일절 행사를 서울운동장에서 급히 찍고 나면 좌익이 하는 행사를 찍기 위해서 남산으로 가야 했다. 촬영기사가 부족해서 두 조로 나누지 못하고 한 조로 우르르 몰려다니면서 촬영을 해야만 했다. 남산의 좌익 행사를 촬영하고 내려오

는데 갑자기 총소리가 요란하게 났다. 촬영기사는 기재를 든 채, 촬영반은 얼른 사방으로 뛰었다. 박남옥은 잽싸게 뛰다 정신을 차려보니 남대문 앞에 정차해 놓은 전차 밑에 엎드려 있었다. 그 당시는 서울 시내에서 총소리가 자주 나고 시비가 벌어지는 무질서한 나날이었다.

박남옥은 6·25전쟁이 일어나자 국방부 촬영대에 입대하여 뉴스 촬영반에서 활동하였다. 한국전쟁이 막바지에 이르던 1953년 5월에 대구에서 박남옥은 극작가 이보라와 결혼을 하였다. 박남옥은 1954년 6월, 딸 경주를 출산하고 3일 후 영화를 보러 갔다. 코스모스백화점 앞에 있었던 명동극장으로 추정되는 곳에서 윤봉춘 감독의 〈고향의 노래〉를 보았다. 그때 갓난아이를 누구에게 맡겼는지 그녀는 기억이 없다고 한다. 택시가 많지 않던 시절에 무엇을 타고 갔었는지, 걸어서 갔었는지도 기억이 없다고 했다. 단지 기억하는 것은 아이를 낳은 지 3일 만에 영화를 보고 왔어도 기운이 멀쩡하여 자리에 눕지 않았다는 사실이었다. 그녀는 타고난 건강체였다.

종로구 광희동 184번지, 시골에서 병원을 하는 땅 주인의 200평 공지에 하꼬방(판잣집)을 짓고 신혼살림을 하였다. 세트 겸 신혼집으로 지은 이 집은 영화 〈미망인〉의 좋은 촬영장이 되었다.

6월 15일, 전창근 감독, 미스터 정, 그리고 두세 명이 박남옥을 찾아왔다. 이 자리에서 영화를 만들자는 얘기가 나왔다. 16mm라도 좋으니 같이 만들자는 데에 의견이 투합하여 방금 전쟁을 치렀으니 '전쟁 미망인'에 대한 영화를 만들기로 의견을 모았다.

극작가이자 남편인 이보라가 시나리오를 만들고 박남옥이 연모했던 김신재를 주연으로 내세우기로 하고 선전용 스틸을 찍었다. 그러나 김신재가 건강 문제로 그만두게 되자 연기력이 뛰어난 이민자로 교체하였다. 남자 주인공은 배우 석금성의 아들인 이택균으로, 그의 첫애인 역은 나애심, 아역에는 이보라의 딸 이성주 그리고 노인역에는 최남현

등으로 배역을 정했다.

동아출판사를 창립한 김상문 사장의 부인되는 둘째 언니가 그 당시로는 큰 금액인 380만 원을 제작비로 선뜻 건네주었다. 그래서 자매영화사란 명칭으로 제작사를 만들어 영화촬영을 하게 되었다. 이때가 6·25 한국전쟁이 끝난 지 1년 후가 되는 1954년이었다. 극작가 이보라가 쓴 시나리오를 인쇄해서 한 부씩 나누어 가지고 집 근처에서부터 촬영을 시작했다. 골목 안에 크라운맥주의 사장이 사는 대저택이 있었는데 집 마당의 화초가 너무 좋아서 그곳에서 남자 주인공 택(이택균 분)과 첫애인 진(나애심 분)의 데이트 장면을 찍었다.

처음에는 점심때가 되면 약 15명 정도의 인원이 중국 음식을 시켜 먹다가 나중에는 박남옥이 직접 이를 해결하게 되었다. 갓 태어난 아이를 등에 업고 가까운 낙원시장에서 아침 장을 봐서 출연진과 스텝들의 점심 식사를 만들어 주었다.

집 근처 촬영 장면 중 이신자(이민자 분)가 전쟁 중에 죽은 남편의 친구인 이성진(신동훈 분) 사장의 도움을 받아 차린 클로바양장점 가게에서 나와 공중전화를 거는 장면을 찍을 때 이야기이다. 공중전화 뒤편으로 길거리를 지나가는 자동차가 더블로 잡혀줘야 하는데 당시에는 자동차 수가 적어서 쉽지 않았다. 제작비가 부족한지라 차를 직접 몰 수가 없어서 지나가는 자동차를 배경으로 촬영해야 하는데 마음같이 되지 않는 것이었다. 두세 대가 정차해 있거나 한 대가 지나가서 막상 찍으려고 하면 그대로 쏙 지나가 버리곤 하였다.

7월이 다 지나갈 무렵, 서울의 강변지인 한강, 노들섬처럼 그 당시 핫플레이스였던 뚝섬에서 강변가 신을 촬영하게 되었다. 이민자, 나애심, 유계선, 사장 부인 역의 박영숙, 이택균, 신의 딸 아역 이성주, 전창근 감독, 진행, 촬영 세 명 등 모두 열일곱 명의 촬영팀이 나룻배를

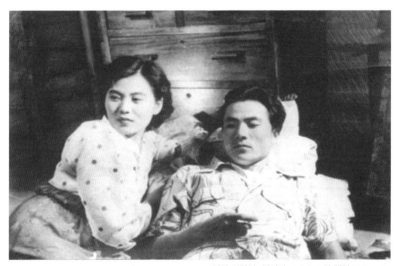

영화 미망인. 이신자(이민자 분)와 택이(이택균 분)

타고 강을 건너 언덕 위에 여정을 풀었다. 날씨가 좋아서 하루종일 영화를 찍을 수 있었다.

며칠 후 부산 촬영을 내려가 국제시장 근처에 여관을 잡고 사람들이 많이 모이는 국제시장을 촬영지로 삼아 영화를 찍게 되었다. 당시는 촬영기가 부족하던 시절이었다. 어느 날 설창수가 하루만 쓰고 돌려주겠다고 하여 내준 촬영기가 진주로 가더니 사흘이 지나도 돌아오지 않았다. 진주에서는 설창수가 중심이 되어 피난 내려온 모윤숙, 최정희, 노천명 등 '낙랑 클럽'의 유명 문인들이 많이 참석한 가운데 '영남예술제'가 열리고 있었다.

사흘이 지나도 소식이 없어서 〈미망인〉의 배우와 촬영팀은 촬영 기계만 기다리며 여관방에서 쉬고 있어야 했다. 피가 마를 정도로 애가 탄 박남옥은 백일이 지난 딸아이 경주를 포대기로 싸서 업고 진주로 달려갔다. 진주의 명소를 여기저기 찍고 있던 설창수는 박남옥을 보자 거듭 사과를 하며 촬영기를 돌려주었다. 박남옥은 돌려받은 촬영기와 아이 기저귀 보따리를 양손에 싸 들고 딸아이를 업고 진주역에서 마산 가는 완행기차를 탔다. 3명이 앉는 좌석에 짐보따리까지 들고 4, 5명이 끼어 앉은 데다 입석까지 미어터지게 사람이 가득한 기차에서 죽을 고생을 하며 마산역에 도착했다.

마산역에 도착하니 날은 이미 어두워져 있었다. 역 앞에서 여관 간판을 보고 엉금엉금 기어가다시피 하여 여관에 들어갔다. 다음 날 부산 가는 버스 정류장이 멀어 진해 가는 배를 타고 고생고생 끝에 간신히 부산 국제시장 앞에 있는 여관에 도착했다. 촬영기를 빌려주게 한 미스터 정은 수척해진 박남옥의 모습을 보고 무척 미안해했다. 박남옥은 진주-마산 간 완행열차 안에서 예닐곱 시간의 고충으로 이틀 동안 여관에서 쉬게 되었다. 그 다음날 가덕도로 가는 배를 타고 두 시간 가서야 촬영을 하였다. 박남옥은 소도구 하나와 기저귀 가방을 들고 내리막을 조심조심 내려가다가 미끄러져 넘어지면서 아래쪽 바위에 정강이를 심하게 부딪쳤다. 그녀는 숨이 막힐 정도로 뼈가 아팠지만 다른 이들이 눈치채지 못하게 벌떡 일어났다. 아역(이성주 분)이 물에 빠져 택이 건져 올리는 장면, 아이 엄마가 고맙다고 인사하는 장면, 사장 부인과 택의 러브신, 택과 진이 쇼팽의 '이별의 노래'를 부르는 장면 등의 촬영을 잘 마쳤다.

〈미망인〉의 라스트 신은 전쟁통에 남편을 잃고 혼자가 되어 젊은 남자와 한때 연민을 느끼기도 한 주인공 이신자(이민자 분)가 결국 아이를 데리고 꿋꿋하게 살기 위해 리어카에 짐을 싣고 이사를 떠나는 장면이다. 〈미망인〉의 원판(네거티브)이 한국영상자료원에 보관되어 있어 나는 2022년 6월 29일 한국영상자료원 도서관에서 필름을 볼 수 있었다. 마지막 10분 분량은 대사가 안 들렸고, 나머지 5분가량 길이의 끝부분은 잘려 있었다.

12월 중순 어느 날, 박남옥은 아이를 업고 기저귀 가방을 들고 녹음비(費)를 손에 쥐고 중앙청 앞에 있는 공보처 녹음실을 찾아갔다. 그러나 공보처 녹음실 담당자는 번번이 다른 작품들 일정이 있다며 녹음 날짜를 잡아주지 않았다. 크리스마스와 연말을 보내고 1955년 1월 6일에 박남옥은 또 녹음실로 찾아갔다. 이번에는 대답 내용이 바뀌어 연초부터 16mm에다 여자 작품을 녹음할 수는 없다고 한다. 녹음 조수들의 말을 들어보니 항간에 연초부터 여자 작품을 녹음하게 되면 1년 내내 제수가 없다는 뜻이었다. 연말 연초에 녹음실의 좁은 계단을 수도 없이 오르내리다 보니 그녀의 검은색 비로드(벨벳) 치마 끝이 바닥에 스쳐 갈래갈래 찢어져 있었다.

서른두 살의, 한국영화 최초의 여성 감독 박남옥이 연출한 〈미망인〉이 1955년 봄에 사나흘 간 중앙극장에서 개봉되었다. 박남옥은 매일

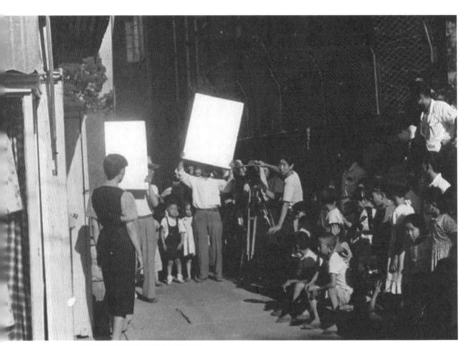

박남옥 감독의 〈미망인〉 촬영현장

두 번씩 중앙극장에서 자신이 감독한 〈미망인〉을 보았다. 그녀는 영화를 본다기보다는 관객들의 반응을 살피고 있었다. 어린 딸을 업고 서서 사람들 틈에 껴서 영화를 보다가 아이가 움직이면 재빨리 복도로 나오곤 했다. 하루 두 번씩 극장에서 지내다 집으로 돌아오기 전에는 중앙극장 뒷골목, 옆골목 할 것 없이 꼭 근처를 몽유병자처럼 서성이다 돌아왔다.

지방 흥행에 고향 사람이라는 이에게 판권을 넘겼지만 사기를 당하기도 하였다. 경기도 흥행권은 이십대 후반의 젊은 청년이 아버지로부터 돈을 받아 판권을 사 갔는데 흥행에 실패했다고 한다. 그러나 그 청년은 〈미망인〉으로 실패한 흥행 경험으로 훗날 대단한 흥행사가 되었다고 했다.

미스터 정과 대구 키네마극장 흥행도 하고 부산 시내 극장과 영도섬의 극장에서도 상영했다.

박남옥은 아무것도 모르는 상태에서 흥행이라는 것을 한답시고 전라도, 강원도까지 돌아다니다가 건강이 좋지 않아서 흥행에서 손을 뗐다. 아이를 어디다 맡길 데가 없는지라 태어난 지 1년도 채 안 되는 아이를 업고 영화 한 편 흥행해보겠다고 남한 일대를 돌아다녔으니 사람들은 그 모습을 보고 미친 여자라고 했을 것이다.

박남옥은 중앙극장 수입과 경기도 판권을 팔았던 돈으로 제작비를 보태주었던 둘째 언니에게 그 반을 갚았다. 아이를 등에 업고 하루 종일 돌아다니다가 집으로 오는 길에 있는 화신백화점 앞을 지나게 되었다.

"아주머니 사진 찍으세요."

스무 살 안짝의 젊은 아이가 길가에서 찍어 준 스냅사진, 아이를 등에 업고 무심코 포즈를 취한 그 사진이 40여 년 후 한 젊은 영화학도

화신백화점 앞에서 아기 이경주를 업은 박남옥

에 의하여 책에 실리게 되었다. 그녀는 그 사진을 보고 '세월이 이토록 흘러 나도 역사 속으로 사라져가는구나.'라는 상념에 젖었다고 한다.

하루는 저녁에 집으로 돌아가는 길, 양우장 서적을 지나 로터리 건너 삼일빌딩, 저쪽은 파고다 공원, 외등 가로등이 밝아오는 밤길이었다. 저쪽에서 이보라가 걸어왔다. 화신백화점 앞에서 누군가를 만나러 가는 길이라 했다. 이보라는 그녀의 등에 업힌 아이를 한참 보더니 "우리 그만 헤어지자."라고 했다.

박남옥은 3년 반, 4년 가까운 결혼생활을 청산하자는 그의 말을 듣자 눈물이 흘렀다. 일단 '살았구나. 이 어제, 오늘의 내 고생도 끝이 났구나.'하는 안도의 마음도 있었고, 그의 죽은 전처의 네 아이 영주, 문주, 은주, 성주에게 잘해주지 못한 것에 대한 후회와 자책감도 섞여 있었다.

박남옥은 1958년 초에 형부가 하는 동아출판사 관리과에 입사하였다. 그곳에서 일하면서 영화잡지 《시네마 팬》을 만들었다. 첫 표지에는 〈누구를 위하여 종을 울리나〉의 잉그리드 버그먼이 눈물을 흘리는 얼굴을 실었다. 박남옥은 여류 감독 홍은원과 영화배우 최은희, 김신재, 감독 전창근 등과 교류를 이어갔다. 1960년 4월에 열린 동경 아시아영화제에 김진규, 김지미, 김승호, 문정숙, 신상옥, 최은희, 엄앵란 등과 함께 참석했다. 신상옥 감독의 〈로맨스 빠빠〉의 김승호가 남우주연상을 수상하였다.

박남옥은 1980년, 딸 이경주의 유학과 더불어 1992년 미국에 정착하였다. 이렇게 해서 한국전쟁 이후 〈미망인〉을 감독한 첫 번째 여성 감독으로 영화를 가장 사랑하였던 그녀를 모두가 잊었다. 그녀를 다시 불러낸 것은 1997년 제1회 여성영화제였다. 한국 최초 여성 영화감독의 작품인 〈미망인〉이 한국영상자료원에 네거티브 필름으로 보관되어 있어서 복원해 개막 초청작으로 상영하였다. 〈미망인〉은 1950년대 전쟁미망인의 사회적 문제를 다루면서도 전통과 근대의 갈림길에 선 여성들의 내면적 갈등과 성적 욕망을 다루었다. 〈미망인〉은 곤궁한 현실 속에서 전쟁으로 아내, 어머니라는 위치가 흔들리게 된 여성이 어떻게 자신의 정체성을 찾아가느냐는 문제를 여성의 시각으로 드러내고 있다. 남자에게 상처받기보다는 그 경험을 통해 자신의 삶을 진지하게 추구하는 여성을 그린 것이다.

시대를 너무 앞선 한국 최초의 여성 감독 박남옥은 하루라도 더 살아서 우리나라 여성 영화인들이 좋은 작품을 만들고, 세계에 진출하는 것도 보고 싶다는 소망의 끈을 놓지 않은 채 2017년 4월 8일 미국 로스앤젤레스에서 딸 이경주 곁에서 94세의 일기로 타계하였다.

국립극장 3개 전속단체인 국립창극단, 국립무용단, 국립관현악단 단원들이 총출동하여 박남옥의 생애를 다룬 〈명색이 아프레걸〉을 고연옥 각본, 김광보 연출로 2021년에 공연하였다. 그리고 공연실황을 필름에 담아 롯데극장에서 상연하였다. '아프레걸'은 한국전쟁 이후 새롭게 등장한 여성상을 일컫는 신조어이다. 봉건적인 사회구조와 관습에 얽매이지 않고 사회 안에서 자신의 주체적 역할을 찾는 여성, 바로 박남옥을 일컫는 수사이다. 2001년 여성영화인모임이 미국에서 그녀를 만나 인터뷰하고 다큐멘터리 〈아름다운 생존〉에 그녀의 모습을 담았다. 2008년 여성 영화인에게 수여하는 상인 '박남옥상'이 제정되어 〈우리 생애 최고의 순간〉을 감독한 임순례 감독이 첫 수상을 하였고, 이어서 김미정 감독, 박찬옥 감독, 장혜영 감독 등이 수상했다.

제22회 서울국제여성영화제는 '박남옥상' 수상자로 영화 〈69세〉를 연출한 임선애 감독을 선정했다. 〈69세〉는 69살 여성 효정(예수정)이

병원에서 29살 남성 간호조무사에게 성폭행을 당한 뒤 이에 맞서는 이야기를 다룬 작품이다. 충격적인 사건 자체보다 효정이 마주하는 편견과 차별, 그리고 끝내 이를 넘어서는 과정에 초점을 뒀다. 선정위원회는 "사건의 인과관계를 파헤치는 과도한 지나침에 의존하기보다는 노인 여성이 자신의 존엄을 지키려는 시간이 오롯이 담겨있다."라며 "오랜 시간을 견디고 숙고해온 임선애 감독의 또렷한 선택이 박남옥 감독의 선택을 떠올리게 한다."라고 선정이유를 밝혔다.

이어서 장윤미 감독, 신수원 감독이 '박남옥상'을 받아 시대를 앞질러 간 박남옥 감독의 여성주의를 기리었다. 〈박남옥 한국 첫 여성 영화감독, 박남옥, 마음산책 2017, 참조〉

## 한국 최초의 민간방송 HLKY(기독교방송)

이보라는 1954년 한국 최초의 민간방송 HLKY(기독교방송. 현CBS)가 개국할 때 초대 연극 제작 과장을 맡았다. 기독교방송(CBS)은 한국전쟁 전인 1948년 한국기독교연합회가 방송국 설립을 추진하기 시작하면서 태동하였다. 당시 미국인 선교사로 한국에 부임한 드캠프(Orto E. Decamp 감의도)가 주선하여 운영위원회를 만들고, 영화를 중심으로 한 선교 사업과 라디오를 통한 전도 사업 두 가지를 시작하여 1949년 6월 15일에 체신부로부터 방송 승인을 받았다. 그러나 한국전쟁이 발발되어 어쩔 수 없이 중단되었다가 전쟁이 끝나고 다시 설립을 추진하여 1954년 4월 2일 체신부로부터 호출부호 HLKY. 주파수 700KHZ 출력 5KW의 CBS 기독교방송 설립 허가를 취득했다. 기독교연합회는 종로2가의 기독교서회 건물 옥상에 연주소와 사옥을 증축하고 연희동에 송신소를 신축하였다. 마침내 1954년 12월 15일 우리나라 최초의 민간방송인 서울기독교방송(CBS)을 개국했다.

CBS의 초기 편성 경향에서 1955년에는 '종교 및 음악 프로그램 위원회'를 설치했다. 이 위원회는 좀 더 다변화하고자 '성경 이야기'를 창극조로 방송하는 것을 고안하였다.

1955년 여름, 예촌 이보라 선생이 HLKY 연극과장으로 재직하고 있을 때 암산 주태익 선생이 방송국으로 찾아왔다. "성경의 탕자 비유 같은 것을 가사로 한 창이라면 어떨까?" "하나 써 오구료." 이 한마디의 대화가 성서가사창 〈탕자가〉를 낳았다. 성사창 〈탕자가〉가 명창 김소희의 편곡 창으로 1955년 7월 23일 밤 10시 45분부터 15분 동안 라디오 전성시대 840kc로 온 누리에 방송되었다.

해방 이듬해 1946년, 명동 리버티다방에서 황재경 목사가 이보라와 최윤관 목사에게 우리 가락의 찬송가를 불러야 한다고 제안하였다. 이에 예촌 이보라 작사, 국립국악원 강진원 작곡의 〈성탄송가〉를 박초월 명창이 개작 개창하여 1956년 성탄절 전야에 840kc 전파로 방송되었다.

1972년 기독교방송국의 시청각 교육국장 조향록 목사와 극작가 주태익이 〈예수전〉 판소리 대본을 박동진 명창에게 건네주었다. 당시 불교 신자이던 박동진 명창은 〈예수전〉 대본을 읽으며 인류를 위하여 목숨까지 버린 예수의 사랑에 감동했다. 그로 인하여 박동진 명창은 조향록 목사가 시무하던 초동교회에 출석하여 집사가 되고, 후에 장로가 되었다. 그가 다닌 초동교회는 제57호 중요 무형문화재 보유자인 경기민요의 이은주 권사와 제5호 판소리 적벽가 보유자인 박동진 장로를 보유했던 문화재 교회였다.

성서판소리 〈예수전〉을 5시간짜리로 작창하여 CBS를 통하여 전국에 방송하였다. 이렇게 해서 한국 교회도 전통국악예술에 의한 성서 판소리로 〈예수전〉과 1975년 〈팔려간 요셉〉을 보유하게 되었다. 뒤를 이어 김형철의 판소리 〈모세뎐〉까지 등장하여 한국 교회 행사에서 널리 성서판소리가 불리게 되었다.

　박동진 명창은 1973년에 무형문화재 제5호 판소리 〈적벽가〉의 예능 보유자가 되었다. 1980년 은관문화훈장 서훈, 1996년 방일영국악상을 받았다. 기독교에서는 1994년에 연동교회에서 주는 게일문화상을 수상했고, 2001년에는 〈예수전〉으로 기독교문화대상을 받았다.

　명창 박동진은 스승의 가르침과 본인의 피나는 연습으로 창작에도 두각을 나타내 〈성웅 이순신가〉와 성서판소리 대서사를 창작할 수 있었다. 판소리 역사에서 그만큼 많은 양의 판소리를 직접 작사, 작곡한 이가 없다. 박동진제 판소리의 현장 즉흥성은 다른 이들에게서는 쉬이 드러나지 않는다. 단편적인 창작성은 더러 있어도 그처럼 장편 창작성과 즉흥성의 기지를 구사하는 제자를 배출하지 못하고 타계한 것이 무척이나 아쉽다. 한국 판소리를 일으켰을 뿐 아니라 성서판소리를 중흥시킨 박동진 명창은 향년 87세로 2003년 7월 8일 천국으로 이주할 때까지 한국기독교국악음악사에 크나큰 발자취를 남겼다.

　사후에도 1978년 주봉신의 북 장단으로 녹음된 〈예수전〉이 국립민속박물관 기념품 가게에서 내외국인들을 반겨 주고 있다. 1990년에 김득수의 북 장단으로 황대익 목사가 이끄는 한국국악선교회에서 제작된 〈예수의 탄생, 고난과 부활〉이 남아서 박동진제 성서판소리의 맥을 이어주고 있다.


## KBS 라디오 일일 연속극, 산 넘어 바다 건너

이보라는 1954년 CBS에서 방송극을 제작하고, 영화 〈미망인〉 〈천

관녀〉의 시나리오를 집필하였다. 1955년 서라벌예술대학, 서울예술전문대학 강사로 출강하면서 최초 국악 성사창, 김소희, 박초월 〈탄일가〉를 방송하게 되었다. 이후 그는 각 방송국에 출연하면서 1956년 한국방송극작가협회 창립을 주도하여 상임위원이 되었다.

1957년 이보라는 한국 최초 KBS 라디오 일일 성인 연속극으로 조남사 극본인 〈산 넘어 바다 건너〉를 연출하였다. 1958년 3월 15일까지 78회까지 계속 방송되면서 당시 최고의 호화배역을 등장시켰다. 프로듀서는 조부성이 맡았고 선풍적인 인기를 끌었던 〈산 넘어 바다 건너〉에는 이보라의 아들 이영수가 박창환과 함께 4중창단으로 음악 활동을 하였고, 영화 〈미망인〉에서 아역을 맡았던 딸 이성주가 출연하였다. KBS, CBS를 오가며 성우로 출연하던 이보라의 딸 이성주는 후에 MBC 성우 공채 1기가 되었다. 그녀의 동생 이영주도 성우였다. 후에 영화계의 대스타가 된 최무룡, 윤일봉과 남해연, 이혜경, 오승룡, 정은숙, 고은정, 이창환, 신원균, 김수일, 김소원, 윤미림 등 1기 성우들이 등장하고, 해설은 유병희가 맡았다. 주제가인 안다성의 〈바닷가에서〉가 인기를 끌었다.

1962년 이보라가 극본을 쓰고 연출한 연속극 〈호반에서 그렇게들〉이 라디오 방송극의 인기를 이어갔다. 이보라가 작사하고 황문평이 작곡하여 권혜경이 노래한 주제가 〈호반의 벤치〉가 공전의 히트를 하게 되었다.

    내 님은 누구일까
    어디 계실까
    무엇을 하는 님일까
    만나보고 싶네 음—
    신문을 보실까 음—

그림을 그리실까
호반의 벤취로 가봐야겠네

권혜경(1931-2008)은 1956년 KBS 전속 가수로 활동하면서 이듬해
〈산장의 여인〉으로 데뷔하였다. 이후 〈호반의 벤치〉〈동심초〉〈물새
우는 강변〉 등을 발표하여 인기를 이어갔다. 그녀는 1960년대 전성기
시절 병마와 싸우면서도 전국 교도소와 소년원을 돌며 재소자를 위한
각종 봉사활동을 펼쳐 수인들 사이에서 '어머니'라 불리기도 하였다.

호수와 땅이 맞닿아 있는 곳이 호반이다. 이보라의 작품 안에서 호
반은 두 가지 의미를 지닌다. '내 님은 어떤 사람일까' 추측하는 주인
공의 생각을 정리하는 곳이자 미지 속의 사랑하는 사람을 만날 수도
있다는 설렘을 담고 있는 호반의 벤취로 가봐야겠다는 의지를 드러낸
다. 1960년대, 그 시대는 무척 낭만적이었다.

이보라는 1947년 2월 12일에 발표한 나운영이 작곡한 〈기러기 편
지〉와 1976년 11월에 방송극 〈마란아타〉의 주제가인 나운영 작곡의
〈아베마리아〉를 작사하였다.

## 대한민국 최초 타이틀을 무수히 보유했던 이보라가 남긴 것

극작가 이보라는 여러 분야에 걸쳐 희곡집을 냈다.《비천가》《크리
스마스 극본집》(1952),《동물원》(1953),《방송무대 각본선집》(1956),
《둥둥둥》(1990),《리보라 동극집》(1997),《신변희곡》(2005) 등을 출판
하였다.

이보라는 대한민국 최초라는 타이틀을 여럿 가지고 있다. 그는

1946년 최초 교시극의 극장진출을 하였다. 1945년 10월 1일 창립한 '원예술좌'는 1946년 교시극 이보라 작 연출 〈에스더〉 5막을 YMCA에서 윤금성 작 이보라 연출 〈모세〉 4막을 명동 국제극장(후에 시공관, 국립극장)에서 각각 상연했다.

1955년 7월 22일 HLKY(CBS)에서 최초의 성사창, 이보라가 제작, 주택익 작사, 김소희 창 〈탕자가〉를 방송하였다. 이를 1956. 12. 24 이보라 제작, 작사 박초월 창 〈탄일가〉, 1957. 12. 24 〈성탄송가〉로 게재하여 성탄전야에 방송하였다.

1955년 11월 20일, HLKY 개국 첫해 우수 방송극을 모아 최초의 방송극집 《방송무대 각본 선집》을 청국출판사에서 냈다.

최초의 1분극을 이보라 작 연출로 〈모오닝 코오피〉 〈불조심〉을 이른바 쿠션 프로로 만들어 HLKY에서 방송하였다. 쿠션(cushion) 프로란 방송과 방송 사이에서 공백이 생겼을 때 그 사이를 메꾸기 위한 재미있는 짤막한 프로그램이다. 그 무렵 다방에서는 아침 10시까지 가는 손님에게는 커피에 계란을 한 개씩 띄워주는 모닝커피가 유행하였다. 이보라는 여기에서 아이디어를 얻어서 〈모오닝 코오피〉라는 1분 방송극을 만들었다. 1957년 10월 1일부터 '조남사 작 이보라 연출'이라는 유행어까지 생겨난 최초의 HLKA(KBS)의 일일연속극을 제작했다.

이보라는 1977년에 목사 안수를 받았다. 그러나 여전히 연극과 서울예전대 등에만 몰두하였다. 그러던 중 1979년 12월 말에 그 자신이 이유 없이 말문이 막히면서 신앙을 의지하기 시작했다. 3개월이 지나고 나서 말문은 열렸지만, 말씨가 서툴렀다. 1980년에 마포구 구수동에 있는 한국구화학교(교장 최병문) 내에 에바다교회를 설립하였다. 신자는 농아 재학생이나 졸업한 이들이었다.

그는 1980년 부활절부터 격주로 연극 예배를 했다. 연극과 설교를

1949. 6. 26. 왼쪽부터 박화목, 이종환, 이보라, 한사람 건너 앞줄 조애실, 한사람 건너 뒷줄 박두진,
그 옆이 박목월, 앞줄 오른쪽 조남사, 뒷줄 맨 오른쪽 임인수

일치하게 하여 설교를 연극에 앞서 하기도 하고, 나중에 하기도 하거나, 연극 중간에 파고들기도 하였다. 농아들은 연극 예배를 100% 이해하였고, 그가 1983년 6월 28일까지 에바다교회 목사로 있는 동안 연극예배를 계속하였다. 그는 1984년 한국연극협회 주관하에 창고극장 대표를 하였고, 방송협회가 주관하는 한국방송 60년 특별상(연출)을 받았다.

1977년 성탄에 여의도순복음교회 대학생회 제5회 작품으로 필자가 〈예수 그리스도〉라는 성극 대본을 만들었다. 그래서 이보라 목사에게 자문했다. 그 당시에 나는 사당동에서 만복대순복음교회라는 개척교회를 담임했었다. 이보라 목사의 자택이 사당동 건너 남현동 예술인마을에 있어서 우리는 서로 왕래를 했었다.

1969년에 남현동 예술인마을이 조성되어 소설가 황순원, 시인 서정주, 아동문학가 이원수, 극작가 이보라, 영화배우 최은희, 황정순, 희극배우 이기동, 양훈 등이 모여 살았다. 시인 김지향이 미당 서정주에게 문학박사 논문지도를 받기 위해 그의 집을 찾았고 가는 길에 필자를 불러내어 사당동 다방에서 차를 마시곤 했다.

1977년 10월 1일에 예촌은 내가 만든 대본을 꼼꼼히 살펴보고 시내 나가는 길에 봉투 반을 잘라서 그 안에 메모 형태의 답장을 넣어 우리 집 우편함에 넣고 갔다.

"신도들 앞에 내놓기에 좋은 자상한 그리스도의 일대기로군요. 연습해서 상장에 기대됩니다. 77년도의 좋은 교회극이 되겠습니다."

나는 예촌의 친필 편지를 아직도 소중하게 보관하고 있다. 벌써 45년이라는 시간이 흘렀다.

이보라는 부천으로 이사하였다. 구자룡은 〈부천, 100년 문학을 걸

이보라가 저자 집의 우편함에 남긴 친필 메모와 사인

다〉에서 질기고 단단한 끈으로 이어져 있는 부천과 한국문학에 관해 썼다. 《부천, 100년 문학을 걷다》는 부천이란 공간에 살았거나 잠시라도 머물렀던 250여 명의 '부천산(産) 문인들'의 저서를 기록한 자료집이다. 부천의 대표 작가로는 〈논개〉를 쓴 수주 변영로와 노벨상 수상자 펄벅이 있다. 펄벅은 2차 세계대전 때 미국전략사무국에서 중국 담당으로 들어오며 소사와 인연을 맺었다. 후에 그녀는 부천 지역에 고아원 소사희망원을 지었다. 현재 부천에는 펄벅기념관이 있고 펄벅문화거리가 조성되어 있다.

부천에 살다 작고한 작가들은 모두 19명이다. 그중에는 시인 정지용, 이보라, 목일신, 유경환, 라현숙 등이 있다. 부천에 잠시라도 살았던 문인으로는 구효서, 안정효, 양귀자가 있다. 양귀자가 쓴 연작소설 〈원미동사람들〉은 부천 문학의 상징에 가깝다. 40여 년간 부천에 사는 문인으로는 동화작가 강정규, 문학평론가 민충환, 소설가 소진섭, 박희주, 시인 유승우 등이 있다.

나는 한동안 이보라의 소식을 알 수 없어서 늘 궁금했다. 그의 아내로부터 전화로 예촌의 건강이 안 좋아 외출을 할 수 없다는 이야기를 듣기는 했었다. 남현동 예술인마을에 거주했던 시기에 더러 뵌 적이 있는 만능 엔터테인먼트였던 이보라의 아내의 수줍어하는 미소가 지금도 떠오른다.

언젠가 김지원 시인이 이보라의 출몰을 내게 물었다. 나는 오랫동안 소식을 몰라서 알 수 없다고 대답했다. 당시에 예촌이 살아있는지조차 알지 못했다. 그러다가 한국영상자료원에서 2022년 6월 29일에 첫 여성 영화감독 박남옥의 〈미망인〉을 보게 되었다. 그녀의 남편이 내가 소식을 궁금해하던 극작가 이보라였던 것을 알게 되었다. 그래서 2006년도에 타계한 예촌의 자취를 찾아 그의 기록을 남기게 된 것이다.

이보라보다 11년을 더 살다가 타계한 박남옥은 그녀가 감독하였으나 홍행에 실패한 영화 〈미망인〉이 1997년 제1회 서울 여성영화제 개막작이 되면서 세상에 다시 등장하였다. 박남옥은 단 한 편의 영화를 남겼음에도 성공과 실패를 넘어 그 시대의 편견과 냉대 속에서도 숭고한 도전정신을 보여주었기 때문이다. 반면에 이보라는 해방 이후 대한민국 연극, 전통놀이, 방송, 영화시나리오, 교회극 전반에 걸쳐 방대한 작품을 남겼음에도 그를 기억하는 이가 드물다. 언더우드 2세 원한경이 지어 준 바울이라는 이름처럼 '문화계의 保羅(바울)'로 여러 문화 영역에 '최초'라는 수식어를 달고 쓰임을 받았다. 그러나 어찌 된 일인지 지금 세상은 그를 기억하는 이가 드물다. 하지만 박남옥이 그러했듯이 언젠가는 이보라의 예술과 문화가 재발견되고 그가 최초로 했던 많은 작업들이 재평가되고 세상에 드러나리라고 믿는다. ⸙

## 참고문헌

### 1. 김은국

· 김은국《순교자》시사영어사 1978

·《김은국 그의 삶과 문학》김욱동 서울대학교 출판부 2007

·《한국 소설과 기독교》이동하 국학자료원 2003


### 2. 이범선

·《현대한국문학전집 6》이범선 신구문화사 1966

·《2002 상반기 작가연구》이범선 깊은샘 2002 1960년 이범선
　　장편소설의 재인식 김동윤

·《닫힌 시대의 소설적 대응》이범선의 70년대 소설론 채호석

·《실존적 자유와 실재적 억압 : 이범선 단편소설론》이호규

·《이범선 소설에 나타난 '새'의 이미지와 공간성》송명희

·《영화 '오발탄'과 희의적 세계관》조정래

·《분단과 아이러니의 이중성》홍기삼


### 3. 김승옥

· 이상우《소설창작의 이론과 실제》집문당 2003

· 이상우, 이가원《욕망의 서사에 비친 우리들의 초상》월인 2001

· 윤병로《한국 근현대소설의 흐름》새미 2001

· 김승옥《서울, 1964년 겨울》문학나무 2012

· 김승옥《무진기행》민음사 1980

· 김승옥《내가 만난 하나님》작가 2004

## 4. 이청준

· 이청준 《당신들의 천국》 문학과 지성사 1976
· 이청준 《낮은 데로 임하소서》 홍성사 1981
· 이동하 《한국 소설과 기독교》 국학자료원 2002
· 이청준 《벌레 이야기》 열림원 2007
· 김영숙 《이청준 소설과 기독교의 상관성 연구》 국학자료원 2019
· 이청준 《서편제》 열림원 1998


## 5. 백도기

· 백도기 《순교자 신부 백남용 목사》 한민미디어 1998
· 백도기, 서재경 《성빈의 목자 비당 윤치병 목사》 한민미디어 1998


## 6.박완서

· 강인숙 《박완서, 소설에 나타난 도시와 모성》 박미정 2020
· 박완서 《그 많던 싱아는 누가 다 먹었을까》 '작품해설 기억과 묘사 김윤식' 웅진닷컴 1992
· 박완서 《그 산이 정말 거기 있었을까》 '작품해설 그 때 거기에 있었던 아픔과 아름다움에 대하여' 이남호 웅진 닷컴 1995
· 박완서 《나목》 '작품 분석 나목의 꿈' 이태동 작가정신 1990
· 박완서 《그 해 겨울은 따뜻했네》 민음사 1983
· 박완서 《그 남자네 집》 현대문학 2004
· 박완서 《한 말씀만 하소서》 솔출판사 1994

## 7. 정미경

· 정미경 《나의 피투성이 연인》 민음사 2004

· 정미경 《장미빛 인생》 민음사 2002

· 정미경 《밤이여 나뉘어라》 문학사상 2006

· 정미경 《발칸의 장미를 내게 주었네》 생각의 나무 2006

· 정미경 《문학동네》 91호 2017


## 8. 윤동주

· 권영민 편저 《하늘과 바람과 별과 시》 문학사상사 1995

· 조신권 《한국근현대시와 그 평설 Ⅱ》 아가페문화사 2016

· 권영진 《기독교와 한국문학》 대한기독교서회 1990

· 김용택 《머리맡에 두고 읽는 시 윤동주》 마음산책 2020

· 소강석 《다시, 별 헤는 밤》 샘터 2017

· 소강석 《별빛 언덕 위에 쓴 이름》 샘터 2017


## 9. 김현승

· 김현승 《가을의 기도》 미래사 1991

· 《김현승, 시 논평지》 김민섭 엮음 숭실대학교 출판부 2007

· 박이도 《내가 받은 특별한 선물》 스타북스 2022

## 10. 소강석

· 소강석 《꽃씨》 샘터 2009
· 소강석 《꽃으로 만나 갈대로 헤어지다》 시선사 2020
· 소강석 《외로운 선율을 찾아서》 시선사 2021
· 안준배 편저 《한국기독교성령백년인물사》 쿰란출판사 2021
· 소강석 《너의 이름을 사랑이라 부른다》 시선사 2022

## 11. 이어령

· 이어령 《어느 무신론자의 기도》 문학세계사 2008
· 이어령 《지성에서 영성으로》 열림원 2010
· 이어령 《신한국인》 문학사상사 1986
· 이어령 《디지로그》 생각의나무 2006
· 이어령 《이어령 신작전집10》 갑인출판사 1977
· 이어령 《흙 속에 저 바람 속에》 문학사상사 2020
· 이어령 《축소지향의 일본인》 문학사상사 2021
· 호영송 《창조의 아이콘 이어령 평전》 문학세계사 2013

## 12. 이보라

· 이보라 《둥둥둥》 신학문사 1990
· 이보라 《리보라, 동극집》 개마서원 1996
· 최창봉, 김현두 《우리방송 100년》 현암사 2001
· 이보라 《신변희곡》 현대문학 출판부 2005
· 박남옥 《박남옥, 한국 첫 여성 영화감독》 마음산책 2017

# 종교적 사상성과 한국문학의 명작 탐색
— 안준배 평론집 《한국문학 속의 우상과 구원》

안준배의 문학평론집 《한국문학 속의 우상과 구원》을 매우 뜻깊게 읽었다. 한국문학에 있어서의 종교성에 관한 비평과 연구는, 다른 분야에 비해 그다지 활발하지 못했으나 소수의 연구자들에 의해 연면히 이어져 있다. 필자 또한 그 가운데 한 사람이며, 그로써 몇 권의 저서를 상재한 바 있다. 이 상황에 있어서 무엇보다 중요한 사실은, 연구자가 종교적 문제에 대한 지식으로 접근해서는 글의 깊이를 담보하기 어렵다는 것이다. 해당 종교의 교리가 그의 정신세계에 육화되어 있어서, 논리가 아닌 체험으로 관찰하고 표현할 때라야 소정의 기능을 다할 수 있다는 뜻이다.

이는 비단 비평과 연구에만 해당되는 말이 아니다. 창작의 현장에서는 훨씬 더 그러하다. 예컨대 김동리가 쓴 《사반의 십자가》는 예수 그리스도의 신성과 당대 사회의 인본주의가 어떤 접점을 가지고 있는가를 다루고 있으나, 작가의 성경 인식에 대한 허점을 여러 측면에서 드러내었다. 이문열이 쓴 《사람의 아들》 또한 이와 같은 사정의 범주로부터 자유롭지 못하다. 이는 이들이 기독교적 지식을 확장하여 외형의 볼품이 있는 작품을 썼을 뿐, 그 자신이 기독교인으로 살지 않았다는 데 원인이 있다.

안준배 문학평론, 곧 '열두 작가의 문학적 고향'을 다룬 이 작품들은 바로 그와 같은 측면에서 주목할만한 문학사적 의의를 갖는다. 물론 이 평론집이 종교성, 기독교 사상에만 초점을 맞추고 있지는 않다. 저자는 한국문학에서 일가를 이룬 작가 7인, 시인 3인, 평론가 1인, 희곡작가 1인 등 12인의 문학세계를 먼저 그 작품의 실체 위에서 탐색하고 이를 자신의 내면에 숨어 있는 사상의 전문성에 반사하여 가치를 구명한다. 기실 이러한 글쓰기의 환경과 실제적 형용은 사뭇 드물고 귀한 것이어서, 보다 각별한 주목을 필요로 한다.

　저자가 선택한 작가들은 서두의 김은국을 비롯하여 어느 하나도 열외로 제척할 수 없는 문학사적 인물들이며, 시론에 있어서 대상이 된 세 시인 또한 마찬가지다. 특히 소강석 시인은 현재 한국 교단에 높은 명망을 가진 목회자이면서 그 기독교적 감동을 시로 발화하는 소중한 사례에 해당한다. 평론의 어어령은 더 말할 나위도 없다. 모두 370여 쪽에 달하는 이 평론집을 원고 상태로 읽어보고, 필자는 그동안 30여 년을 지속해온 글쓰기에 부끄러움을 느꼈다. 이렇듯 성의 있고 진솔한 비평의 영역이 경이로웠던 까닭에서다. 이 한 권의 저술이 더 많은 후속 연구의 성과를 견인하게 되리라 믿어 마지 않는다.

# 문학 작품 속의 우상을 구원하는 비평가

일곱 소설가, 세 시인, 비평가, 희곡작가의 문학세계가 안준배 평론가의 탐색으로 《한국문학 속의 우상과 구원》에 대한 작품세계의 이해를 넓히고 있다. 모든 작품 속에 우상과 구원은 공존한다. 그 창작 밀도는 부조리한 사람 실존의 빛깔 냄새로 현현된다.

우리 문학 평단에서 그의 입지가 주목되는 까닭은 신의 면목과 사람의 면목에 대한 지론이 차별화되기에 그렇다.

김은국의 《순교자》에서 사람이 신과 어떤 접목으로 믿음과 배신의 생을 살아내는가. 이를 짚어 평설하는 안준배의 종교적 심안은 특별하고 자별하다. 그가 목자로서 영적인 혜안으로 사물의 근본을 바라보며 이해하기에 가능한 것이다.